萬曆年間所製五彩珐瑯花瓶：宮中所用。彩色華麗，製作精巧，明代工藝的巔峰之作。現屬葡京里斯本私人收藏。

明天啟皇帝熹宗：崇禎的哥哥。

明萬曆皇帝神宗：崇禎的祖父。

明神宗御筆及筆筒：筆筒為漆器，雙龍捧一「壽」字，現藏愛丁堡皇家蘇格蘭博物院。神宗貪蓋天下，懶極千古，料想彩筆稀親御手，筆筒罕睹天顏。

明泰昌皇帝光宗：崇禎皇帝的父親。崇禎本人無畫像流傳，他的相貌只能從他祖父、父親、母親、哥哥(不是同一個母親)的畫像中想像得之。

明孝純皇太后：崇禎皇帝的母親，姓劉，海州人。在宮時為淑女，生崇禎後不久即為光宗所不喜，被譴而死。崇禎即位後追尊為皇太后。

明代皇宮中的漆箱：有五爪金龍及鳳凰圖案，現屬紐約私人收藏。長平公主寢宮中或者也有類似的箱子。

崇禎的書法「九思」兩字

崇禎的簽字花押

崇禎自殺處

大字版

碧血劍

金庸

④興亡長恨——附〈袁崇煥評傳〉

大字版金庸作品集⑧

碧血劍 (4)興亡長恨 「公元2003年金庸新修版」

The Blue Blood Sword, Vol. 4

作　者／金　庸

封面設計／唐壽南　內頁插畫／姜雲行

發 行 人／王 榮 文
出版・發行／遠流出版事業股份有限公司
臺北市中山北路一段11號13樓
電話／2571-0297　**傳真**／2571-0197　**郵撥**／0189456-1

□2003年1月16日　初版一刷
□2022年3月16日　二版三刷

大字版 每冊 *380* 元（本作品全四冊，共1520元）

〔另有典藏版共36冊（不分售），平裝版共36冊，新修版共36冊，新修文庫版共72冊〕

ISBN　978-957-32-8516-8（**套：大字版**）
ISBN　978-957-32-8515-1（**第四冊：大字版**）
Printed in Taiwan

YLib 遠流博識網
http://www.ylib.com　E-mail:ylib@ylib.com

目錄

李岩攜著妻子和袁承志的手，叫兩人分坐兩側，說道：「老天爺畢竟待我不薄。」在杯中斟滿了酒，一飲而盡，右手拍擊木案，大聲唱起歌來。

第二十回　空負安邦志　遂吟去國行

她追趕的那人是個三十餘歲的男子，神色憤激，一面「賊婆娘，惡賤人」的破口亂罵，一面持刀狠鬥。這人武功不及孫仲君，打一陣，逃一陣，可是並不奔逃下山，只要稍見空隙，又回身拚命猛砍狠殺。馮不摧道：「咱們上去截住這小子，別讓他跑了！」石駿道：「孫師姊不愛別人幫手，這小子她對付得了。」

只聽那人狂叫：「你殺了我妻子和三個兒女，那也罷了，怎麼連我七十多歲的老娘也都害了？」孫仲君厲聲喝道：「你這種無恥狂徒，家裏人再多些，也一起殺了！」兩人愈鬥愈烈。

馮不破忽道：「孫師姑怎麼不用劍？這單鉤使來挺不順手。」石駿也見到她兵刃甚不合手，倒轉自己長劍，柄前刃內，叫道：「孫師姊，接劍！」長劍向孫仲君擲去。忽地一人從旁邊樹叢中躍出，伸手在半路上將劍接了過去。三人吃了一驚，見那人輕身功夫迅速美妙，站定身子後，看清楚原來是歸氏門下的沒影子梅劍和。石駿叫了聲：「梅師哥！」梅劍和點了點頭，將劍擲還給他，說道：「孫師妹另練兵刃，她不用劍！」石駿「哦」了一聲，他不知孫仲君因濫傷無辜，已爲穆師祖禁止使劍。

石駿再看相鬥的兩人時，那男子雖情急拚命，畢竟武功差遜，漸漸刀法散亂。鬥到酣處，孫仲君飛起左足，踢中他右手手腕，他手中單刀直飛起來。孫仲君鉤尖已抵在他胸前，待要向前刺出，梅劍和急叫：「住手！」孫仲君一怔，那人急向旁閃，向山下逃去。梅劍和笑道：「饒了他吧，好讓師祖誇奬你。」孫仲君微微一笑。

不料那人逃出數十步，指著孫仲君又是「賊婆娘，臭賤人」的毒罵。這一來，連梅劍和、石駿等人也都動了怒。孫仲君怒火大熾，叫道：「非殺了這畜生不可，寧可再給師祖削掉根指頭！」挺鉤又追。梅劍和怕她又再殺人受責，心想先抓住那傢伙飽打一頓，讓師妹出了這口惡氣，也就是了，當下斜刺裏兜截出去。他輕身功夫遠勝諸人，片刻間已抄在那人頭裏。

那人見勢頭不對，忽地折向左邊岔路。石駿與馮氏兄弟暗器紛紛出手。馮不破一枚飛蝗石向他後心擲去。那人聽風辨器，往右避讓，但嗤的一聲，後胯上終於中了石駿的袖箭，一個踉蹌，跌倒在地。

梅劍和搶上前去，伸手按落，突然身旁風聲微響，那人忽地騰身飛出。梅劍和一驚，忙縮身避開，這才看明白，原來那人是為人用數十條繩索纏住，扯了過去。

這時孫仲君等人也已趕到，見出手的竟是個美貌女子。但見她一身雪白衣衫，長髮垂肩，赤著雙足，手腕上足踝上都戴了黃金鐲子，打扮非漢非夷，笑吟吟的站著，右手皎白如雪，握著一束非絲非革的數十條繩索。身後站著個妙齡少女，全身裹在一襲白狐裘之中，頭上也戴了白狐皮帽子。雖眉目如畫，清麗絕倫，但容色甚是憔悴。

這兩人正是何惕守和阿九。

袁承志等離京次日，胡桂南便即查訪到宛平路旁飯鋪中溫氏四老和何紅藥、青青等人之事，回來向大家說起。何惕守知道在牆角釘以毒物，是五毒教召集人衆應援的訊號，只怕青青遭了毒手，須得立即趕去相救，何況袁承志曾囑咐要攜同阿九離京避難，和阿九一商量，阿九暗想此去或能見到袁承志，當即點頭，願隨她前去救人。當晚兩人留了封信，悄然出京。阿九將金蛇劍帶在身邊。

何惕守想僱輛騾車給阿九乘坐，但兵荒馬亂之際，再也沒車夫做這生意。何惕守見到有人乘車出京，不管三七二十一，把乘客趕下車來，強迫車夫駕車西行。阿九雖然身受重傷，但何惕守是江湖大行家，講文，有金銀毒藥，講武，有拳腳刀劍，出得門來處處都佔便宜，一路上卻也未受風霜之苦。何惕守頗識醫藥，更當她是小妹子兼未來小師母般呵護服侍，阿九的臂傷在途中逐漸痊可。健騾輕車，到了華山腳下。何惕守將阿九負在背上，展開輕功，走得又快又穩。上得山來，正逢洪勝海給暗器打倒，將遭擒拿，何惕守便揮出軟紅蛛索相救。

梅劍和與孫仲君等不知洪勝海已跟隨袁承志，更不知何惕守是何等樣人，眼見她赤了雙腳，怪模怪樣，顯是妖邪一流，忽上華山來放肆搗亂，都甚惱怒。孫仲君喝問：「你們是甚麼路道？都是渤海派的麼？」何惕守笑道：「姊姊高姓大名？不知這位朋友甚麼地方得罪了姊姊，小妹給兩位說和成麼？」孫仲君聽她說話嬌聲嗲氣，裝模作樣，顯非端人，罵道：「你是甚麼邪教妖人？可知道這是甚麼地方？」何惕守笑笑不答。

洪勝海道：「何姑娘，這賊婆娘最是狠毒，叫做飛天魔女。我老婆和三個兒女，還有七十多歲的老娘，都給她下毒手殺死了！」說時咬牙切齒，眼中如要噴出火來。

梅劍和自那次在袁承志手下受了一次教訓之後，傲慢之性已大爲收斂，且知師祖今日必到，不願多惹事端，朗聲道：「你們快下山去吧，別在這裏囉唣。」馮不摧叫道：「我師叔的話你們聽見了麼？快走，快走！」搶到阿九身旁，作勢趕人。

阿九右手拄著青竹杖，向他森然斜睨。她出身帝皇之家，自幼兒頤指氣使慣了的，神色間自然而然有股尊貴氣度。馮不摧不禁一凜，隨即大怒，喝道：「你們來作死！」伸手便向阿九推去。阿九受程青竹的點撥教導，武功已頗有根柢，當即青竹杖左劃右勾。馮不摧全沒防備，那想到這個看來弱不禁風的小姑娘出手如此之快，腳踝給竹杖擊中，立足不穩，撲地倒了。他武功本也不弱於阿九，只是出其不意，才著了道兒，背脊剛一著地，立即挺身跳起，少年人最是要強好勝，這一下臉上如何掛得住？鐵鞭高舉，撲上去就要廝拚。

何惕守笑道：「各位是華山派的吧？咱們都是自己人呀！」馮不破喝道：「誰跟你這妖女是自己人了？」

梅劍和在江湖上閱歷久了，見多識廣，見何惕守剛才揮索相救洪勝海，手法高明，決非沒來歷之人，當下向馮氏兄弟使個眼色，問何惕守道：「尊師是那一位？」

何惕守笑道：「我師父姓袁，名叫袁承志，好像是華山派門下。也不知是眞的，還是冒充的。」梅劍和與孫仲君對望一眼，將信將疑。石駿笑道：「袁師叔自己還是個小孩子，本門功夫不知已學會了三套沒有，怎麼會收徒弟？」

何惕守道：「是麼？那可眞的有點兒希奇古怪了，也說不定我那小師父是個冒牌貨，嘻嘻！對啦！我瞧你這位小兄弟的武功，只怕就比我那小師父強些了。」

孫仲君在袁承志手裏吃過大虧，後來給師祖責罰，削去手指，推本溯源，可說都因他而起，一想到這個小師叔就恨得牙癢癢地，只是一來他本領高強，輩份又尊，二來他救過師父愛子的性命，師父師母提到他時總是感激萬分，自己只得心裏惱恨而已，這時聽何惕守自稱是袁承志的徒弟，不覺怒火直冒上來，叫道：「你如是華山派弟子，怎麼跟這等無恥狂徒在一起？」何惕守微笑道：「他是我師父的長隨，不見得有甚麼無恥啊。勝海，你怎麼對這位姑娘無恥了？當眞無恥得很麼？唉，我可不知道你這麼不怕難爲情。」說著抿嘴而笑。孫仲君更是大怒，一時氣得說不出話來。

他們幾人在山後爭鬥口角，聲音傳了出去，不久馮難敵、劉培生等諸弟子都陸續趕到。馮不摧向阿九怒目瞪視，但越看越覺她美麗異常，不禁低下了頭，怒氣變成了傾慕。

馮不破道：「爹，這個女人說她是姓袁的小……小師叔祖的弟子。」馮難敵哼了一聲，問道：「他們在吵甚麼？」馮不摧搶著把剛才的事說了。華山派第三代弟子之中，馮難敵年紀最大，入門最早，江湖上威名又盛，隱然是諸弟子的領袖，聽了兒子的話後，轉頭問孫仲君道：「孫師妹，這人怎麼得罪你了？」

孫仲君臉上微微一紅。梅劍和道：「這狂徒有個把兄，也不照照鏡子，卻老了臉皮來向孫師妹求親，給孫師妹罵回去了……」洪勝海插口道：「不答應就是了，怎麼把我義兄兩隻耳朵削了去……」馮難敵瞪眼喝道：「誰問你了？」

梅劍和指著洪勝海道：「那知這狂徒約了許多幫手，乘孫師妹落了單，竟把她綁架了去，幸好我師娘連夜趕到，才救了她出來。」馮難敵眸子一翻，精光四射，喝道：

「好大的膽子，你還想糾纏不清？」

洪勝海凜然不懼，說道：「她殺了我義兄，還不夠麼？」

何惕守道：「擄人逼親，確是他們不好。不過這位孫姊姊既已將他義兄殺死，也已出了氣，何況又沒拜堂成親，沒短了甚麼啊。再說，人家瞧中你孫姊姊，苦苦相思，是說你美得像天仙一般，怎麼人家偏又瞧不中我呢？孫姊姊以怨報德，找上他家裏去，殺了他一家五口，這不是辣手了點兒嗎？殺人雖然好玩，總得揀有武功的人來殺。他的七十歲老母好像沒甚麼武功，也沒犯甚麼罪，最多不過是生了個兒子有點兒無恥。他的妻子和三個小兒女，更不知是犯了甚麼瀰天大罪？殺這些人，不知是不是華山派的規矩？華山派大戒第三條，是叫人濫殺無辜嗎？小女子倒不記得了。」

眾人一聽，均覺孫仲君濫傷無辜，犯了本派大戒，都不禁皺起了眉頭。馮難敵對洪勝海惡狠狠的道：「起因總是你自己不好！現今人已殺了，又待怎樣？」

何惕守道：「我本來也挺愛濫殺好人的，自從拜了袁承志這個小師父之後，他說了一大堆囉裏囉唆的華山派門規，說甚麼千萬不可濫殺無辜。可是我瞧孫姊姊胡亂殺人，不也半點沒事麼？我這可有點胡塗了。待我見過小孩子師父，再請他指點吧。」

劉培生道：「袁師叔他們正忙著，怕沒空。」梅劍和道：「師父呢？」劉培生道：「師父、師娘、師伯、師叔四位，還有木桑老道長，正在商量救治那個姑娘。」馮難敵道：「嗯，先把這人綑起來，待會兒再向師父、師叔請示。」馮不破、馮不摧齊聲答應，上前就要拿人。

何惕守見這一干人毫不將自己放在眼裏，她是獨霸一方、做慣了教主的，這如何忍得？笑吟吟道：「要縛人嗎？我這裏有繩子！」提起一束軟紅蛛索，伸出手去。馮不摧橫她一眼道：「誰要你的！」逕自走向洪勝海身邊。

兩兄弟剛要動手，忽聽身旁噗哧一笑，腳上同時一緊，身子突然臨空而起，猶如騰雲駕霧般直飛出去。兩人頭腦中一團混亂，身在半空，恍惚聽得何惕守嬌媚的聲音笑道：「啊喲，對不住啦！快使『鯉魚翻身』！」馮不破依言一招「鯉魚翻身」，雙腳落地，怔怔的站著。馮不摧年幼倔強，偏不依言，想使一招「飛瀑流泉」，斜刺裏躍出去站住，露個姿勢美妙的身段，那知下墮之勢快捷異常，腰間剛使出力道，已然騰的一聲，坐落在地，不由得又羞又疼，一張臉直紅到了脖子裏去。

馮難敵見愛子受欺，大怒喝道：「你自稱是本門弟子，我們先前還信了你三分。可是你這手下賤功夫，怎會是本門中的？你過來！」他不暇解開衣扣，左手在衣襟上一拉，噗噗噗數聲，一排衣扣登時扯斷，長衣甩落，露出青布緊身衣褲，神態威壯，猶如一座鐵塔。

何惕守笑道：「您這位師兄要跟小妹過幾招，是不是？那好呀，同門師兄妹比劃比劃，倒也不錯，且看我那小孩子師父教的玩藝兒成不成。咱們打甚麼賭啊？」

馮難敵雖見她剛才出手迅捷，但自恃深得師門絕藝眞傳，威鎭西涼，那把這女郎放在心上，但見她一副嬌怯怯的模樣，怒氣漸息，善念頓生，朗聲道：「我們這些人還好說話，待會歸嬸娘出來，她嫉惡如仇，見了你這等妖人一定放不過。還是快快走吧！」何惕守笑道：「你又不是我的小孩子師父，憑甚麼叫我走？」

馮不摧剛才胡裏胡塗連摔兩交，羞恨難當，和哥哥一使眼色，叫道：「咱們來眞的，別使詭計弄鬼！」兩兄弟各舉鐵鞭，又撲上來。何惕守笑道：「好，我就站著不動，也不還手，怎麼樣？」把軟紅蛛索往腰間一纏，雙手攏在袖裏。

馮氏兄弟雙鞭齊下，見她不閃不避，鐵鞭將及她頂門時，不約而同的倏地收回。兩人幼受庭訓，雖然年少鹵莽，卻從來不敢無故傷人。馮不摧道：「快取兵刃出來！」

何惕守道：「我比你哥兒倆好像長了一輩，跟你們怎能動兵刃？你們要伸量於我，這就上罷！只要我有一隻腳挪動半步，或者我的手伸出了袖子，都算我輸了，好不好呢？」馮不破道：「我兄弟失手傷你，那可怨怪不得！」何惕守笑道：「進招吧，小夥子囉裏囉唆的不爽快。」馮不破臉上一紅，一鞭「敬德卸甲」，斜砸下來，何惕守身子微側，鐵鞭砸空。馮不摧恨她摔了自己一交，更是使足全力，鐵鞭向她肩頭掃去，鞭梢剛到，對手早已避過。何惕守雙足牢釘在地，身子東側西避，在鐵鞭影裏猶如花枝亂顫。馮氏兄弟雙鞭使動漸急，何惕守嘻笑自若，雙鞭始終碰不到她衣襟一角。

華山派眾人面面相覷，不知這個女子是何路道，她自稱是本門弟子，但身法武功，那有半點華山派的影子，武功卻又如此精強。

三人再拆數十招，馮氏兄弟一聲唿哨，雙鞭著地掃去，均想你腳步如眞不移，那又如何抵擋？何惕守笑道：「小心啦！」身子俯前，左肘在馮不破身上一推，右肘在馮不摧背上一撞。兩兄弟只感全身一陣酸麻，雙鞭落地，踉踉蹌蹌的跌了開去。

馮難敵低聲道：「梅師弟，這女人古怪，我先上去試試！」梅劍和點點頭。馮難敵縱身躍出，叫道：「我來領教。」

何惕守見他腳步凝重，知他武功造詣甚深，臉上仍然笑眯眯的露出一個酒渦，心中卻嚴加戒備，笑道：「我接不住時，你可別笑話。」馮難敵道：「好說，賜招吧！」身子微弓，右拳左掌，合著一揖，拳風凌厲，正是「破玉拳」的起手式。何惕守斂衽萬福，側身還禮，輕輕把這一招擋了回去。

馮難敵見她還禮卸招，心中暗叫：「好本事！」正要跟著進招，忽聽得山腰裏傳來呼喝叫喊之聲，有人爭鬥追逐，便向何惕守望了一眼。何惕守笑道：「你疑心我帶了幫手麼？咱們先瞧淸楚再比劃，你說好麼？」

馮難敵聽呼喝聲漸近，中間夾著一個女子的急怒叫罵，點頭道：「也好。」

眾人奔到崖邊，向下看時，只見一個身穿紅衣的女子正在向山上急奔，四條大漢手執兵刃在後追趕。那女子見山頂有人，精神一振，急速奔上，遠遠望見馮難敵魁偉的身軀，叫道：「八面威風，快救我！」馮難敵吃了一驚，道：「啊，是紅娘子！」奔上相迎。

紅娘子臉上全是鮮血。這時再也支持不住，暈倒在地。跟著四人趕上山來，也不理會眾人，惡狠狠的就要搶上擒拿。馮難敵左臂伸出，揮掌往爲首一人推去，喝道：「朋友，放明白些！這是甚麼地方？」那人伸掌相抵，雙掌相交，啪的一聲，各自震開數步，那人的武功倒也頗爲了得。兩人互相打量一眼，均有驚疑之意。那人喝道：「奉大順皇帝座下權將軍號令，捉拿叛逆李岩之妻，你何敢阻攔？」

何惕守知道李岩是師父的義兄，這紅衣女子既是李岩之妻，我如何不救，挺身而出，笑道：「李岩將軍英雄豪傑，天下誰不知聞？各位別難爲這位娘子吧！」

那人神色倨傲，自恃武藝高強，在劉宗敏手下頗有權勢，那去理會何惕守一個小小女子，不屑答話，左手一擺，命三名助手上來綑人。

何惕守笑道：「好，你們不要命啦！」右手在腰間機括上一按，「含沙射影」的毒針激射而出。那三人武功雖非尋常，卻怎能躲閃這門神不知鬼不覺的暗器，當先一人登時臉上給七八枚毒針打了進去，叫也不叫一聲，立時斃命。其餘三人臉色慘變，齊聲喝問：「你是誰？」何惕守左手鐵鉤本來縮在長袖之內，與馮氏兄弟動手時一直隱藏不露，這時長袖輕揮，露出鐵鉤，爲首那人嚇得臉白如紙，顫聲道：「你……你……是五……五……何……何……」何惕守微微一笑，右手金鉤又是一晃。三人魂不附體，轉身就逃。爲首那人過於害怕，在崖邊一個失足，骨碌碌的直滾下去。

馮難敵等都甚驚奇，心想這三條大漢怎會對她怕得這等厲害，她適才眨眼間便殺了那人，又不知使的是甚麼古怪法門，但總之是友非敵，當可斷定。

馮難敵扶起紅娘子，正要詢問，突見山崖邊轉出一個身材高瘦的道人，高聲喝道：「華山派的人，都在這裏麼？」這一喝聲音清朗，內力深厚，只震得山谷鳴響。

衆人見這道人身上道袍葛中夾絲，燦爛華貴，道冠上鑲著一塊晶瑩白玉，光華四射，背負長劍，左手中持著一柄拂塵，隨意揮灑，飄飄然有出塵之概，約莫四五十歲年紀，氣度俊雅，一身清氣，顯是位得道高人。

馮難敵上前抱拳行禮，說道：「請教道長法號，可是敝派祖師的朋友麼？」

那道人並不還禮，右手拂塵輕揮，向衆人打量了幾眼，問道：「是華山派的？」馮難敵道：「正是。道長有何見教？」那道人道：「嗯，穆人淸來了麼？」馮難敵聽他隨口呼叫祖師名諱，似是極熟的朋友，更加不敢怠慢，說道：「祖師還未駕臨。」

那道人微微一笑，拂塵向孫仲君、何惕守、阿九三人一指，說道：「穆老猴兒倒收了不少美貌女徒，艷福不淺。喂，你們三人過來給我瞧瞧！」說著將拂塵插入了腰帶。衆人聽他出言不遜，都吃了一驚。

孫仲君怒道：「你是甚麼人？」那道人笑道：「好吧，你跟道爺回去，我慢慢說給你知道。」孫仲君見他神態輕薄，登時大怒，走上一步，喝道：「甚麼東西，敢在這裏撒野！」那道人笑嘻嘻的在她臉上摸了一把，拿回來在鼻端上嗅了一下，笑道：「好香！」他左手這麼一伸一縮，似乎並不如何迅速，孫仲君竟沒能避開。她心中怒極，順手挺鉤刺去。那道人左手輕擋，反過手抓住她手腕。

孫仲君脈門給他扣住，登覺全身酸軟，使不出半點力氣。那道人收臂將她摟在懷裏，又伸嘴過去在她臉頰上親了一下，讚道：「這女娃子不壞！」

馮難敵、梅劍和、劉培生等個個驚怒失色，同時衝上。

那道人拔起身子，斗然退開數步。衆人見他左手仍摟住孫仲君不放，但忽躍忽落，比尋常單獨一人還要靈便瀟灑，不由得盡皆駭然，但見孫仲君讓他抱住了動彈不得，掙扎不脫，明知不敵，也不能袖手不理，各人拔出兵刃，撲了上去。

那道人微微一笑，右手翻向肩頭，突然間青光耀眼，背上的長劍已拔在手裏。

梅劍和對孫仲君最爲關心，首先仗劍疾攻。他見了那道人長劍一碧如水的模樣，知是柄鋒銳之極的利器，不敢正面相碰，唰唰唰連刺三劍，尋瑕抵隙而攻。去年他在南京和袁承志比劍，一連幾柄劍盡被震斷，才知本門武功精奧異常，自己只學得一點皮毛而已，不由得狂傲之氣頓減，再向師父討教劍法，半年中足不出戶，苦心研習，果然劍法大進，適才這三劍是他新學絕招，迅捷悍狠，已得華山派劍法的精要。

那道人讚道：「不壞！」語聲未畢，噹的一聲，已將梅劍和的長劍削為兩截。梅劍和一驚，依照慣例，立即要將斷劍向敵人擲去，以防對方乘勢猛攻，然後避開，再圖禦敵，但他怕誤傷師妹，不敢擲劍，劍斷即退，饒是他輕身功夫了得，敵劍到處，嗤的一聲，頭頂束髮的布帶已給割斷。這數招只一刹那之間，梅劍和心驚膽戰之際，馮難敵、劉培生、石駿、馮不破、馮不摧，以及黃眞的四弟子、五弟子一齊攻上，刀槍劍戟，同時並舉，只劉培生是空手使拳。

那道人長劍使了開來，只聽得叮叮噹噹一陣亂響，有的兵刃截斷，有的連人帶刀給他踢飛，只賸下馮難敵與劉培生兩個武功最高的勉力支撐。梅劍和從地下撿起一柄劍搶上夾攻。那道人左手仍是摟著孫仲君，右手長劍敵住二人，笑嘻嘻地渾不在意，抽空還在孫仲君臉頰一吻，只把孫仲君氣得幾欲暈去。

拆了數招，那道人忽地將長劍拋向空中。劉培生一怔，不知他使甚奇特招數。梅劍和急叫：「小心！」只聽蓬的一聲，劉培生胸口已中了一拳，退出數步，坐倒在地。那道人笑道：「你自以爲拳法了得，我用兵器傷你，諒你不服！」接住空中落下來的寶劍，噹啷一響，又將梅劍和的劍削斷，彎過手臂右肘推出，撞在馮難敵的左肋之上。馮難敵只覺奇痛入骨，眼前金星亂冒，騰騰騰連退數步。

那道人將華山衆弟子打得一敗塗地，無人敢再上來，昂然四顧，哈哈大笑，說道：「老穆自誇拳劍天下無雙，敎出來的弟子卻這般不成器！你們師祖問起，就說玉眞子來拜訪過了，見他徒弟敎得不好，帶了三個女徒兒去代他敎導。三年之後，我敎厭了，自會送還！」順手向後一揮，眼珠也沒轉上一轉，便已將長劍揷入了背上的劍鞘。他仍是摟著孫仲君，走向何惕守，笑道：「你也跟我去！」

何惕守自知抵敵不過，對洪勝海道：「快去請師父。」等洪勝海轉身走開，那道人也已走到跟前。何惕守笑道：「道長，你功夫眞俊。您道號是甚麼呀？」

那道人見她笑吟吟的毫不畏懼，倒大出意料之外，見她容貌嬌媚，雙足如雪，言笑之間尤其動人心魄，不由得骨頭也酥了，又走上一步，笑道：「我叫玉眞子，你這孩子叫甚麼名字？你說我功夫好，那麼跟我回去，我慢慢敎你好不好？」何惕守笑道：「你不騙人？咱們說過了的話，可不許不算。」玉眞子笑道：「誰來騙你，走吧！」伸手便來拉她手。

何惕守退了一步，笑道：「慢著，等我師父來了，先問問他行不行。」玉眞子道：

「哼，跟著你師父，就算學得本領跟他一樣，又有甚麼用？哈哈！」何惕守道：「我師父本領大得很呢，要是知道我跟你走了，他要不依的。」

馮難敵等見孫仲君給那道人摟在懷裏動彈不得，那妖女卻跟他眉花眼笑的打情罵俏，個個氣得怒火塡膺。梅劍和叫道：「好賊道，跟你拚了。」提劍又上。

玉眞子頭也不回，對何惕守道：「我再露一手功夫給你瞧瞧。看是你師父高明呢，還是我厲害。」一面慢吞吞的說著，一面閃避梅劍和的來劍，說道：「像他這般的劍法，在你們華山派裏總也算是少有的高手了，然而碰到了我，哼哼！你數著，從一數到十，我一隻空手就把他劍奪下來。」梅劍和見他如此輕視自己，更是氣惱，一柄劍越加使得凌厲迅捷。

何惕守笑道：「從一數到十麼？好，一，二，三，四，五……」突然一口氣不停，快速異常的數下去。玉眞子笑道：「小妮子眞壞，瞧眞了！」梅劍和挺劍刺出，突見敵人身子略側，長臂直伸，雙指已指及自己兩眼，相距不過數寸，不由得大驚，左手疾忙上格。玉眞子手臂早已縮回，手肘順勢在他腕上一撞。梅劍和手指立麻，長劍脫手，已讓玉眞子快如閃電般奪了過去，那時何惕守還只數到「九」字。

玉眞子哈哈大笑，左手持劍，右手食中兩指挾住劍尖，向下一扳，喀的一聲，劍尖登時拗了下來。只聽得喀喀喀響聲不絕，一柄長劍已給拗成一寸寸的廢鐵。

玉眞子把腋下的數寸劍柄往地下擲落，縱聲長嘯，伸手來又拉何惕守的手腕。何惕守自知非這道人之敵，一直以緩兵之計跟他拖延，但袁承志始終沒到，這時無可再拖，左手輕抬，讓他握住。玉眞子滿擬抓到一隻溫香軟玉的纖纖柔荑，突覺握到的是件堅硬冰冷之物，吃了一驚，疾忙放手，總算放手得快，並未沾毒，眼前金光閃動，金鉤的鉤尖已劃向眉心。

何惕守這一下發難又快又準，玉眞子縱然武功卓絕，也險些中鉤，危急中腦袋向後疾挺，鉤尖從鼻端擦過，一股腥氣直衝鼻孔，原來鉤上餵了劇毒。他做夢也想不到這個嬌滴滴的姑娘出手竟如此毒辣，而華山派門人兵器上又竟會餵毒，不禁嚇得出一身冷汗，一怔之際，對方鐵鉤又到，瞬息之間，鐵鉤連進四招。

玉眞子手中沒兵器，左臂又抱著人，一時給她攻得手忙腳亂，使勁把孫仲君向旁推開，縱開三步，拔出長劍，哈哈笑道：「瞧你不出，居然還有兩下子。好好好，咱們再來。」何惕守適才出敵不意，攻其無備，才佔了上風，要講眞打，自知不是他對手，但實逼處此，不得不挺身相鬥，笑道：「你可不能跟我當眞的，咱們鬧著玩兒。」

玉眞子已知這女子外貌嬌媚，言語可喜，出手卻毫不容情，自恃武功天下無敵，也不在意，說道：「你輸了可得跟我回去。」何惕守笑道：「你輸了呢？我可不要你跟著。」雙鉤霍霍，疾攻而上。玉眞子不敢大意，見招拆招，當即鬥在一起。

梅劍和搶上去扶起孫仲君。衆人先前見何惕守打倒馮氏兄弟，還道兩個少年學藝未精，這時見她力敵惡道，身法輕靈，招法怪異，雙鉤化成了一道黃光，一條黑氣，奮力抵住玉眞子的長劍，都不禁暗暗咋舌。各人本該上前相助，但見二人鬥得如此激烈，進退趨避，兵刃劈風，迅捷無倫，每一招皆高妙之極，連看也看不大懂，更不用說拆招對敵了，自忖武藝遠遠不及，都不敢插手。

兩人鬥到酣處，招術越來越快，突然間叮的一聲，金鉤給玉眞子寶劍削去了一截。何惕守袖子揮動，袖口中飛出一枚暗器，波的一響，在玉眞子面前散開，化成一團粉紅色的煙霧。這時晨曦初上，照射之下，更顯得美艷無比。

玉眞子斜刺裏躍開，厲聲喝道：「你是五毒邪教的麼？怎地混在這裏？」一陣風來，石駿和馮不摧兩人站在下風，頓覺頭腦暈眩，昏倒在地。

何惕守笑道：「我現今改邪歸正啦，入了華山派的門牆。你也改邪歸正，拜我爲師，好不好呢？我說小道士啊，你快磕頭罷！」玉眞子運掌成風，呼呼兩聲，掌風推開面前絳霧，跟著一掌排山倒海般打了過來。何惕守見他劍法精妙，豈知掌力同樣厲害，手腕疾翻，已將蝎尾鞭拿在手中，側身避開掌力，鞭梢往他手腕上捲去。

玉眞子心想，今日上得山來，原是要以孤身單劍挑了華山派，那知正主兒未見，便讓這女孩子接了這許多招去，這次再不容她拆上三招之外，看準鞭梢來勢，倏地伸出左手，食中兩指已將蝎尾鞭牢牢鉗住。他指上戴有鋼套，不怕鞭上毒刺。

何惕守一帶沒帶動，對方長劍已遞了過來，疾忙撤鞭，笑道：「我輸了，這就拜你為師罷！」說著盈盈拜倒。玉眞子呵呵大笑，把蝎尾鞭擲落，突然眼前青光閃耀，心知不妙，袍袖急拂，倏地躍起，一陣細微的鋼針，嗤嗤嗤的都打進了草裏。

何惕守拜倒時潛發「含沙射影」暗器，變起俄頃，事先沒半點朕兆，本來非中不可，不料玉眞子在間不容髮之際竟能避開，只是道袍下擺中了數針，生死也只相差一線。他驚怒交集，身在半空，便即前撲，如蒼鷹般向何惕守撲擊下來。

阿九在旁觀戰，時時刻刻提心吊膽，為何惕守擔心，苦於自己臂傷未愈，武功又太差，不能出手相助，眼見玉眞子來勢猛惡，當即揚手，兩枝青竹鏢向他激射過去。玉眞子先前一瞥之間，已見到阿九清麗絕俗，從所未見，這時見她出手，不忍辣手相傷，有意容讓，不激竹鏢反射原主，長袖拂動，反帶竹鏢射向何惕守。

何惕守揮鉤砸開竹標，轉瞬間又跟敵人交上了手，眼見敵人太強，己所不及，當下守緊門戶，身形滑溜，只求拖延時刻。玉眞子久鬥不下，心中焦躁，當即左手拔出拂塵助攻，這一來兵刃中有剛有柔，威勢大振。

衆人見形勢危急，不約而同的都搶上相助。只聽拂塵唰的一聲，劉培生肩頭劇痛入骨。原來他拂塵絲中夾有金線，再加上渾厚內力，要是換了武功稍差之人，這一下當場就得給他掃倒。梅劍和向孫仲君道：「快去請師父、師娘、師伯、師叔來。」他見玉真子武功之高，生平罕見，只怕要數名高手合力，才制得他住。

孫仲君應聲轉身，忽然大喜叫道：「道長，快來，快來。」

眾人鬥得正緊，不暇回頭，只聽一個蒼老的聲音說道：「好呀，是你來啦！」

玉真子唰唰數劍，將眾人逼開，冷然道：「師哥，您好呀。」

眾人這才回過身來，只見木桑道人手持棋盤，兩囊棋子，站在後面。

眾弟子知道木桑道人是師祖的好友，武功與師祖在伯仲之間，有他出手，多厲害的對頭也討不了好去，但聽玉真子竟叫他做師哥，又都十分驚奇。

木桑鐵青了臉，森然問道：「你到這裏來幹甚麼？」玉真子笑道：「我來找人，要跟華山派一個姓袁的少年算一筆帳，乘便還要收三個女徒弟。」

木桑皺了眉頭道：「十多年來，脾氣竟一點也沒改麼？快快下山去吧。」玉真子哼了一聲道：「當年師父也不管我，倒要師哥費起心來啦！」木桑道：「你自己想想，這些年來做了多少傷天害理之事。我早就想到西藏來找你……」玉真子笑道：「那好呀，咱哥兒倆很久沒見面了。」木桑道：「今日我最後勸你一次，你再怙惡不悛，可莫怪做師兄的無情。」

玉真子冷笑道：「我一人一劍橫行天下，從來沒人對我有半句無禮之言。」木桑道：「華山派跟你河水不犯井水，你欺侮穆師兄門下弟子，穆師兄回來，教我如何交代？」玉真子嘿嘿一陣冷笑，說道：「這些年來，誰不知我跟你早已情斷義絕。穆人清浪得虛名，我玉真子既有膽子上得華山，就沒把這神劍鬼劍的老猴兒放在心上。誰說華山派跟我河水不犯井水了？我又沒得罪穆老猴兒，他幹麼派人到盛京去跟我搗蛋？」

木桑不知袁承志跟他在瀋陽曾交過一番手，當下也不多問，嘆了一口氣，提起棋盤，說道：「咱兩人終於又要動手，這一次你可別指望我再饒你了。上吧！」

玉真子微微一笑，道：「你要跟我動手，哼，這是甚麼？」伸手入懷，摸出一柄小小鐵劍，高舉過頭。他手掌伸前，鐵劍橫放掌中，露出白木劍柄。木桑見了劍柄上所寫的兩行黑字，凝視半晌，登時變色，顫聲道：「好好，不枉你在西藏這些年，果然得到了。」玉真子厲聲喝道：「木桑道人，見了師門鐵劍還不下跪？」

木桑放下棋盤棋子，恭恭敬敬的向玉真子拜倒磕頭。

眾弟子本擬木桑到來之後收伏惡道，那知反而向他磕頭禮拜，個個驚訝失望。

玉真子冷笑道：「你數次折辱於我。先前我還當你是師兄，每次讓你。如今卻又如何？」木桑俯首不答。玉真子左掌提起，呼的一聲，帶著一股勁風直劈下來。木桑既不還手，亦不閃避，運氣於背，拚力抵拒，蓬的一聲，只打得衣衫破裂，片片飛舞。他身子晃動，仍然跪著。玉真子鐵青了臉，又是一掌，打在木桑肩頭，這一掌卻無半點聲息，衣衫也未破裂，豈知這一掌內勁奇大，更不好受。木桑向前俯衝，一大口鮮血噴射在山石之上。玉真子全然無動於中，提起手掌，逕向他頭頂拍落。

衆人暗叫不好，這一掌下去，木桑必然喪命，各人暗器紛紛出手，齊往玉真子打去。玉真子手掌猶如一把鐵扇，連連揮動，將暗器逐一撥落，隨即又提起掌來。

阿九和木桑站得最近，見他鬚髮如銀，卻如此受欺，激動了俠義心腸，和身縱上，以自己身子護住他頂門。

玉真子一呆，說道：「天下竟有這般美麗的女孩子！我可從來沒見過。須得帶回山去。」凝掌不落，突然身後一聲咳嗽，轉出一個儒裝打扮的老人來。

何惕守見這人神不知鬼不覺的忽在阿九身旁出現，身法之快，從所罕見，只道敵人又來了高手，生怕阿九受害，躍起身子，右掌往那老人打去，喝道：「滾開！」

那老人左臂迴振，何惕守只覺一股巨大之極的力道湧到，再也立足不定，接連退出四步，這才凝力站定，驚懼交集之際，待要發射暗器，卻見華山派弟子個個拜倒行禮，齊叫：「師祖！」原來竟是神劍仙猿穆人清到了。何惕守又驚又羞，暗叫「糟糕」，這一下對師祖如此無禮，只怕再也入不了華山派之門，一時不知是否也該跪倒。

這時木桑已站起退開，左手扶在阿九肩頭，努力調勻呼吸，仍不住噴血。

穆人清向玉真子道：「這位定是玉眞道長了，對自己師兄也能下如此毒手。好好好，我這幾根老骨頭來陪道長過招吧！」玉眞子笑道：「這些年人家常問我：『玉眞道長，穆人淸自稱天下拳劍無雙，跟你比，到底誰高誰低？』我總是說：『不知道，幾時得跟穆人淸比劃比劃。』自今而後，到底誰高明些，就分出來了。」

衆弟子見師祖親自要和惡道動手，個個又驚又喜，他們大都從未見過師祖的武功，心想這眞是生平難遇的良機。

劉培生卻想師祖年邁，武學修爲雖高，只怕精神氣力不如這正當盛年的惡道，忙奔回去請師父師娘。一進石屋，只見袁承志淚痕滿面，站在床前，師伯、師父、師娘，以及洪勝海、啞巴等都是臉色慘然，師娘更不斷的在流淚。劉培生吃了一驚，走近看時，見靑靑雙目深陷，臉色黝黑，出氣多進氣少，眼見是不成的了。外面鬧得天翻地覆，他們卻始終留在屋內，原來是靑靑病危，不能分出身來察看。靑靑上氣不接下氣的哭道：「你答應了我媽……要……要一生……一世照應我的……你騙了我……又……又……騙我媽……」袁承志拉著她手，說道：「我不騙你，我自然一生一世照應你！」

劉培生低聲道：「師父，那惡道厲害得緊，師祖親自下場了。」歸辛樹見劉培生神態嚴重，知道對手大是勁敵，心中懸念師父，當即奔出。黃眞對歸二娘和袁承志道：「咱們都去。」袁承志俯身抱起靑靑，和衆人一齊快步出來。

衆人來到後山，只見穆人淸手持長劍，玉眞子右手寶劍，左手拂塵，遠遠的相向而立，正要交手。袁承志一見此人，正是去年秋天在盛京兩度交手的玉眞子，第一次因有衆布庫纏住自己手腳，給他點中了三指，第二次胡桂南盜了他衣褲，自己打了他一拳一掌，踢了他一腳，兩次較量均屬情景特異，不能說分了勝敗，當即大叫：「師父，弟子來對付他！」

穆人淸和玉眞子都知對方是武林大高手，這一戰只要稍有疏虞，一世英名固然付於流水，連性命怕也難保，這時都全神貫注，對袁承志的喊聲竟如未聞。

袁承志把靑靑往何惕守手裏一放，剛說得一聲：「你瞧著他。」只見玉眞子拂塵擺動，倏地往穆人淸左肩揮來。他知道這兩位大高手一交上了手，就絕難拆解得開，師父年邁，豈可讓他親自對敵？雙足力登，如巨鷲般向玉眞子撲去。黃眞和歸辛樹也是一般心思，三人不約而同，齊向玉眞子攻到。

玉眞子拂塵收轉，倒退兩步，風聲颯然，有人從頭頂躍過。他頭頸急縮，突感頂心生涼，頭頂道冠竟讓人抓了去。他心中一怒，長劍一招「龍卷暴伸」，疾向敵人左臂削去。這一招毒極險極，袁承志在空中閃避不及，手臂急縮，嗤的一聲，袖口已給劍鋒割下，衣袖是柔軟之物，在空中不易受力，但竟爲劍割斷，可見他這柄劍不但利到極處，而且內勁功力也著實驚人。袁承志落地挺立，師兄弟三人並列在師父身前。

衆人見兩人剛才交了這一招，當時迅速之極，兔起鶻落，一閃已過，待得回想，無不捏了把冷汗。玉眞子只要避得慢了一瞬，頭蓋已爲袁承志掌力震破，而袁承志的手臂如不是退縮如電，也已爲利刃切斷。

玉眞子仗著師傳絕藝，在西藏又得異遇，近年來武功大進，自信天下無人能敵，縱然師兄木桑道人，也已不及自己。雖然素知穆人清威名，但想他年邁力衰，只要守緊門戶，跟他久戰對耗，時刻一長，必可佔他上風，何況新獲寶劍無堅不摧，兵刃上大佔便宜，勝算已佔了八成。那知突然間竟遇高手偷襲，定神瞧時，見對手正是去年在盛京將自己打得重傷的袁承志，那日害得自己一絲不掛、仰天翻倒在皇太極與數百名布庫武士之前，出醜之甚，無逾於此，當晚皇太極「無疾而終」，九王爺竟說是自己怪模怪樣，驚得皇上崩駕，還要拿他治罪。當時重傷之下無力抵抗，只得逕自逃走，這時仇人相見，不由得怒氣不可抑制，大叫：「袁承志，我今日正來找你，快過來納命。」袁承志笑道：「你此刻倒已穿上了衣衫，咱們好好的來打一架。」玉眞子見他手中並無兵刃，將寶劍往地下一擲，說道：「今日仍要在拳腳上取你性命，叫你死而無怨。」

自袁承志出場，阿九一雙妙目就一直凝望著他，見他便要與玉眞子放對，她剛才見到玉眞子武功高明之極，知道這一戰存亡決於俄頃，說不定就此生死永別，斜身走上幾步，說道：「大哥，我好好的在這裏，手臂上的傷也好了。」她知袁承志對己鍾情甚深，怕他心中還記掛著自己，以致與大敵對決時未能專注。袁承志陡然間見到了她，轉頭向躺在何惕守懷裏的青青望了一眼，一聲長嘆，說道：「你一定要好好保重……」對何惕守道：「惕守，請你照顧她平安。」何惕守眼光中閃爍著狡獪的神色，問道：「師父，你要我照顧誰啊？」她心中想：「師父三心兩意，好像鍾情夏家青青，又對朱家阿九含情脈脈。他如叫我照顧阿九，那是說他自己會照顧青青。他如叫我照顧的是青青，那麼他自己會照顧阿九妹子了。」神色之間，頗有嫵媚俏態。

玉眞子瞧在眼裏，不禁叫道：「師父徒弟，打情罵俏，成甚麼樣子！」呼的一拳，向袁承志迎面擊來。袁承志伸左臂格開，心下暗驚，覺得自去年在盛京交手以來，這惡道的拳法內勁，均已大進，當下全心專注，運起師傳破玉拳還擊。

這時濃霧初散，紅日滿山。衆人團團圍了個大圈子。穆人淸在一旁給木桑推拿治傷。黃眞和歸辛樹全神貫注，站在內圈掠陣。

玉眞子咬牙切齒的問道：「那個小偷兒呢？教他一塊出來領死。」袁承志笑道：「他偷人的衣衫去啦！」

十餘招一過，袁承志已知對方雖強，自己這些日子中武功也已不知不覺間有了長進，縱然難勝對方，但也不致輕易落敗，心中既寬，氣勢便旺，頃刻鬥了個旗鼓相當，又想：「就算我打他不過，二師哥接上，也能勢均力敵，我師父、木桑道長、惕守他們三個源源而上，若再不勝，我和二師哥再上，每人鬥一個時辰，車輪大戰下來，非累死這惡道不可。我方有勝無敗，打他個三日三夜，那又如何？」這些日子中他參與闖王兵陣，多研兵法，深究勝敗之機，已明大勝大負，並非決於朝夕。他想明了此節，拳腳招式登時收斂了不少，不求有功，但求無過，神氣內歛，門戶守得嚴密之極，玉真子不斷變招猛攻，袁承志揮灑拆解，心有成算，臉上不自禁的露出微笑。

青青見到他笑，問何惕守道：「他……他為甚麼笑？有甚麼好笑？」何惕守也不明白，只得道：「他知道你在他身邊，心裏就挺開心。」青青白了她一眼，道：「假的！」

玉真子武功既強，識見也自高明，見袁承志出招奇穩，知他是求先立於不敗之地，以求敵之可勝，當下不願多耗氣力，也漸求「後發制人」之道。旁觀眾人中武功較淺的，見兩人雙目互視，身法呆滯，出招似乎鬆懈，豈知勝負決於瞬息，性命懸於一髮，比之先前狂呼酣戰，實又凶險得多。

孫仲君恨極玉真子剛才戲侮自己，在眾目睽睽下連吻自己，只能任其為所欲為，自己全無抗禦之力，委實氣憤難當，見兩人凝神相鬥，挺起單鉤，要搶上去刺這惡道一鉤。梅劍和見她舉鉤上前，嚇了一跳，忙伸手拉住，低聲道：「你要命麼？幹甚麼？」孫仲君怒道：「別管我。我跟賊道拚了。」梅劍和道：「賊道已知小師叔的厲害，正用最上乘功夫護住了全身，你上去是白送性命。」孫仲君用力甩脫他手，叫道：「我不管，我去幫師叔。」她以前惱恨袁承志，從來不提「師叔」兩字，這時見他與惡道為敵，竟然於頃刻間宿怨盡消。梅劍和道：「那你發一件暗器試試！」孫仲君取出鋼鏢，運勁往玉眞子背後擲去。玉眞子全神凝視袁承志的拳腳，鋼鏢飛來，猶如未覺。孫仲君正喜得手，突聽呼的一聲，梅劍和失聲大叫：「不好！」抱住她身子往下便倒。

孫仲君剛撲下地，只見剛才發出的鋼鏢鏢尖已射向自己胸前，不知那惡道如何會把鏢激打回來，其時已不及閃避抵擋，只有睜目待死，突然白影晃動，一隻纖纖素手忽地伸來，雙指夾住鏢後紅布，拉住了鋼鏢。梅劍和與孫仲君心中卜卜亂跳，跳起身來，才知救她性命的原來是何惕守，不禁感激慚愧，同時點頭示謝。

這時袁承志和玉眞子拳法忽變，兩人都是以快打快，全力搶攻。但見袁承志所使拳腳使將開來，八成是華山正宗拳法，偶爾夾著一兩下金蛇郎君的詭異招式，於堂堂之陣中奇兵突出，連穆人淸竟然也覺眼界大開，只看得不住點頭。木桑臉露微笑，喃喃道：「好棋，好棋，妙著橫生！」黃眞、歸辛樹、歸二娘、馮難敵心下欽佩。其餘華山派弟子無不眼花繚亂，撟舌不下。鬥到分際，兩人都使出「神行百變」功夫來。玉眞子曾在盛京見袁承志會這門輕功，料想必是木桑的傳人，他雖是華山門下，但自也算是鐵劍門門人，此番來到華山，原是想恃鐵劍而取他性命，以雪去年的奇恥大辱。兩人環繞轉折，鬥了數十合，玉眞子忽地跳開，取出小鐵劍一揚，喝道：「你旣是鐵劍門弟子，見了鐵劍還不下跪？」

袁承志道：「我是華山派門下。」玉真子喝道：「你如不是木桑的弟子，怎會懂得神行百變功夫？你是他弟子，自然是鐵劍門中人了。鐵劍在我手中，快跪下聽由處分。」袁承志笑道：「你快跪下，聽我處分！」玉真子轉頭問木桑道：「他的神行百變輕功，難道不是你傳授的麼？」木桑搖了搖頭，說道：「不是我親授的。」玉真子知道師兄從來不打誑語，心中大奇，微一沉吟，進身出招，與袁承志又鬥在一起。

袁承志攻守進拒，心中琢磨他剛才的幾句話，忽然想起：「木桑道長從前傳我技藝，只當是在圍棋上輸了而給的采頭，決不許我叫他師父。後來這神行百變輕功又命青弟轉授。原來其中另有深意，倒並非全是滑稽古怪。」

他想到青青，情切關心，不由得轉頭向她望去，只見她倚在一塊大石之旁，口中含了一塊朱紅色的藥餅，何惕守正在割破她手腕放血解毒。這一下當真是喜從天降，心想：「她中了洞中穢氣，只怕尚混有五毒教的毒物，惕守自然知道解法，這一來可有救了。」

青青見到承志目光轉向自己，也轉頭相視。玉真子見敵手心不專注，忽出一掌，自意想不到的方位打來，袁承志吃了一驚，忙揮掌格開。青青叫道：「大哥，小心！」承志應道：「嗯！」側身卸去對方掌力，只見阿九顫巍巍的踏上半步，似欲揷手相助，忙道：「阿九，別下場。我輸不了！」玉真子叫道：「大家瞧著，他當真輸不了？」拳腳加緊。袁承志一路「破玉拳」早已使完，「混元掌」也已絕招盡出，兀自佔不到絲毫上風，腳下轉圈，使出變幻多端的「金蛇拳法」來。

玉眞子罵道：「旁門左道，沒見過這等混帳拳腳。」

這套「金蛇拳法」，是金蛇郎君在華山之巓苦思情人溫儀時所創，其中有些招式是擬想溫儀的心情，全然與克敵制勝的武學無關，不少招式旁敲側擊，不依常規，似乎全無用處，連穆人清、木桑等武學大宗師也從所未見，盡皆訝異。袁承志使這路拳腳，旨在消磨敵手力氣，再待己方師長勝他，原不盼便以此自行取勝，好在自己年輕，並非華山派高手，危急之際使些古怪功夫，也不損華山派威名。但這路拳腳他平素甚少習練，出手生疏，其中精要處更未掌握，待使到一招「意假情眞」，右手連轉幾圈，全是虛招，突然間猛拳直出，左右上下，全無成法，連自己也不知要擊向何處。

承志一瞥眼間見到青青，又見到阿九，心念忽動：「這兩個姑娘對我都是一片眞情，並非假意。到底我心中對誰更加好些？我識得青弟在先，曾說過要終生對她愛護，原不該移情別戀，可是一見阿九之後，我這顆心就轉到這小妹妹身上了。整日價總是想著她多，想著青弟少。我內心盼望的，其實是想跟阿九一生一世的在一起，永不離開。到底如何是好？」

日光斜照，從樹枝間映向阿九臉頰，承志凝望她的玉容麗色，一時竟然痴了，腳步漸漸向她靠近，猛地驚覺：「甚麼叫做『意假情眞』？我愛了這人，全是眞情，自然心意也是眞的。唉！當年金蛇郎君對待何紅藥，最初當是眞情眞意，後來跟青弟的媽媽相處久了，竟然情與意都變了。袁承志啊袁承志，你也是個無情無義的傢伙！」可是眼光要從阿九臉上轉向青青，竟自不能，氣血上湧，只想撲到阿九身上，緊緊抱住了她，就讓玉眞子將兩人一劍同時斬死，就此解此死結。

但高手比武，那容得心有旁騖？他心神不屬，左肩側動微慢，玉眞子好容易盼到這個空隙，右拳迭出，猶似雷轟電掣，砰的一響，正中袁承志左胸。袁承志不敢運氣硬擋，只怕傷勢更重，向後微仰，要卸去他的拳勢。不料玉眞子一拳擊出，更有後著，又是重重的掌力推將過來。袁承志立足不定，向後翻倒，摔在阿九的面前。玉眞子得理不讓人，快似電閃，從地下搶起先前擲下的利劍，向袁承志左肩斬落。

兩人先前激鬥中移步換位，袁承志情不自禁的靠近阿九，玉眞子跟著向西，歸辛樹和黃眞一直站在東首，眼見師弟遇險，均欲搶上救援，卻相距遠了，縱躍不及，歸辛樹神拳飛出，猛擊玉眞子背心。玉眞子左手護身，不理來拳，右手劍鋒搶先斬向袁承志。袁承志跌落之處正在阿九身前，阿九豁出性命，撲在袁承志身上，要爲他代擋這劍。

玉眞子揮劍向袁承志斬落，阿九自然而然的右臂伸出一擋，噹的一聲，玉眞子利劍碰到一件兵刃，反彈上來。原來阿九左臂已失，將金蛇劍藏在右袖之中，劍柄向下，握在手中，只待袁承志要使，立即垂手落劍，讓他取用。此刻緊急之際，想也不想，便伸臂擋劍，玉眞子這一劍正好斬在金蛇劍上。阿九貂裘的衣袖雖破，金蛇劍卻擋住了利劍。金蛇劍鋒利不亞於玉眞子的寶劍，兩刃相斫，皆無損傷。

阿九驚惶之中，右臂下垂，鬆開手指，金蛇劍從衣袖中滑落。袁承志眼明手快，當即搶住劍柄，右膝跪地，一撐之下便即站起，心中又是感激，又是憐惜，左臂將阿九摟住，忙問：「沒受傷嗎？」阿九心情激盪，右臂翻上，摟住承志的頭頸，低聲道：「嚇死我啦！你沒傷到麼？」適才的變故猶似晴空霹靂，人人都是一顆心突突亂跳。

玉眞子喝道：「卿卿我我，夠了嗎？」袁承志金蛇劍突然轉個圈子，圓轉斬出，玉眞子舉劍欲擋，不料袁承志那一招「意假情眞」拳法尚未使完，心情激盪下隨手揮劍，使的仍是下半招「意假情眞」。金蛇郎君當年創這招時，正自苦念溫儀，這一招中蘊蓄了男女間相思繾綣之時兩情眞眞假假、變幻百端、患得患失、纏綿斷腸的諸般心意，其中忽眞忽假，似實似虛，到底拳勢擊向何處，連自己也是瞬息生變，心意不定，旁人又如何得知？袁承志拳法上正使到這一招，此時心煩意亂，六神無主，不假思索的順手揮劍，玉眞子自然更加難知這一招的眞假虛實，當然擋了個空，右肩一涼，一條手臂已遭斬落，跌在地下，五指兀自緊緊抓住利劍。

袁承志左拳隨出，附有混元功內勁的一招破玉拳「五丁開山」，結結實實的打在他胸口。玉眞子向後飛身跌出，大叫：「甚麼劍招？」狂噴鮮血，便即氣絕。

阿九心神激盪，又羞又喜，乘著袁承志左拳擊敵，摟著自己的左臂鬆開，忙飄身避到何惕守身後。

衆弟子見袁承志打敗勁敵，無不欽佩萬分。馮難敵上前拜倒，說道：「袁師叔，請恕弟子昨日無禮。」袁承志已累得全身大汗淋漓，急忙扶起，卻將汗水滴了馮難敵滿頭。孫仲君拾起幾塊大石，砸在玉眞子屍身之上，轉頭說道：「多謝袁師叔給我出氣。」

木桑連連嘆息，命啞巴將玉眞子收殮安葬，手撫鐵劍，說出一段往事。

原來玉眞子和他當年同門學藝，他們這一派稱爲鐵劍門，開山祖師所用的鐵劍代代相傳，白木柄上有祖師親筆所書遺訓，「見劍如見祖師親臨」。有一年他們師父在西藏逝世，鐵劍從此不知下落。

玉眞子初時勤於學武，爲人正派，不料師父一死，沒人管束，結交損友，竟如完全變了一個人。他自幼出家，不近女色，這時卻姦盜濫殺，無惡不作。他武藝又高，竟沒人奈何得了他。木桑和他鬧了一場，鬥了兩次，師兄師弟劃地絕交。

玉眞子鬥不過師兄，遠去西藏，一面勤練武功，一面尋訪鐵劍，後來不但找到鐵劍，還得到一柄削鐵如泥的寶劍。按照他們門中規矩，見鐵劍如見祖師，執掌鐵劍的就是本門掌門人，只要是本門中人，誰都得聽他號令處分。木桑在南京與袁承志相見之時，已得訊息，說玉眞子已在西藏找到了鐵劍，知道此事爲禍不小，決意趕去，設法暗中奪取。那知他西行不久，便在黃山遇上一個圍棋好手，一弈之下，木桑全軍盡沒。他越輸越不服，纏上了連弈數月，那高棋之人無可奈何，只得假意輸了兩局，木桑纔放他脫身。這麼一來，便將這件大事給躭擱了。

穆人淸聽了這番話，不禁喟然而歎，轉頭問紅娘子道：「他們幹麼追你啊？」

紅娘子撲地跪倒，哭道：「請穆老爺子救我丈夫性命。」

袁承志聽了這話，大吃一驚，忙伸手扶起，說道：「嫂子請起。大哥怎麼了？」

紅娘子道：「闖王帶兵跟吳三桂吳賊在山海關外一片石大戰，未分勝敗，不料吳賊暗中勾結滿洲韃子，辮子兵突然從旁殺出，我軍出乎不意，就此潰敗，闖王此後接戰不利，帶隊退出北京，現今是在西安，又登基做了皇帝。不料丞相牛金星和權將軍劉宗敏對闖王挑撥是非，誣陷你大哥反叛闖王，闖王要逮拿你大哥治罪。我逃出來求救，劉宗敏一路派人追我……」

衆人聽說淸兵進關，北京失陷，都如突然間晴天打了個霹靂。

袁承志大急，叫道：「咱們快去救，遲一步只怕來不及了！」但轉念一想，這次師父召集門人聚會華山，必有要事相商，這如何是好？望著師父，不由得心亂如麻。他年紀輕，閱歷少，原無多大應變之能，乍逢難事，一時間徬徨失措。

穆人清道：「各人已經到齊，咱們便儘快把事情辦了罷！」說著請出風師祖遺容，擺了香案，點上香燭。衆弟子一一跪下。何惕守縮在一角，偷眼望著袁承志。

穆人清微微一笑，向著她說道：「你堅要入我門中，其實以你武功，早已夠得縱橫江湖了。他們稟告我，虧得你跟玉眞子相鬥，纏住了他，若不是你，我這些徒孫個個非倒大霉不可。華山派中，你算是有功之人。你叫我滾蛋，哈哈，我偏偏不滾！我這一推手，你只跌出四步，便即站穩。我門中除了三個親傳弟子，還沒第四人有這功力呢。好好，你也跪下吧！」何惕守大喜，先拜師祖，再跟在袁承志之後，向風師祖遺容磕頭，心想：「這位祖師爺說話有趣，人倒很慈和。」

行禮已畢，穆人清站在正中，朗聲說道：「我年事已高，不能再理世事俗務。華山派門戶事宜，從今日起由大弟子黃眞執掌。」

黃眞一驚，忙道：「弟子武功不及二師弟、三師弟……」穆人清道：「掌管門戶，又不是要跟同門打架比武，但求督責諸弟子嚴守戒律，行俠仗義。你好好做吧！」黃眞不敢再辭，重行磕拜祖師和師父，受了掌門的符印。本門弟子參見掌門。

袁承志見大事已了，懸念義兄，便欲要下山，對青青道：「青弟，你在這裏休養，我救義兄後即來瞧你。」青青不答，只是瞧著阿九，心中氣憤，眼圈一紅，流下淚來，突然問袁承志道：「剛才你跌倒，爲甚麼跌在她面前，卻不跌在我面前？要是你摔在我面前，我也會不顧自己性命，撲在你身上救你。」承志辯道：「我是給那惡道打倒的，又不是自己想摔一交！」青青頓足道：「你這麼含情脈脈的瞧著人家，心不在焉，自然給人打倒了。」哇的一聲，哭了出來，突然轉身，拔足飛奔，衝向崖邊。

承志叫道：「青弟，青弟，你幹甚麼？」青青叫道：「不許過來！」承志見她已衝到懸崖之上，不敢再近。青青大聲道：「以後你心中就只有她，我寧可死了！」縱身一躍，向崖下跳了下去。下面全是堅岩，這一躍下，非死不可，人人盡皆大驚。木桑輕功卓絕，展開千變萬劫神功，搶過去拉扯，只拉到了青青右手衣袖，嗤的一聲，撕下了半截長袖，雖將她拉近了幾尺，卻阻她不住，青青還是跳下了懸崖。

袁承志大叫一聲，衝向懸崖，見青青已摔在十餘丈下的樹叢之中，身懸樹上，不知死活，大急之下，忙緣著岩崖山石，向下連滑帶縱，跳向一株大樹的樹枝之上，伸手抱起，只見她雙腿軟折，似乎已經摔斷，好在尙有氣息。不久崔希敏、何惕守、馮不摧兄弟、洪勝海等人陸續攀下，見青青不死，都鬆了一口氣。黃眞指揮啞巴，從懸崖垂下長索，由承志抱著青青，吊了上崖，入屋接骨治傷。

阿九站在一旁，回思適才自己不顧死活，撲在承志身上救護，其後又情不自禁，在衆人之前摟住承志脖子，而承志又伸臂將自己摟在懷裏，雖只一霎之間，只因是在生死懸於一線之際，卻已如天長地久，比之在皇宮中同床共衾、肌膚相親，更加親密，想起來不由得一陣羞澀，一陣甜蜜。待聽得青青怪責承志不該跌在自己面前，又說「你這麼含情脈脈的瞧著人家，心不在焉」，覺得承志當時確是含情脈脈的瞧著自己，只怕當眞心不在焉，以致給人打倒，也是有的。又見青青憤而跳崖，承志奮不顧身的跳下相救，抱她入屋，全神貫注的救護，想起自己對承志這番相思，只怕難有美滿後果，思前想後，不由得柔腸百轉，只想不如自己也從懸崖跳了下去，一死了之。卻不知他會不會也這般奮不顧身的來相救自己？最好是死在他的懷裏，一了百了。

木桑雖不明其間種種過節，但兩女共戀一男之情，卻也昭然。見阿九淚眼盈盈，神情可憐，想起她剛才撲在自己身上救命之德，心想這種事情非空言安慰幾句可以化解，必須大費心機，方能開解她心中鬱積，不妨收她入門，教她武功，如能教得她與老道天下棋，那更加妙了。走近身去，說道：「姑娘，老道以師門多故，心有顧忌，因此一生未收門人。現下我門戶已淸，姑娘適才救我性命，老道無以爲報，如不嫌棄，傳你幾手功夫如何？」阿九正自徬徨失措，茫無所歸，當即盈盈拜倒。

穆人淸、黃眞、歸辛樹等都向木桑和阿九道賀。木桑道：「阿九，咱們這就要去藏邊，靜下心來，好好的學學功夫，將來可不能比不上華山派穆師伯的徒子徒孫才行。」穆人淸道：「這個自然！」

袁承志替青青接骨，敷了藥出來，得知阿九拜了木桑爲師，也感欣喜，向兩人道了賀後，阿九拉拉他衣袖，走在一邊。

承志跟著過去，阿九淒然道：「承志哥哥，我要跟師父到藏邊去學功夫，千里迢迢，不大容易相見了。我等你……等你……三年。你三年不來，就不必來了。我就落髮做了尼姑……心裏永遠……永遠記著你……不，我等你十年……」承志道：「我一定會來見你，阿九妹子，不到一年，我就來啦！我見不到你，我會死的。」阿九輕輕搖頭，眼淚撲簌簌的落下。

傍晚時分，木桑和阿九用過點心，便即告辭下山。袁承志向木桑詳細問明他在藏邊的居處，只待青青傷愈，便去探訪。

何惕守待得衆人走開，對袁承志輕聲道：「師父，咱們已問明了阿九的住所，等夏姑娘傷好，你就可偷偷去瞧她，我給你瞞得緊緊的，擔保夏姑娘不會知道。就算你不敢走開，只要你肯好好教我功夫，我代你去偷偷找阿九，甚麼傳話遞言，傳書遞簡，決不能讓夏姑娘有半點疑心。你徒兒這手功夫，說得上天下無雙。」袁承志啐了一口，不去理她，決意自己去找阿九，不用這個徒兒代勞。

青青雙腿折斷，傷勢著實不輕，長期養傷之後，當能痊愈，但只怕一足不免微跛，難以盡復舊觀。袁承志在榻畔柔聲安撫，寬慰其心。青青又哭又鬧，只是追究袁承志在激鬥玉眞子之時，全心放在阿九身上。

袁承志待她吵得倦了後閉目睡去，搶到崖邊，遠遠向羣山千峯望去，只見雲封霧湧，阿九與木桑道人早已不見影蹤，嘆息良久，腸痛心酸，支持不住，坐倒在地。忽聽得身旁一個柔媚的聲音說道：「師父，你只要不娶夏姑娘，她做不成我師娘，這一生就不能管你，她再跳崖投海，都不跟你相干。阿九姑娘永永遠遠在等你。待得夏姑娘傷好了，你儘管去找阿九好了。你找她不到，我幫你找。你又沒對不起夏姑娘，不用傷心難受……」

袁承志嘆道：「我如去找阿九，對不起我自己良心。我爹爹當年並沒反叛皇帝，明知寫信叫祖大壽帶兵回京，皇帝不怕清兵了，便非殺我爹爹不可，他還是要寫這封信。唉，做人要問心無愧，千刀萬剮，那又如何？青青曾說：『忘恩負義，負心薄倖，便是卑鄙無恥！』」說著流淚不止。

何惕守摸出一塊手帕，遞了給他，柔聲勸道：「師父，你再哭下去，可不像師父了。人生在世，小小一點兒卑鄙無恥，在所不免，一生一世傷心難受，人要死的。」承志道：「倘若不傷心難受，人就不死嗎？卑鄙無恥，半點兒也不可以！」

次日清晨，袁承志向師父和掌門大師兄稟告要去相救李岩。穆人清沉吟道：「李將軍爲奸人中傷，致闖王有相疑之意，這事倘若處理不善，不但得罪了闖王，傷了咱們多年相交的義氣，而且引起闖軍內部不和，有誤大業。吳三桂引滿清兵入關，闖王正處逆境。你和李岩將軍雖然交情極好，諸事須當以大局爲重。」黃眞道：「師弟萬事保重。咱們做生意……」說到這裏，突然住口，想起自己已做了掌門人，不能隨口再說笑話，一時頗覺不慣。

袁承志躬身應命，於是陪同紅娘子，率領啞巴、洪勝海等告辭。崔秋山、崔希敏叔姪，安大娘、安小慧母女也求偕行。

袁承志一行人離了華山，疾趨西安。青青腿傷未愈，本應留山養傷，但她怕承志偷偷去見阿九，定要同行，承志只得隨順其意。青青腿上有傷，洪勝海找了輛騾車給她乘坐，一行人便行得慢了。

這一日將到渭南，忽聽得吆喝喧嘩，千餘名闖軍趕了一大隊民伕，正向西行。民伕個個挑了重擔，走得氣喘吁吁。衆軍士手持皮鞭，不住喝罵催趕，便如趕牲口相似。一名年老民伕腳步蹣跚，撲地倒了，擔子散開，滾出許多金銀器皿、婦女飾物。一名小軍官大怒，狠狠一腳，踢得那民伕口噴鮮血。衆人看得氣憤，都道：「這麼欺侮老百姓，還算是義軍？」何惕守道：「這些金銀財寶，還不是從百姓家裏搶來的。」她說得聲音較響，幾名闖軍聽見了，惡狠狠的回頭喝罵。一名軍士叫道：「這些人是奸細，都拿下了。」十餘名軍士大聲歡呼，便來拉扯何惕守、安大娘、安小慧、紅娘子四個女子。

紅娘子正滿腔悲憤，拔刀便砍翻了兩名軍士。袁承志叫道：「大夥兒快走罷！」在馬上俯身提起衆軍士亂擲，帶領衆人走了。闖軍不肯捨了金銀來追，只不住在後高聲叫罵。

紅娘子氣忿忿的道：「咱們的軍隊一進了北京，軍紀大壞，只顧得擄劫財物，強搶民女。比之明朝，又好得了甚麼？」崔秋山搖頭道：「闖王怎不管管，也眞奇怪。」紅娘子冷笑道：「他自己便搶了吳三桂的愛妾陳圓圓，上樑不正下樑歪，又怎管得了部下？吳三桂本來已經投降，大事已定，聽得愛妾給闖王搶了去，這才一怒而勾引韃子兵入關。吳三桂帶兵打進來，闖王帶兵出去交鋒，兩軍在一片石大戰，一時勝敗不分。突然韃子辮子兵殺到，我軍的將軍小兵，大家記掛著搶來的財物婦女，不肯拚命，這一仗若是不輸，那眞是老天爺不生眼睛了。」

行不多時，只見路旁有個老婦人正放聲痛哭，身旁有四具屍首，一男一女，還有兩個小孩，身上傷口中兀自流血不止，顯是被殺不久。只聽那老婦哭叫：「李公子，你這大騙子，你說甚麼『早早開門拜闖王，管教大小都歡悅』，我們一家開門拜闖王，闖王手下的土匪賊強盜，卻來強姦我媳婦，殺了我兒子孫兒！我一家大小都在這裏，李公子，你來瞧瞧，是不是大小都歡悅啊！我拜了六十年菩薩。觀音菩薩，你保佑我老太婆好得很啊！觀音菩薩，你不肯保佑好人，你跟闖王的土匪賊強盜是一夥！」袁承志等不忍多聽，料想前面大路上慘事尚多，當下繞小道而行。

過了兩條小路，又通到大路上來，只見路畔三四座小屋正燒得濃煙上衝，烈火飛揚，屋前幾具屍首，男的身首分離，女的全身赤裸，顯是給人先姦後殺。洪勝海上前向跪在屍首旁的一名老者問道：「老公公，是誰在這裏幹了壞事，是官兵嗎？」那老者鬚髮皆白，顫巍巍的指向北方，拍手罵道：「是官兵！崇禎皇帝手下的官兵早打了敗仗逃走了，現今奸淫擄掠、殺人放火的是大順皇帝手下的官兵，不管是甚麼官兵，都是惡賊狗強盜，就會害苦我們老百姓。客官，你瞧瞧，我穿得這樣破爛，已兩天沒飯吃了，還不是窮到底了。老天爺儘欺侮我們窮人，這天怎麼還不塌啊？」

袁承志等不忍再聽再看，上了大路，在路邊一些斷爛樹幹上坐下休息，忽聽得屋後有十數名農民放聲大哭，跟著有兩個高亢的聲音唱道：

「老天爺，你年紀大，耳又聾來眼又花，你看不見人，聽不見話。殺人放火的享著榮華，吃素唸經的活活餓殺。老天爺，你不會做天，你塌了吧！老天爺，你不會做天，你塌了吧！」

唱到最後這兩句時，眾男女農民都和了起來，大聲叫道：「老天爺，你不會做天，你塌了吧！」聲音嘶啞，充滿了無奈絕望。袁承志只覺這些人就算立時死了，到了陰世也是苦楚萬分，盡是呼號呻吟的餓鬼。只聽得紅娘子也跟著叫嚷：「老天爺，你不會做天，你塌了吧！」

袁承志悲從中來，一生聽從師父、應松等長輩之教，要全心全意爲國爲民，獻身爲人，救民於水火之中，只想闖王得了天下，窮人不再受官府和財主欺壓，有一口安樂飯吃，那知渾不是這麼一回事，望出去只覺滿眼烏雲，如果此刻身在懸崖之上，便欲如青青一般，縱身一躍，就此全無知覺，突然間忍不住放聲大哭。

安小慧勸道：「承志哥哥，天下事都是這樣的，咱們走吧！」崔希敏扶起袁承志，又再上馬趕路。

趕了一會路，眼見離渭南已經不遠，忽聽得兵刃撞擊，有人交鋒。衆人拍馬上前，只見二十餘名闖軍圍住了三人砍殺。三人中只有一人會武，左支右絀，甚是狼狽。

衆闖軍大叫：「殺奸細啊，奸細身上金銀甚多，那一個先立功的，多分一份。」崔希敏怒道：「甚麼多分一份？這不是強盜惡賊麼？」疾衝而前，拔刀向闖軍砍去。啞巴、洪勝海、崔秋山三人跟著上前，將二十餘名闖軍都趕開了。

只見三人都已帶傷，那會武的投刀於地，躬身拜謝，突然向崔秋山凝視片刻，說道：「尊駕可是姓崔麼？」崔秋山道：「正是。尊兄高姓，不知如何識得在下？」那人道：「小人楊鵬舉，這位是張朝唐張公子。十多年前，我們三人曾在廣東聖峯嶂祭奠袁督師，曾見崔大俠大顯身手，擒獲奸細。雖然事隔多年，但崔大俠的拳法掌法，小人看了之後，牢牢不忘。」崔秋山喜道：「原來是『山宗』的朋友，你們快來見過袁公子吧。」

張朝唐和楊鵬舉上前拜見袁承志，說起自己並非袁督師的舊部，只是曾隨孫仲壽、應松等人上過聖峯嶂。袁承志道：「啊，是了。那日張公子爲先父寫過一篇祭文。『黃龍未搗，武穆蒙冤；漢祚待復，諸葛星殞』，這十六字讚語，先父九泉之下，也感光寵。」張朝唐想不到自己當日情急之下所寫的這十六個字，袁承志居然還記在心中，也自歡喜。

袁承志問起爲闖軍圍攻的情由。張朝唐道：「小人遠在海外浡泥國，一個多月前，聽得海客說起，闖王李自成義軍聲勢大振，所到之處，勢如破竹，指日攻克北京，中華從此太平。小人不勝雀躍，稟明家父，隨同這位楊兄，攜了一名從僕，啓程重來故國，要見見太平盛世的風光。唉，那知來到北直隸境內，卻聽說闖王得了北京之後，登位稱帝，又給滿清兵打了出來，逃到了西安，滿清兵一路追來。我們三人也只得西上避難。那想到今日在這裏遇見闖軍，竟說我們是奸細，要搜查行李。我們也任由搜查，這些軍士見到我們攜帶的路費，便即眼紅，不由分說，舉刀便砍。若不是衆位相救，我們三人早已成爲刀下之鬼了。唉，太平盛世，太平盛世！」說著苦笑搖頭。

袁承志心下不安，說道：「此去一路之上，只怕仍然不大太平。三位且隨我們同往西安，再定行止如何？」張朝唐和楊鵬舉齊聲稱謝。那僮兒張康此刻已然成人，負起了包裹，說道：「十多年前，我們第一次回到中國，官兵說我們是強盜，要謀財害命。這一次再來中國，義軍說我們是奸細，仍是要謀財害命。我說公子爺，下一次我們可別再來了罷。」張朝唐道：「中國還是好人多，咱們可又不是逢凶化吉了嗎？」

次日衆人縱馬疾馳，趕到西安城東的壩橋。只見一隊隊闖軍在高地上排好了陣勢，與對面大隊兵馬對峙，對面的旗號也是闖軍，雙方彎弓搭箭，戰事一觸即發。袁承志大驚，心想：「怎麼自己人打了起來？」

只聽得一名軍官大聲叫道：「萬歲爺有旨，只拿叛逆李岩一人，餘人無干，快快散去，倘若違抗聖旨，一概格殺不論。」

袁承志心中一喜：「大哥未遭毒手。咱們可沒來遲了。」忙揮手命衆人轉身，繞過兩軍，從側翼遠遠兜了兩個圈子，走向高地上李岩所屬的部隊。統帶前哨的軍官見到李夫人到來，忙引導衆人去中軍大帳。大帳是在一座小山峯之頂。

來到帳外，只聽得一陣陣絲竹聲傳了出來，衆人都感奇怪。紅娘子與袁承志並肩進帳，卻見帳中大張筵席，數百名軍官席地而坐，李岩獨自坐在居中一席，正自舉杯飲酒。

他忽見妻子和袁承志到來，又驚又喜，搶步上前，左手拉住妻子，右手攜了袁承志的手，笑道：「你們來得正好，老天畢竟待我不薄。」讓二人分坐左右，又命部屬另開一席，接待青青、崔秋山、安大娘、啞巴、崔希敏、安小慧等人就坐。

袁承志見李岩好整以暇，不由得大爲放心，數日來的擔憂，登時一掃而空，向紅娘子望了一眼，微微而笑，心道：「你可嚇得我好厲害！」

李岩站起身來，朗聲說道：「各位都是我的好兄弟，好朋友。這些年來咱們出死入生，甘苦與共，只盼從今而後，大業告成，天下太平。那知道萬歲爺聽信了奸人的讒言，說甚麼『十八子，主神器』那句話，是我李某人要做皇帝。剛才萬歲爺下了旨意，賜李某人的死，哈哈，這件事眞不知從何說起？」

衆將站起身來，紛紛道：「這是奸人假傳聖旨，萬歲爺素來信任將軍，將軍不必理會。咱們齊去西安城裏，面見萬歲爺分辯是非便了。」各人神色憤慨，有的說李將軍立下大功，對皇上忠心耿耿，那有造反之理；有的說本軍紀律嚴明，愛民如子，引起了友軍的嫉忌；更有的說萬歲爺倘若不聽分辯，大夥兒帶隊去自己幹自己的，反正現下闖軍胡作非爲，大失民心，跟著萬歲爺也沒甚麼好結果了。

李岩取出一張黃紙來，微笑道：「這是萬歲爺的親筆，寫著：『制將軍李岩造反，要自立爲帝，大逆不道。著即正法，速速不誤。』下面署著萬歲爺新改的名字『李自晟』，這不是旁人假傳聖旨，就算見了萬歲爺，也分辯不出的。」衆將奮臂大呼：「願隨將軍，決一死戰！」一名將官大聲道：「萬歲爺已派了左營、前營、後營，把咱們三面圍住了，那不是要殺李將軍一人，是要殺咱們全軍。」衆將叫道：「萬歲逼咱們造反，那就眞的反了罷！」

李岩叫道：「大家坐下，我自有主張，萬歲爺待我不薄，『造反』二字，萬萬不可提起。」當即傳下將令，分派部隊守住各處要點，命各路精鋭居高臨下，射住陣腳，只守不攻。衆將素知他足智多謀，見他如此鎭定，料想必有奇策應變，於是逐一接令，自行出帳帶隊守禦。

李岩斟了一杯酒，笑道：「人生數十年，宛如春夢一場。」將酒一乾而盡，左手拍桌，忽然大聲唱起歌來：「早早開門拜闖王，管教大小都歡悅，管教大小都……」那正是他當年所作的歌謠，流傳天下，大助李自成取得民心歸順。袁承志提高聲音，接口唱道：「老天爺，你不會做天，你塌了吧！」李岩當即住口，順著他的調子唱了下去。袁承志心情憤激，運起混元功，將歌聲遠遠送了出去，峯上坡下，全軍皆聞。李岩制軍部衆正自悲憤，聽到歌聲，人人都唱了起來。

奉命前來收捕李岩的闖軍多知李岩蒙冤，又不該殘殺友軍，內心有愧，並無攻山之意。衆軍本來都是流民、饑民、驛卒，跟著李自成造反，起初只是爲了活命，後來連得大勝，軍紀敗壞，隨著上官奸淫擄掠，原是出於人人求財得利、飽食以逞色欲的天性，長官非但不禁，而且帶頭作惡，眼見伙伴人人皆然，財物婦女便在眼前，常人又怎忍耐得住？這些兵將本來也不是壞人，只是事勢使然，千百年來便皆如此。有時胡作非爲之後，自知不該，但下次遇上了，又再抹殺良心再幹。「老天爺，你塌了吧！」這悲憤無告的謠曲，闖軍自己在遭受官兵欺壓之時曾經唱過，後來自己做官兵而去欺侮旁人之後，又聽衆苦人唱過，這時聽到遠遠傳來，不禁都大聲應和，兩軍對峙，而齊聲呼唱，一時歌聲傳將出去，似乎一條長長的渭水也在嗚咽而和。

李岩和袁承志聽到峯下兩軍齊歌，都是感慨萬分。袁承志道：「大王本來十分英明，不好酒色，一心一意要救百姓於水火之中，爲甚麼一進了京，登基做了皇帝，忽然就變了。我是眞正不懂了。」

李岩道：「我不怪闖王疑我。闖王是好人，他信任我，重用我，就算到了今日，他心中對我還是好的。」袁承志道：「那麼他爲甚麼要下聖旨殺你？」李岩道：「只有皇帝能下聖旨，他做了皇帝，那就身不由主了。」袁承志搖頭道：「我只聽說『人在江湖，身不由主』，做了皇帝，他要幹甚麼就是甚麼，怎麼會身不由主？」李岩道：「做了皇帝，要幹甚麼就是甚麼，誰也不能違抗。天下就只一個皇帝，他自己做了，怕別人來搶他的，只好把能搶他寶座的人都殺了。唐太宗李世民是個大大的好皇帝，他為了做皇帝，把親哥哥、親弟弟都殺了。」袁承志道：「是啊，他如不殺哥哥、弟弟，他的哥哥、弟弟就會殺了他，這叫做無可奈何。」李岩點頭道：「那就是身不由主了。」

他斟了兩杯酒，和袁承志對飲一杯，說道：「漢高祖殺了大功臣韓信、彭越，人人知道冤枉。他也明明知道韓信、彭越沒造反。別的朝代不說了，就說本朝吧，徐達大將軍、劉伯溫軍師、李文忠大將軍都是太祖皇帝下毒害死的。本朝開國，論到功勞，以宰相李善長為第一，還不是給殺了。此外功臣大將，給太祖皇帝處死的，諸如馮勝、傅友德、陸仲亨、周德興、耿炳文、費聚、趙庸、朱亮祖、胡美、黃彬、藍玉，個個是封王、封公、封侯的立有大大汗馬功勞之人。再如你爹爹呢，他功勞還不大嗎？下場又如何呢？」袁承志道：「皇帝中了皇太極的反間計，以為我爹爹通敵賣國。」李岩搖頭道：「不是的。崇禎好像是中了反間計，以為你爹爹通敵賣國。其實崇禎所以要殺你爹爹，是為了你爹爹殺了大將毛文龍。皇帝怕人奪他的權柄，你爹爹殺毛文龍，皇帝對你爹爹就猜忌了，怕他將來兵權在手，搶他的寶座。」

袁承志惕然心驚，登覺人心之可怕，簡直無法想像，問道：「闖王帶領天下餓飯的窮人流民起兵，本來要革除前朝弊政，那知自己做了皇帝，又來幹欺壓百姓的老一套，大哥，我們都錯了麼？」李岩搖頭道：「闖王也是身不由己，有苦難言。他打天下，是靠了權將軍劉宗敏、高必正等等大將軍打的，得了天下之後，劉宗敏他們要搶財寶婦女，闖王心中是想禁止的，但他們對闖王說：『皇帝就讓你來做，金子銀子和女人，總該分一些給我們吧！』只要一個將軍一鬆，其他全都鬆了，那也怪不得闖王。其實，自古以來，世上的事都是這樣的。說是為百姓出頭，自己得了天下，又轉頭來欺壓百姓了。楚霸王說秦始皇虐待百姓，起兵亡秦，但他攻破咸陽之後，大搶大掠，將全城燒得乾乾淨淨。漢光武、趙匡胤是好皇帝，他們殺的百姓、屠的城那還少了？」袁承志長嘆一聲，道：「那麼這是無可奈何的事了？」

李岩道：「孟子說要王天下，只有不殺人者能一之。我瞧那是空口說白話，是他老人家的空想罷了。」（作者按：在中國所有封建專制時期，轉姓換朝，都是「亡，百姓苦；興，百姓苦！」所謂「弔民伐罪」，最後都變成了「虐民霸財」。那是歷史條件使然，所有農民起義，結果都變得與舊王朝並無多大分別。現代有人將李自成寫得具有新時代的革命頭腦，認為大順皇朝軍紀嚴肅，秋毫無犯，有無產階級革命者之風，純為一廂情願的幻想，即使其後二百年的太平天國，已受西方開明思想的影響，也做不到此節。武俠小說雖虛構成文，歷史背景之大關節卻不能任意歪曲。馬克思生於一八一八年，死於一八八三年，李自成打進北京是一六四四年，比馬克思早了幾二百年。那時候李自成不可能有馬克思思想。如果李自成真像中國某些「歷史家」或小說家所想像的那樣，具有馬克思思想，那麼後來馬克思反而是從李自成那裏學到馬克思思想了。）

袁承志黯然道：「大哥，要是你做了皇帝，你就要殺我？」李岩道：「決計不會！世上之人，名利權位、金銀美女，人人都想要，但孟子所謂人之異於禽獸者幾希，所不同的就是人懂得『情』與『義』。我跟你有情有義，做皇帝可享有普天下的財寶美女，我豈能爲了做皇帝，捨了我們兄弟的情義。就算有一百個美如天仙的陳圓圓、陳方方，我豈能捨了對你大嫂的情義。」伸出右手，握住紅娘子的手腕，突然之間，俯伏在桌上，酒杯倒翻，酒水潑在他身上，李岩卻不動彈。

紅娘子和袁承志吃了一驚，忙去相扶，卻見李岩已然氣絕。原來他左手暗藏匕首，已一刀刺在自己心窩之中。

紅娘子笑道：「好，好！」拔出腰刀，自刎而死。

袁承志近在身旁，若要阻攔，原可救得，只是他悲痛交集，一時自己也想一死了之，竟無相救之意。霎時之間，耳邊似乎響起了當日在北京城中與李岩一同聽到的那老盲人的歌聲：「今日的一縷英魂，昨日的萬里長城……」

衆將見主帥夫婦齊死，營中登時大亂，須臾之間，數萬官兵散得乾乾淨淨。好在「制軍」平時軍紀齊整，衆軍官領兵退散，部伍肅然，奉命來攻的闖軍顧念同袍義氣，也不追殺，抬了李岩夫婦的屍首回去覆命。

袁承志見義兄義嫂慘死，大哭之餘，率領衆人退入山中，商議行止。衆人都說，李自成如此忌刻涼薄，今後也不必跟隨他了，山東馬谷山中，尚有「金蛇營」的數千兄弟，須得好好料理，免得給李自成、劉宗敏、高必正等下手撲滅。袁承志心想不錯，請崔秋山急乘快馬，連夜去山東報訊，請孫仲壽妥爲防備，以防李自成派兵偷襲，就如羅汝才、亂世王、革裏眼、李岩等自家兄弟，遭了毒手。承志又派洪勝海回去北京，通知程青竹、沙天廣、鐵羅漢、胡桂南等留京夥伴，南下馬谷山歸隊。崔秋山、洪勝海分別奉命，疾馳而去。

張朝唐勸袁承志等到浡泥去散心，承志說尚有大事待理，不能離去。張朝唐等三人道謝了回國。次日，袁承志帶同青青、何惕守等人，東向山東。青青腿傷漸愈，已不必拄了枴杖行走。

袁承志身雖東行，一顆心卻日日向西，只盼到藏邊去會阿九。心想只要不跟青青成親結爲夫妻，去了藏邊不再回來便不算相負。與阿九分別多日，思念殊殷，每日裏只想到了藏邊見到她後，便跟木桑道長整整下一個月棋，他過足了棋癮，便會有幾天不來纏住自己，那時就偷偷帶了阿九，深入西藏荒無人跡的高山野嶺，從此不回中原，此後師門舊友，一個不見，每日裏只和阿九過神仙一般日子，直到老死。在西藏打獵也好，採藥也好，總餓不死人。自忖思念阿九，倒不是爲了她美貌，只是跟她相處之時，縱然只有一時片刻，心中總是自然而然說不出的歡喜，阿九微微一笑，輕輕一語，自己便回味無窮，高興上半天，倘能有十天半月的相聚，眞想不出日子會過得如何快活，更不用說終身相依，永不分離了。

一路上神遊太虛，儘自做白日好夢。這一日青青忽問：「喂！你笑咪咪的在想甚麼？這麼開心，在想阿九嗎？」承志一驚，答道：「不是！我在想那晚在盛京跟玉眞子打架，胡桂南偷了他衣褲，他赤身裸體的跟我過招，好不狼狽！」青青噗哧一笑，便不問了。

袁承志驀地裏心驚：「我極少說謊，卻何以要騙她？只因她如知道我在想念阿九，必定會傷心。我若去會阿九，永不回來，她豈不更加傷心？說不定又再跳崖自盡，那可如何是好？李岩大哥說，是人不是禽獸，就是人懂得『情』和『義』。他寧可自殺，不肯負了闖王，便是爲了情義。青弟對我有情有義，我如待她無情無義，我還算是人嗎？今後就算能跟阿九在一起，想到青弟之時，我還會眞的快活嗎？我能當眞忘了青弟，只瞧著阿九她一人嗎？」言念及此，不自禁的搖了搖頭。

青青笑問：「爲甚麼又搖頭了？」承志苦笑，說道：「不成，決計不成！」又想起李岩臨終時的說話：「就算有一百個美如天仙的陳圓圓、陳方方，我豈能捨了對你大嫂的情義。」當下心意已決，硬生生的忍住，不去思念阿九。但不禁又想：「阿九說，我如三年不去瞧她，她便落髮做尼姑。她又說等我十年，我十年不去，她還是做尼姑。她每天敲木魚念佛，心中卻苦苦的想著我，豈不是苦得很，我豈不是對她不起，豈不是對她無情無義？那我又成爲禽獸了？」

這天在河南道上，各人打尖過後，何惕守對承志道：「師父，混元功的起手功夫，請問怎麼練法？」承志道：「這是我華山派的基本功，要稟明你師祖，得他老人家允准之後，方可傳你。」何惕守道：「那日你跟那玉眞子拼鬥，你向左邊一溜，忽然轉到了右邊，機靈之極，那又怎樣？」承志道：「這是金蛇郎君的身法，倒可教你。」任由青青、崔希敏等先行，在樹林中一塊空地之上，傳她金蛇掌的身法、掌法。

何惕守學得高招，只喜得眉開眼笑，樂不可支，說道：「師父，多謝，多謝！眞不知怎生報答你才好。師父，你老人家這些日子來老悶悶不樂，爲了想念阿九嗎？」承志避開話題，說道：「你師父老人家心情不好，是爲李岩大哥去世而悲傷。」何惕守道：「那我就沒法子了。要是爲了阿九，徒兒倒有不少妙法。」承志道：「倒要請教。」

何惕守道：「師父，我們教裏有種藥物，叫做出竅丹，服了之後可以令人昏迷五日五夜。當時全身僵硬冰冷，心不跳，氣不呼，就如死了一模一樣。到四個時辰之後，才微微呼吸、微微心跳，過後復醒，卻全無妨礙。咱們在道上見到有甚麼希奇果子，你去大呼小叫的採來吃了，卻不讓夏師姑和別人吃，我隨即給你服那出竅丹，你到半夜裏就假死了。我把你釘入個鑿孔透氣的棺材，安葬入土，等夏師姑他們走了之後，我立刻把你掘出來，送入客店安息。過得幾天，你就鮮龍活跳的起身，咱們快馬加鞭，趕去藏邊，見到阿九小師娘，你拉了她白白嫩嫩的小手就走。夏師姑見你死了，只道是你命薄，痛哭一場，也就算了，決不會怪你薄倖無情，也不會一輩子恨你。你的師父、師哥、各路朋友，都只惋惜這樣一位大英雄平白無端吃了毒果死了，老天爺眞沒眼睛，不會背後罵你負人不義。要是你還不放心，咱們讓崔希敏也吃果子、服出竅丹，一起假死假活，夏師姑再也不會生疑。」

承志道：「不行，不行。你瞧，我李岩大哥死了，他夫人自盡殉夫，要是青青見我死了也就自殺，豈不是害了她性命？」何惕守道：「夏師姑沒跟你成親，不算是你夫人，她不會自殺的。」

承志道：「倘若我們此刻快馬加鞭，逕向西行，青青也未必能追得到我們。我不去藏邊，是爲了良心不安，不肯對她無情無義。否則憑她武功，隨時我要走，她也抓不牢我。」何惕守道：「是啊，你一施展『神行百變』輕功，天下沒一人抓得你住，只怕師祖他老人家和木桑道長也抓不住。只有阿九小師娘先抓住了你的心，這才抓得住你的人。」承志正色道：「你煩得很，別儘叫阿九小師娘了。她這時給你叫得眉毛動、眼睛跳了。」

何惕守道：「師父啊，這世上男子漢三妻四妾，事屬尋常，就算七妻八妾，那又如何？咱們這個沙天廣沙寨主，衆所周知，除了惡虎溝裏的兇惡雌老虎押寨夫人之外，還有五個小老婆，分置山東五府，青州一個，萊州一個，密州又一個，聽說沂水、膠州，也各有一個。他大老婆無可奈何，明知而不故問。師父，你是沙寨主的上司，他幹得，你爲啥幹不得？你先娶了夏師姑做我大師娘，再去娶阿九做我二師娘。我瞧那焦宛兒焦姑娘哪，對你也是含情脈脈、藕斷絲連的，她可沒把她那羅師哥有半點放在心上，徒兒旁觀者清，你就娶了她做我三師娘……」承志臉一沉，鼻中哼了一聲，斜眼而睇。

何惕守道：「師父你這可想錯了，你以爲我要勸你再娶我自己做我的四師娘嗎？錯了，錯了！如果世上沒阿九二師娘，我倒眞挺想嫁你的，那時候要是你傳我武功不盡心，我就扯住你耳朵，罰你跪下。世上既有了阿九這美麗可愛的小姑娘，我就一心一意只做你徒弟了。你全心全意的疼著她，向著她，寵著她，人家做你的小老婆還有甚麼好？」她說到這裏，神色堅決，搖了搖頭，咬緊牙齒，說道：「不做，不做，說甚麼也不做！」

承志笑道：「你不做甚麼？不做五毒教教主了是不是？你給我再找一個姑娘做五師娘，那你們五個人就結成了五毒教啦！」何惕守搖頭道：「六毒教也罷，七毒教也罷，總而言之，我不做你的小老婆。」承志微笑道：「多謝你。那爲甚麼要說得這麼斬釘截鐵？」何惕守道：「我說了出來，你會對我不好的。」承志道：「那你不說罷。」

何惕守道：「不說又不痛快。好，就跟你說。第一，阿九這小妹妹嬌嬌滴滴，美麗無比，教人一見就愛，我捨不得毒死她；第二，就算我當眞硬起心腸，一個不小心失手毒死了她，你一定悲傷無比，整天哭哭啼啼，愁眉苦臉，對她念念不忘，她本來只一百分可愛，你心裏把她放成了一千分、一萬分，月裏嫦娥，天仙化人，你怎麼還會把第二個女子放在心上。因此我決不做你小老婆！男人如不把我愛得要死要活，發瘋發癲，嫁了他有甚麼味道？不管做大老婆、小老婆都一樣。」

承志哈哈一笑，說道：「這話倒也是！以後你專心學功夫，我盡心教你就是了。」何惕守恭恭敬敬的道：「多謝師父。」承志道：「二師娘是不娶的，三師娘、四師娘都不娶！」何惕守道：「那你連大師娘也別娶，免得將來後悔莫及！悔之晚矣！」

此後一路之上，何惕守計謀橫生，儘是奸詐邪道，要幫袁承志設法去尋阿九，最後自告奮勇，要去藏邊代傳情愫，通個消息，袁承志皆不允准。

不一日到了馬谷山，來到「金蛇營」中，營中兄弟大宴相迎，歡樂三日。孫仲壽等在山東練兵養銳，得到崔秋山傳訊後，各處要緊所在更加守禦得鐵桶相似。李自成從西安傳來聖旨將令，要取消「金蛇營」、「金蛇王」的番號稱謂，孫仲壽一一奉命遵辦，差人送上奏章，慶賀李自成登基爲帝。李自成甚喜，頒下令旨，升袁承志爲制將軍，封孫仲壽爲果毅將軍。孫仲壽不斷派遣使者與李自成聯絡，並打探軍情訊息。

李自成退出順天府北京的情況，紅娘子曾說了一些，但不明實況，有點兒語焉不詳。孫仲壽曾派人去北京詳加打探，這時向袁承志稟告，據探得軍情：滿清大軍由攝政王多爾袞統領，命英王阿濟格、豫王多鐸各將萬騎進軍，與吳三桂聯兵，在山海關外一片石大戰，李軍內部不和，實力大損，接戰不利而退，谷大成部殿後，谷將軍力戰陣亡，李自成退出北京，與劉宗敏、牛金星、宋獻策、李過、李牟、李岩、田見秀等退向西安。

孫仲壽將探子找來的一些滿清文告拿給袁承志看，一篇是多爾袞與滿清入關諸將的誓約，其中有一段說：「今入關西征，勿殺無辜，勿掠財物，勿焚廬舍，不如約者罪之。」另有一篇是多爾袞入宮後的嚴令：「諸將乘城，勿入民舍，百姓安堵，秋毫無犯。」又有「大清國攝政王令旨」：「前朝弊政，莫如加派，遼餉外又有剿餉、練餉，數倍正供，遠者二十年，近者十餘載，天下嗷嗷，朝不及夕，更有召買加料諸名目，巧取殃民。今與民約：額賦外一切加派，盡爲刪除，各官吏仍混徵暗派，察實治罪。」

孫仲壽嘆道：「老百姓最苦不堪言的，確是加派。完了錢糧之後，州縣一聲『加派』，名目繁多，都是數倍於正額錢糧，老百姓飯也吃不上，怎麼繳得起種種『加派』，逼得人全家老少上吊投河，就是這加派了。」袁承志問道：「清兵進京之後，可當眞不入民舍，秋毫無犯嗎？」孫仲壽嘆道：「清兵雖是蠻夷外族，進京之後倒確是不入民舍，不掠財物，不擄婦女。」

袁承志想起在盛京崇政殿屋頂上聽到皇太極與范文程、鮑承先、寧完我各人的對答，料想多爾袞是遵照先君的遺訓，收羅民心，以圖佔我大漢天下。

孫仲壽又稟報：闖王敗走山西後，滿清肅親王豪格奉命來侵山東，不久攻入濟南，東破青州，斬明守將趙應元，又平濟寧滿家洞。闖軍「金蛇營」僻在魯東，清軍倒未來攻。這時南京明朝的大臣立了福王由崧作監國，其後即位稱帝。由崧是崇禎皇帝的堂弟，他父親常洵是前光宗皇帝的兄弟。福王雖與帝系較近，但爲人昏淫，鳳陽總督馬士英力主立他，以便控制。南朝兵部尚書史可法以潞王較爲賢明，則主張立潞王。但馬士英掌握兵權，又與駐兵江北的四大總兵高傑、劉澤清、劉良佐、黃得功聯絡，派兵迎來了福王。史可法無可奈何，只得同意。四大總兵中高傑部隊駐在江北泗水，史可法要他去和「金蛇營」連絡，共抗清兵進犯。

高傑原是李自成麾下大將，在軍中與李自成的妻子邢氏私通。高傑怕風聲洩漏，李自成殺他，帶了邢氏逃走，還帶走了一批部隊，他去投降朝廷，做到了總兵，與闖軍爲敵。他知金蛇營是闖軍的精銳之師，駐地離他不遠，他心懷鬼胎，不敢去和金蛇營連絡，卻去和河南總兵許定國勾結。不料許定國暗中已經降清，假意設宴，殺了高傑。

袁承志問起南京朝中情形，孫仲壽道：「南京城裏，馬士英大權獨攬，重用魏忠賢的餘孽阮大鋮，事事非錢不行，腐敗不堪，所有官職都可出賣。南京人有順口溜道：『中書隨地有，總督滿街走。紀監多如羊，職方賤如狗。蔭起千年塵，拔貢一呈首，掃盡江南錢，塡塞馬家口。』把江南人的錢都搜括起來，塡到馬士英一家人的口袋裏。」袁承志對青青道：「那個馬士英，他的姪子就是你在南京殺的。」青青笑道：「原來小妹倒有三分先見之明，沒殺錯了良民。」

孫仲壽道：「江北各總兵跋扈，不奉朝廷命令。只史可法閣部在揚州，忠心耿耿，左支右絀，那也難得很了，史閣部曾派人送禮來，要我們歸順南明，共抗清兵。我回答說：『小將做不得主，待我們主帥袁將軍回營，小將稟明史閣部的好意，再行奉覆。但本營以抗清護民爲職志，必與閣部同一條心。』」

袁承志道：「抗禦清兵，本是先公遺志。史閣部是位好漢子，跟他聯手，倒也使得。但南京朝廷如此腌臢，投降朝廷，似乎不必了。孫叔叔、朱叔叔、羅叔叔、倪叔叔，你們各位以爲如何？」孫仲壽等都道：「主帥高見，我們也都這麼想。」

羅大千道：「最近南京又有監禁太子的事，令人好生氣憤。」袁承志詢問詳情。

羅大千道：「北京南來的一個官員，帶了個少年同來，說是崇禎皇帝的太子……」

袁承志心道：「這是阿九的弟弟，我倒見過。」羅大千道：「朝廷知道了，派人去查明，這些人有的在北京做過講官，教過太子的書，太子一見便認了他們出來，先叫他們名字。這些官員受過福王宏光皇帝和馬士英的指點，說倘若眞是太子，宏光皇帝就得讓位，自然都回報說不認得。朝廷不問情由，就將這少年下在獄中，到底是不是太子，原也難說。這件事傳了開來，在長江上游帶兵的將軍中有個左良玉，官封寧南伯，駐兵武昌。他跟馬士英不合，說監禁太子，乃大大不忠，於是發兵東下，要淸君側，兵到九江，左良玉突然急病身亡，部兵由他兒子左夢庚統帶。南京調黃得功沿江堵截，左夢庚不會打仗，兵敗降淸。」

朱安國道：「咱們該當回覆史閣部才是。」袁承志道：「便請朱叔叔辛苦一趟，送幾件禮物去揚州，說我們願以客軍身份，跟史閣部聯手抗淸。淸兵如犯淮泗，我軍便擾淸兵後方牽制，共同打仗，但我們不奉朝廷號令。」朱安國奉命而去。

不久，洪勝海、程青竹、沙天廣、胡桂南、鐵羅漢等留京夥伴齊到山東，來歸「金蛇營」。袁承志與孫仲壽、羅大千、倪浩、沙天廣、程青竹等整頓部屬，準擬抗淸援史，將三營兵馬，操練得進退如意。

四月間消息傳來，淸兵都統準塔敗明兵於沛縣，攻陷徐州，此後又敗劉澤淸於淮安，通州、如皋等城皆陷，劉澤淸降淸。多鐸大軍由歸德趨泗州，乘夜渡淮，將金蛇營和史可法部隔成兩截。金蛇營兵少，難以正面大攻清軍，派了一千兵到揚州助戰，另在清軍背後不住騷擾，以作牽制。不久便聽到揚州城破、史閣部殉難的噩耗。其後朱安國滿身血污的回報，說當日史閣部見到金蛇營派兵助戰，大爲讚嘆感謝，多多拜上袁將軍，並對袁督師當年冤死一事大表不平，有一短簡致袁承志，寫了十六個字：「共抗清虜，督師有子，並肩禦敵，洗冤報國。」

袁承志甚爲感慨，問起史閣部戰況，朱安國不禁流淚，說清兵於四月十五日攻揚州城，史閣部五次拒降，奮力應戰，朱安國也在他身邊助戰，到二十五日城陷，史閣部就義。金蛇營派去助戰的一千名兵將大部殉難。城破後清兵大肆燒殺，十日之間殺了八十餘萬人，後來稱爲「揚州十日」，慘酷無比。朱安國於城陷後帶了少數部兵逃出。

袁承志與孫仲壽等籌商今後大計。南明朝廷中君臣腐敗，互相爭奪權位，南京看來也是指日可破。闖王敗至陝西，軍紀未見大改，百姓不附，諸將解體，引兵至湖北時連戰敗績，據說在通城九宮山中爲村民所擊斃，唯事無佐證，不知眞假。劉宗敏等大將多數爲清軍擒斬。牛金星降清，連他兒子劉銓，都在清朝做了小官。

衆人都說眼下國步艱難，繼承袁督師遺志，惟有抗虜到底，雖清兵勢大，又復精強悍勇，看來取勝無望，但大丈夫捐軀報國，有死而已。當下沙天廣、程青竹分別去北直隸、山東布政使司自己原來所轄各盜寨，招攬舊屬兄弟；吳平、羅立如、焦宛兒等去南京應天府招攬金龍幫舊人及其他幫會同道；羅大千、倪浩等前往關遼一帶，招攬袁崇煥在寧錦山海關一帶所遺的舊部。再加上蓋孟嘗等七省會盟的盟友，人衆大集。「金蛇營」成立後，招攬的豪傑本已不少，但要抗清卻大大不夠，於是又豎起義旗，廣募兵將，馬谷山山前山後起造山寨，一時間好生興旺。

「金蛇營」的名稱既已取消，「山宗營」之名外人多不明其義，袁承志與各人會商，決定重振「大明崇字營」的新名，這名稱本來和「金蛇營」、「山宗營」二名並用，此後則專用此名，樹起旗幟，聯絡膠東各州縣百姓。前明官員中有的忠於前朝，問起「崇字」的由來，招兵者不說是來自袁崇煥的「崇」字，而是來自「崇禎」的「崇」字，便有不少前明的散官、敗兵潰卒投順。承志與孫仲壽將衆兄弟分成五營，稱爲「崇字一營」、「二營」等名號，日日操練兵馬，爲籌糧餉，佔據了附近鹽山、東陵、陽信、海豐等州縣。

這日袁承志帶同羅大千、崔希敏二人巡視轄地，來到富平鎮郊區，只見百餘名「崇字三營」的兵丁在搶掠百姓，還有人將十餘名年輕婦女綑縛了擄去。承志大怒，上前干預，一劍便將帶隊的把總殺了。副把總大叫：「冤枉，冤枉！」承志問起原由，原來這一營歸洪勝海統帶，軍中無糧，兵士已挨了幾天餓，把總稟明了洪勝海，帶隊出來徵糧。袁承志召集洪勝海以及崇字三營的其餘各隊把總，詢問詳情。

卻原來崇字各營人數大增，已擴至十營，這時已達二萬餘人，而錢財管理不善，袁承志先前所得寶藏、所劫糧餉已花用殆盡，各營數月來糧餉不繼，不但對兵卒欠餉，且日常伙食亦供應不足。各營兵將相互皆是素識，起初大家都憑著這「義氣」兩字，缺餉無糧，也都知道國勢艱危，咬著牙關忍了下來，但時日一久，有許多士兵忍耐不住了，先是向附近百姓家盜牛牽羊、偷鷄摸狗，到後來更提刀搶劫。崇字營加盟的兄弟，一大夥本來便是盜夥，於這「奸淫擄掠」四字乃是家常營生，上官見大夥熬得辛苦，有時便也眼開眼閉，不加禁止。袁承志嚴查之下，察覺有幾名把總竟爾率領下屬，殺了百姓，將他們的妻子女兒都佔了過來，逕自入居其屋，不住營房。

袁承志心中氣苦，親自提劍把這幾名最殘虐不法的把總殺了，將崇字三營的統帶官洪勝海叫來，狠狠訓斥，提起血淋淋的金蛇劍，便要向他頸中砍落。

洪勝海雙膝跪地，叫道：「袁相公，是我錯了，請你殺了我之後，饒了其餘的兄弟。是小人帶不來隊，准許他們亂搞的。」承志見到他哀懇的眼色，想起他平時對己服侍辛勞，忠心耿耿，他是海盜出身，向來做慣了壞事，並不覺得搶掠百姓是如何不該，心想：「『崇字營』建立未久，缺糧欠餉，大家日子過得好慘。平時咱們只講究操練陣法，教導如何殺敵取勝，確是甚少講究軍紀，教導弟兄們須得『愛民如子』。我這一劍砍下去，雖不是『濫殺無辜』，只怕是『不教而誅』了！殺他是該的，但我自己，難道就沒罪嗎？就不該殺嗎？」

袁承志血劍懸在半空，心下沉吟，這一劍該不該劈下去？猛聽得號角嗚嗚聲響，前哨吹號示警，有敵軍來攻。袁承志收劍插腰，喝道：「有敵軍來攻，分布隊伍抗敵！」

洪勝海大聲應道：「是！」躍起身來，呼喝號令：「第一隊守住東北方海岬高地，第二隊守住第一隊左邊的小山頭。第三隊跟著我中間衝鋒，第四、第五隊在我左邊的高粱地裏埋伏，先不要動，也不可放箭，帶敵兵衝近，這才射箭。第六、第七、第八隊上馬，上前殺啊！」他號令一出，各隊把總率領兵卒衝鋒上前，有的依令奔上高地、山頭把守，有的鑽入高粱地青紗帳埋伏，餘人紛紛上馬直馳向前。

洪勝海向袁承志道：「主帥請在此督戰，小人領頭衝鋒！」承志道：「好！」躍上戰馬，羅大千與崔希敏也均上馬。

袁承志站立馬鞍，向前望去，見遠處東西兩方旗幟招展，崇字營各營都依平時操練排了開來。承志大聲叫道：「崇字三營的弟兄們狠狠砍殺韃子，我去瞧瞧別的弟兄！」眾兵將大聲回應：「主帥放心，大夥兒必定死戰！主帥保重！」

袁承志與羅大千、崔希敏縱馬向西北方馳去，上了一座小山峯，向前遙望，只見大隊清兵蜂擁衝來，數十名騎兵高舉白旗，揮舉疾衝，後隨數千名騎兵，手中長刀映日，甚是威武。羅大千皺眉道：「這是韃子正白旗精兵，是豫親王多鐸的部隊，多鐸是多爾袞的親弟弟，所帶的韃子兵最稱精銳。」承志曾親眼見到多爾袞刺殺皇太極，知道此人陰狠辣手，說道：「好，咱們跟他狠狠打一仗！」

片刻之間，崇字一營的馬隊上前交戰。清軍騎兵彎弓搭箭，羽箭來如飛蝗，崇字軍紛紛落馬，有的崇字營馬軍回箭射去，箭出無力，清兵舉輕盾一擋，箭枝便即滑落在地。承志見局面不利，拔出金蛇劍，大呼衝入敵陣。這是千軍萬馬的兩陣交鋒，袁承志武功雖強，出手雖快，也不過砍殺了十餘名清兵而已，又怎擋得住大隊敵軍？對陣數千乘騎兵呼嘯而至，有若怒濤，崇字軍雖奮勇抵禦，卻擋不住這排山倒海般的兵勢。

不到一個時辰，崇字一營的二千餘兵將或中箭落馬，或爲刀砍槍刺，慘呼斃命，清兵後軍跟著又有數千名殺到，大隊清兵衝過承志身旁，殺向他身後的崇字二營。承志心下暗暗叫苦，急忙回馬，去和崇字二營的弟兄們並肩抗敵。他從清兵手中搶過一柄長槍，橫挑直刺，又殺了十餘名清兵。這些清兵前額剃了光頭，腦後拖了一條小小辮子，右肩袒露，肌凸膚粗，神情兇悍異常。承志一槍戳入一名清兵腹中，那清兵大聲咒罵，跳起來要撲向他拚命，承志橫過槍桿，將他打落。

戰不多時，崇字二營也見敗象。承志拍馬而前，見三名清將正圍攻一人，那人全身是血，正是朱安國。承志上前殺了兩名清將，餘下清將衝過朱安國身側，衝入敵陣而去。朱安國受傷，搖搖晃晃，說道：「承志，多謝你來救我，咱們打不過了……」承志上前抱他過來，坐在自己馬前，說道：「朱叔叔，咱們去止血治傷……」朱安國說：「不，韃子兵好厲害，咱們還得打，弟兄們危險！」

天色漸黑，清軍鳴金收兵，大隊騎兵退了下去。承志與羅大千、倪浩指揮崇字營殘兵，分別駐守山頭。清軍騎兵兇猛，平地上抵擋不住，只得倚山為勢，令敵軍衝殺不上。孫仲壽率人下去點驗傷殘。這一役崇字十營損失了幾達半數，每一營都死傷不少。沙天廣與程青竹、朱安國三人身受重傷，崔秋山、洪勝海、焦宛兒、青青、羅立如、崔希敏等各受輕傷。金龍幫大弟子吳平不幸中箭殞命。

袁承志與孫仲壽檢點殘兵，重傷行伍，分別派駐山頭，守住進入馬谷山本寨要地的險隘。個人先為傷者止血治傷，垂頭喪氣的吃了戰飯。

孫仲壽道：「韃子兵騎射功夫了得，咱們是鬥不過的，自從宋朝以來，便是如此。當年岳飛岳爺爺所以能打贏金兵，便是自己先練好了岳家軍的武功，朱仙鎮一戰，才能打得金兵落荒而逃。」羅大千道：「是啊！所以從前袁督師不斷要跟皇太極講和，要有時候來練袁家軍的武功，可是昏君反冤枉督師與敵人講和是『通敵』。咱們眼下倉促成軍，要練武功是來不及了。雖然已不是烏合之眾，但人數遠遠不及清兵。」

孫仲壽道：「袁督師當年寧錦大捷，主要還是仗著城堅砲利。至於平地騎射，步兵斫殺，咱們是敵不過辮子兵的。何況漢兵現今投降滿清的多，現下變成了敵衆我寡。承志，咱們大夥兒戰死沙場，盡忠報國，盡忠以報督師便了。」

袁承志一拍胸膛，說道：「那也只好這樣。」見洪勝海站在旁邊，他額頭給清兵砍了一刀，傷勢甚重，心中不忍，說道：「勝海，你今日殺敵受傷，將功折罪，你不守軍紀的大罪，我就免了。不過你若留在軍中，弟兄們還道我縱容自己人，處事不公，不免敗壞軍紀。你還是回你自己的渤海派去罷。」

洪勝海當即跪倒，說道：「袁相公，小人知錯了，多謝你開恩饒了我這遭，小人今後無論如何不敢再犯，小人不配再去帶兵，請你開恩留我在你身邊，仍像從前一樣，做個服侍你的長隨。」袁承志揮手道：「你還是去罷，不守軍紀的事，我自己也有不是，我不怪你了。你跟著我，也不過跟著我一起死。」

洪勝海忽然想起一事，向承志磕了個頭，說道：「小人遵奉將令，這就告別，相公和各位千萬保重。韃子勢大，當眞打不過，那也罷了。依小人之見，不如落草，佔山爲王，便似沙寨主從前一樣，總之不降韃子，不投朝廷，不跟闖王，不害良民！」

袁承志呵呵一笑，說道：「你最後這十六字說得好，你是大大的長進了。將來是不是佔山落草，我眞還不知道，不過你說『不降韃子，不投朝廷，不跟闖王，不害良民』這十六個字，我說甚麼是要做到的！好，大家打得倦了，明天只怕韃子兵還會來攻，這就早些休息吧。」洪勝海道：「是，相公，明天我再跟隨你打一仗，倘若留得性命，這才跟你辭別。」

次晨清軍又再來攻，崇字營守住險要高地，清軍騎兵無所用武，攻了一天，不能得逞，就此退兵了。

清軍退兵後，袁承志、孫仲壽等整頓部屬，分守要隘，承志以財源支絀，兵員不能擴充。其時南明揚州雖破，總兵黃得功手下尚統兵四萬人，在淮泗一帶駐紮，作爲牽制。清軍以崇字營兵少，不以爲意，暫不來攻。

後來清軍豫親王多鐸派了英親王阿濟格率領正白旗與鑲白旗兩旗的精兵來攻，袁承志奮起抗禦，寡不敵衆，大敗一仗，崇字營又再損折，只剩下一千多兵將。袁承志率領殘兵，上了一個山頭駐守。傍晚時分埋鍋造飯，晚飯後與孫仲壽、羅大千等派遣兵將，分守山頭各處要道。當晚各人正自露天安睡，忽聽得山下馬蹄聲響，同時隱隱有兵器撞擊之聲。袁承志從夢中驚醒，跳起身來，躍上一株大樹向山下瞭望，只見南邊三條長長的火把如火龍一般，蜿蜒而來，當是敵軍分三道來攻。日間與清兵白旗及鑲白旗軍對戰，兩路敵軍都來自西方，此刻南方又有敵軍，而且聲勢頗大，別要陷入了包圍，當即吹起哨子，縱聲高呼，分兵五百，守在南邊山口。

布防剛畢，南方敵軍已攻到山口，火光照耀下，見清兵隊伍中幾面藍色大旗揮動，乘馬的將領縱馬上山。羅大千道：「主帥，是藍旗韃子，都統準塔帶兵來攻！」袁承志肩頭掛了兩張硬弓，腰間箭袋中裝滿了羽箭，對準當先上山的一名清軍將領，彎弓搭箭，瞄準了他胸口，右手一鬆，箭去如流星，噗的一聲，正中那將軍胸前。他身披護胸鐵甲，箭不入身，但承志勁大箭狠，那將軍仍然胸口吃痛，身子一晃，捽跌下馬，兩軍大聲呼喊。清軍只道將軍中箭陣亡，攻勢稍緩。但那將軍隨即站起，手揮長刀，叫道：「弟兄們，我沒事，大夥衝上山去！」清軍兵將跟著蜂擁上山。

袁承志叫道：「你沒事嗎？」向下躍出，幾個起落，已到了那將軍身前，手揮金蛇劍，向那將軍斬落。那將軍舉刀擋格，喀的一聲，長刀給金蛇劍斬爲兩截。那將軍一怔之際，袁承志利劍乘勢揮出，將他一顆腦袋砍了下來。清軍十餘人圍攻，刀槍並施。袁承志叫道：「好極！正好大殺一陣！」舞動金蛇劍，衝入敵陣。

只聽得山上號角吹響，卻是西方有警。袁承志要照顧全局，順手殺了三名清兵，急奔回山。只見孫仲壽與羅大千、羅立如、焦宛兒等正自大聲發令，指揮部屬守住山口。山下羽箭如飛蝗般射來。承志拾起地下一塊盾牌，急躍上前，擋在宛兒身前。禿的一聲，一枝長箭射上盾牌，彈了開去，若不是他這即時一擋，宛兒非死即傷。宛兒已嚇得臉無血色，叫道：「袁相公，多謝了！」承志將盾牌交了給她，說道：「小心擋箭！」向山下瞧去，但見白旗與鑲白旗招展，這兩旗清軍與藍旗分自西方南方，三旗夾攻。

袁承志站到一匹馬的背上，觀看敵我情勢，指揮守山。這時羅大千、倪浩、青青、何惕守等都已衝入敵陣，但見清兵從崇字營的空隙處緩緩逼上。崇字營兵少，激戰良久，損兵折將，人數更少。承志望見羅大千給十餘名清軍圍住了，肩頭背上都中了羽箭，更有清兵箭手向他放箭，眼見便將殞命，長聲呼叫：「羅叔叔，咱們爲國抗敵，同生共死。」衝入敵陣，從一名清兵手裏夾手搶過一塊盾牌，撲到羅大千身後，替他擋開了一枝勁箭，羅大千已殺得神智迷糊，叫道：「承志，咱們到陰世會你爹爹去，督師一定讚你，也會讚我！」

承志只應得一聲：「是！」背心和右腿突然劇痛，不提防中兩枝冷箭，眼見箭來如雨，忙舉盾牌護住羅大千，噗的一聲，又一枝長箭插入了他左邊肩頭。他奮力站起，舞動金蛇劍，砍死兩名挺槍刺來的清兵，再揮劍斬開射向他後心的一枝羽箭，見一名身披金甲的清將躍馬挺槍，來刺摔在地下的羅大千，承志雙足力登，縱身躍起，從半空中揮劍向那將軍斬落。那將軍甚是勇悍，鋼槍橫掃，與金蛇劍一格，槍劍齊震，雙雙脫手。承志仍然撲向那將軍，雙手扠在他頸中。兩人力扭，都摔下馬來，滾在馬下，衆清兵大聲驚呼。承志只覺左肩背心劇烈疼痛，接著便即暈去，人事不知了。

也不知過了多少時候，只聽得青青叫道：「大哥，大哥，你醒了，那眞好……」突然哭出聲來。承志尚未睜眼，迷迷糊糊的道：「青弟，別哭，咱們都死了嗎？」青青抽抽噎噎的道：「還沒死呢。你好些了嗎？謝天謝地！」承志挺身坐起，叫道：「殺韃子兵，快，快，衝呀！」他挺身躍起，但全身無力，跳起數尺，便又摔落，只撞得背心劇痛，忍耐不住，又暈了過去。

清軍白、藍、鑲白旗三旗精兵由英親王阿濟格親自指揮，乘夜來肅清崇字營殘兵，攻山一戰，仗著騎射凌厲，大獲全勝，崇字營兵將幾全遭殲滅，只青青、啞巴、焦宛兒、崔秋山、安大娘、安小慧、崔希敏等少數武功較高之人，幸得何惕守找到一個隱僻的山洞，躲了起來，而宛兒、崔希敏等人也已不少受傷。英親王阿濟格給袁承志扠住頭頸，扭下馬來，其時承志已身中數箭，頸力全失，阿濟格才倖保性命，但也已嚇得魂飛魄散，鬥志全失。副指揮準塔都統得知英王爺險些陣亡而自己無傷，忙搶過刀來，在自己臉上腿上砍了兩刀，顯得自己亦受重傷，既已大獲全勝，忙即收兵，不及清理戰場，便趕去侍候阿濟格。

崇字營這一役全軍覆沒，孫仲壽、羅大千、朱安國、倪浩等首腦盡數陣亡，而不見了主帥袁承志，大家更是焦急，見清軍退軍，青青等便忙往兩軍陣亡的屍首堆中去找尋。青青與何惕守終於在一堆清軍首之下，見到袁承志背中收數箭，俯伏在地。青青一見，只道承志陣亡，悲痛之下，放聲大哭，拔劍便往自己頸中刎去。何惕守夾手奪過她長劍，叫道：「師父，你還沒死啊！」青青一聽，急忙奔過去將承志抱起，覺他身子尚有溫熱，叫道：「是啊，大哥還沒死！」何惕守道：「那你幹麼要自盡？」青青白了她一眼，道：「我死了，你好嫁給你師父啊。」何惕守道：「我師父說過的，除了你之外，他誰也不娶。」青青道：「假的！大哥，大哥，你快醒來。」何惕守道：「師父說，他只娶你一個，不娶阿九，不娶宛兒，更加不娶我這個周身是毒的姑娘。」青青心花怒放，說道：「好，那我就不死了，咱們快救醒他。」

兩人將承志抬入山洞，拔出羽箭，在他十幾個傷口上敷上金創藥，青青目不交睫的服侍，何惕守睡得遠些，卻也是提心吊膽，數日不得安睡，直到四天之後，承志才稍有知覺。青青與何惕守兩人盡心竭力的服侍他養傷，承志只須稍一轉側，觸動肩背上傷處，臉上現出痛楚神色，青青便柔聲安慰。何惕守默不作聲的守在一旁，臉上神色自也是關懷之極。

焦宛兒在山下遠處另行找到一個隱僻的山洞，移了袁承志過去養傷，以防清兵來清理戰場時發見。如此過了月餘，承志的創傷終於大好了，勉力可出洞行走。他內力根柢本極深厚，自己既可行功，傷勢好得更快。

這一日崔希敏與安小慧在海邊閒逛，撞到兩名渤海派的弟子，一談之下，知是他們首領洪勝海派人前來打探崇字營的訊息。雙方約定次日再在原地相會。安小慧回去稟告承志，承志命她去約洪勝海前來相會。次日洪勝海帶同十餘名部屬，前來參見，說起同袍傷亡衆多，各人均感傷痛。

洪勝海慰問承志胸傷，甚是關懷。袁承志道：「勝海，敵衆我寡，我們打一仗敗一仗，這次更加全軍覆沒，只好照你當日所言，上山落草，聚了兵後，再來跟韃子拚命。唉！再拚命，也只不過再送命罷了！」洪勝海道：「相公，上山落草原是善策，但這一帶並無高山峻嶺，須得到魯東一帶佔山，遠水救不得近火，小人帶得有數十艘大沙船在海邊，咱們暫且落海避他一避。君子報仇，十年未晚。」

袁承志與何惕守等正感給逼得局處海隅，更無退避之處，聽得洪勝海帶同渤海派大批船隻，正可解燃眉之急，大喜之下，都拍手讚好，便率同衆人上船入海。

衆人上得海船，有酒有肉，飽餐了一頓，一時精神爲之一振。洪勝海知曉南明局勢，說起淮泗四將的近況，高傑爲河南總兵許定國所殺，劉良佐及劉澤清降清，黃得功陣前自殺，清軍由多鐸統領，攻入南京，明總兵田雄擁福王宏光皇帝降清；馬世英逃到杭州，其後逃到福建，爲清兵所俘殺死。

袁承志環顧四方，心灰意懶，眼見各地擁兵將領紛紛降清，明軍敗兵大都編入了清兵漢軍旗，清兵更加勢大。自己決不降清，但兵財俱缺，無力單獨抗清，又不能去川陝依附張獻忠。他空有一身驚世駭俗的武功，卻無處分邦國大事的權謀韜略，最後勢必死難殉國，就和爹爹及史閣部那樣，當此國難甚深之際，也無別的命運。但看到青青、何惕守、焦宛兒、安小慧等玉貌紅顏，如花盛放，豈難道要這些巾幗女兒，也都爲國捐軀？轉念又想：「男兒殉國，女兒也同時殉難，分甚麼彼此？」心中忽然轉過一個念頭：「幸好阿九遠在藏邊，她有時會想到我麼？」其實他自該料到，阿九朝思暮想，便在等待他袁承志到來，豈僅「有時想到」而已。

他徬徨無計，意興蕭索。想起張朝唐曾說起浡泥國民風淳樸，安靜太平，說道：「中原大亂，公子心緒不佳，何不到浡泥國去散散心？」袁承志心想就算上山落草，此後數十年中，終究不能忘了阿九，年年月月的三心兩意，總有一天會管不住自己，突然間遠走藏邊去尋阿九，自己受傷時青青如此相待，如何可以負她；但若遠赴海外，從此不歸，既遠離了國難家仇，亦免得負人不義，終生良心不安，但事不兩全，不負青青，卻不免辜負阿九了。只不過寄人籬下，也無意趣，何況國破家亡之餘，避難海外，懦怯偷生，畏首畏尾，實非男子漢大丈夫的行徑，也對不起成千成萬與自己出死入生、間關百戰的戰友袍澤，但算來算去，要守著「不降韃子，不投朝廷，不跟闖王，不害良民」十六字，除了遠適異國，委實走投無路；忽然想起那西洋軍官所贈的一張海島圖，於是取了出來，詢問此是何地。洪勝海道：「那是在浡泥國左近大海中的一座島嶼，眼下爲紅毛國海盜盤踞，騷擾海客。」

袁承志一聽之下，神遊海外，壯志頓興，拍案長嘯，說道：「咱們就去將紅毛海盜驅走，暫且到這海島上去做化外之民罷。」

於是命衆海船開向南岸大清河口，在鐵門關海外停泊等候，他創傷全愈，便回上華山，告別師父，稟明掌門大師兄要到海外暫居，待局勢有變，再來獻身報國。沙天廣、程青竹、崔秋山等豪傑不願去國遠離，便分別覓地佔山落草，各人宣誓遵守「不降韃子，不投朝廷，不跟闖王，不害良民」的十六字訣，與承志等灑淚而別。

袁承志遙望藏邊，心懸阿九，無可奈何下，只得率同靑靑、何惕守、啞巴、羅立如、焦宛兒、安小慧、安大娘、崔希敏等人，及孟伯飛父子、胡桂南、鐵羅漢等豪傑，以及少數願意隨他出海冒險的崇字營殘餘人衆，上船揚帆出海，得了洪勝海的渤海派衆海盜之助，遠征異域，終於在海外開闢了一個新天地。正是：

萬里霜煙迴綠鬢

十年兵甲誤蒼生

（全書完）

（歸辛樹、何惕守、阿九等少數人之事蹟，在《鹿鼎記》書中續有敘述。）

袁崇煥評傳

每一節文末的注釋只是表示：文中的事實全部都有根據，並不是虛構的小說。對歷史研究沒有興趣的讀者們大可略過注釋不讀。

在距離香港不到一百五十公里的地區之中，過去三百多年內出了兩位與中國歷史有重大關係的人物。最重要的當然是出生於廣東中山縣（原名香山）的孫中山先生。另一位是出生於廣東東莞縣的袁崇煥。❶

我在閱讀袁崇煥所寫的奏章、所作的詩句、以及與他有關的史料之時，時時覺得似乎是在讀古希臘劇作家攸里比第斯、沙福克里斯等人的悲劇。袁崇煥眞像是一位古希臘的悲劇英雄，他有巨大的勇氣，和敵人作戰的勇氣，道德上的勇氣。他沖天的幹勁，執拗的蠻勁，剛烈的狠勁，在當時猥瑣委靡的明末朝廷中，加倍的顯得突出。

袁崇煥，字元素，號自如。「煥」，是火光，是明亮顯赫、光采輝煌；「素」是直率的質樸，是自然的本性；「自如」，是不受羈絆，任意所之。他大火熊熊般的一生，我行我素的性格，揮洒自如的作風，的確是人如其名。這樣的性格，和他所生長的那不幸的時代構成了強烈的矛盾衝突。古希臘英雄拚命掙扎奮鬥，終於敵不過命運的力量而垮了下來。打擊袁崇煥的不是命運，而是時勢。雖然，時勢也就是命運的一個重要組成部分。像希臘史詩與悲劇中那些英雄們一樣，他轟轟烈烈的戰鬥了，但每一場戰鬥，都是在一步步走向不可避免的悲劇結局。

希臘史詩《伊里亞特》記述赫克托和亞契力斯繞城大戰這一段中，描寫衆天神拿了天平來秤這兩個英雄的命運，小時候我讀到赫克托這一端不及對方的份量，天神們決定他必須戰敗而死，感到非常難過，「那不公平！那不公平！」過了許多歲月，當我讀到滿清的皇太極怎樣設反間計、崇禎和他的大臣們怎樣商量要不要殺死袁崇煥，同樣有劇烈的悽愴之感。

歷史家評論袁崇煥，著眼點在於他的功業、他對當時及後世的影響、他在明清兩個朝代覆亡與興起之際所起的作用。近十多年來，我幾乎每天都寫一段小說，又寫一段報上的社評，因此對歷史、政治與小說是同樣的感到興趣，然而在研究袁崇煥的一生之時，他強烈的性格比之他的功業更加吸引我的注意。

整體說來，清朝比明朝好得多。從清太祖算起的清朝十二個君主，他們的總平均分數和明朝十六個皇帝相比，我覺得在數學上簡直不能比，因爲前者的是相當高的正數，後者是相當高的負數。對於滿族人入主中國一事，近代的評價與前人也頗有改變。所以袁崇煥的功業，不免隨著時代的進展而漸漸失卻光采。但他英雄氣慨的風華卻永遠不會泯滅。正如當年春秋戰國時七國紛爭的是非成敗，在今天已沒有多大意義了，但孔子、介子推、藺相如、廉頗、屈原、信陵君、荊軻等等這些人物的生命，卻超越了歷史與政治。

《碧血劍》中的袁承志，在性格上只是個平凡人物。他沒有抗拒艱難時世的勇氣和大才，奮戰一場而受了挫折後逃避海外，就像我們大多數在海外的人一樣。

袁崇煥卻是眞正的英雄，大才豪氣，籠蓋當世，即使他的缺點，也是英雄式的驚世駭俗。他比小說中虛構的英雄人物，有更多的英雄氣概。

他的性格像是一柄鋒銳絕倫、精剛無儔的寶劍。當清和昇平的時日，懸在壁上，不免會中夜自嘯，躍出劍匣。在天昏地暗的亂世，則屠龍殺虎之後，終於寸寸斷折。

在明末那段不幸的日子中，任何人都是不幸的。每一個君主在臨死之時，都深深感到了失敗的屈辱：崇禎、淸太祖努爾哈赤、淸太宗皇太極（如果他不是被人謀殺的，那麼是惟一的例外）、蒙古人的首領林丹汗、朝鮮國王李倧，始終是死路一條的將軍和大臣（奮勇抗敵的將軍與降敵做漢奸的將軍，忠鯁正直的大臣與奸佞無恥的大臣，命運沒太大分別，但在一個比較溫和的時代，奸臣卻常常能得善終，例如秦檜），憤怒不平的知識份子，領不到糧餉的兵卒，生命朝不保夕的「流寇」，飢餓流離的百姓，以及有巨大才能與勇氣的英雄人物：楊漣、熊廷弼、孫承宗、李自成、史可法、袁崇煥。

在那個時代中，人人都遭到了在太平年月中所無法想像的苦難。在山東的大饑荒中，丈夫吃了妻子的屍體，母親吃了兒子的屍體。那是小人物的悲劇，他們心中的悲痛，一點也不會比英雄們輕。不過小人物只是默默的忍受，英雄們卻勇敢地奮戰了一場，在歷史上留下了痕跡。英雄的尊嚴與偉烈，經過了無數時日之後，仍在後人心中激起波瀾。

❶袁崇煥的籍貫，像中國許多名人一樣，後人有很多爭論，好像湖北襄陽與河南南陽要爭諸葛亮是他們那地方的人。據楊寶霖先生根據多種資料考證，以及閻崇年先生親身前往廣東、廣西兩地調查研究，比較可靠的結論是：袁崇煥原籍廣東東莞水南村，他也自稱是東莞人。他的祖父袁西堂是商人，於明嘉靖初年自東莞來到廣西梧州府藤縣四十三都白馬鄉，見當地山水清佳，便定居於該地，妻子何氏，生子袁子朋（或作子鵬）。子朋生三子，長子崇煥、次崇燦（另說崇燦是長兄，崇煥為次子）、三子崇煜，有六名孫子，都是「兆」字輩，十一世孫才是「承」字輩，有袁承芳、承楊、承樞、承柏、承洪、承濟等人。據閻崇年先生考據，袁崇煥生於萬曆十二年（一五八四）四月廿八日（陽曆六月六日）。他家所在地白馬鄉（原名蓮塘村）鄰近平南縣，所以廣西平南縣誌也有說他是平南人的。他是廣西藤縣人還是平南人仍有爭執，因文獻記載中兩種說

法都有。他於萬曆四十七年（一六一九）考中進士，「萬曆己未科進士題名記：第三甲第四十名，袁崇煥，廣西藤縣。」考進士時報的籍貫是廣西藤縣。（以上資料見閻崇年、俞三東編《袁崇煥資料集錄》，廣西民族出版社）

一

這個不幸的時代，是數十年腐敗達於極點的政治措施所累積而成的。

我書架上有一部英國歷史家吉朋的《羅馬帝國衰亡史》，是三卷注釋本。❶書脊上繪著羅馬式建築的兩根大理石柱子，第一卷的柱子，柱頭上有些殘缺破損，第二卷的柱子殘損更多，第三卷的柱子完全垮了。這象徵一個帝國的衰敗和滅亡，如何一步步的發展。

明朝的衰亡也是這樣。

明朝的覆滅，開始於神宗。❷

神宗年號萬曆，是明朝諸帝中在位最久的，一共做了四十八年皇帝。只因爲他做皇帝的時候實在太久，所以對國家人民所造成的禍害也特別大。他死時五十八歲，本來並不算老，他的祖宗明太祖活到七十一歲，成祖六十五歲，世宗六十歲。可是神宗未老先衰，後來大概更抽上了鴉片。鴉片沒有縮短他的壽命，卻毒害了他的精神。他的貪婪大概是天生的本性，但匪夷所思的懶惰，一定是出於鴉片的影響。

然而萬曆初年，卻是中國歷史上最光彩輝煌的時期之一。近代中西學者研究瓷器及其他手工藝品，有這樣一個共通的意見：在中國國力最興盛的時期，所製作的瓷器最精采。萬曆年間的瓷器和琺瑯器燦爛華美，精巧雅致，洵爲罕見的傑作。因爲萬曆最初十年，張居正當國，他是中國歷史上難得一見的精明能幹的大政治家。

神宗接位時只有十歲，一切聽母親的話。兩宮太后很信任張居正，政治上權力極大的司禮太監馮保又給張居正籠絡得很好，這些有利的條件加在一起，張居正便能放手辦事。明朝自明太祖晚年起就不再有宰相，張居正是大學士，名義是首輔，實際權力等於是宰相。

從萬曆元年到十年，張居正的政績燦然可觀。他重用名將李成梁、戚繼光、王崇古，使得主要是蒙古人的北方異族每次入侵都大敗而歸，只得安份守己而和明朝進行和平貿易。南方少數民族的武裝暴動，也都一一給他派人平定。沿海長期侵騷的倭寇給戚繼光等名將打退，江南平靖富庶。國家富強，儲備的糧食可用十年，庫存的盈餘超過了全國一年的歲出。交通郵傳辦得井井有條。淸丈全國田畝面積，使得稅收公平，不致像以前那樣由窮人負擔過份的錢糧而官僚豪強卻不交賦稅。他全力支持工部尙書潘季馴，將泛濫成災的黃河與淮河治好，將水退後的荒地分給災民開墾，免稅三年。官僚的升降制度執行得很嚴格，嚴厲懲辦貪污。

在那時候，中國是全世界最先進、最富強的大國。那時歐洲的文人學士在提到中國的時候，無不欣慕嚮往。他們佩服中國的文治敎化、中國的考試與文官制度，佩服中國的道路四通八達，❸佩服中國的老百姓生活得比歐洲貧民好得多。萬曆十年是公元一五八二年。要在六年之後，英國才打敗西班牙的無敵艦隊；再過三十八年，英國的淸敎徒才乘「五月花號」到達美洲；再過六十一年，五歲的路易十四才登上法國的王座。那時莎士比亞只有十六歲，還在英國的樹林裏偷人家的鹿。八十三年後，倫敦由於太污穢、太不衞生，爆發了恐怖的大瘟疫。在萬曆初年，北京、南京、揚州、杭州、蘇州這些就像萬曆彩瓷那樣華美的大城市，在外國人心目中眞像是天堂一樣。

中國的經濟也在迅速發展，手工業和技術非常先進。在十五世紀時，中國是世界上最重要的產棉區之一。由於在正德年間開始採用了越南的優良稻種，農田加闢，米產大增，尤其是廣東一帶。因爲推廣種植水稻，水田中大量養魚，瘧蚊大減，❹嶺南向來稱爲瘴癘的瘧疾已不像過去那樣可怕，所以兩廣的經濟文化也開始迅速發展。

可是君主集權的絕對專制制度，再加上連續四個昏庸腐敗的皇帝，將這富於文化教養而勤勞聰明的一億人民、這舉世無雙的富強大國推入了痛苦的深淵。專制政治制度對國家、人民、社會的大害，在明朝末年表現得最明顯。

張居正於萬曆十年逝世，二十歲的青年皇帝自己來執政了。皇帝追奪張居正的官爵，將他家產充公，家屬充軍，將他長子逼得自殺。

神宗是相當聰明的，而且喜歡讀書。中國歷史上的昏君大都有些小聰明，隋煬帝、宋徽宗、李後主，都是文采斐然。明神宗的聰明之上，所附加的不是文采，而是不可思議的懶惰，不可思議的貪婪。皇帝懶惰本來並不是太嚴重的毛病，他只須任用一兩個能幹的大臣，甚麼事情都交給他們去辦就是了，多半政治只有更加上軌道些，中國歷史上不乏「主昏於上，政清於下」的先例。然而神宗懶惰之外還加上要抓權，幾十年中自己不辦事，也絕對不讓大臣辦事。這在世界歷史上固然空前，相信也必絕後。

做了皇帝，要甚麼有甚麼，神宗不喜愛女色，不任用外戚，不迷信宗教，不妄求長生；並不多所猜忌而殘忍好殺；也不窮兵黷武，好大喜功；他並不異想天開，荒唐胡鬧；並不大興土木，構築宮室，奢侈浪費；並不信用宦官，任由弄權。中國歷代許多昏君的重大缺點，他倒沒有。他所追求的只是對他最無用處的金錢。如果他不是皇帝，一定是個成功的商人，他性格中有一股不可抑制的貪性。他那些祖宗皇帝們有的陰狠毒辣，有的胡鬧荒唐，但沒一個是這樣難以形容的貪婪。因此近代有一位歷史學者推想，他這性格是出於母系的遺傳。他母親是個小農的女兒。❺

皇帝貪錢，最方便有效的法子當然是加稅。神宗所加的稅不收入國庫，而是收入自己的私人庫房，稱爲「內庫」。他加緊徵收商稅，那是本來有的，除了書籍與農具免稅之外，一切商品交易都收稅百分之三。他另外又發明了一種「礦稅」。

大批沒有受過教育、因殘廢而心理上多多少少不正常的太監，作爲皇帝的私人徵稅代表，四面八方的出去收礦稅。只要「礦稅使」認爲甚麼地方可以開礦，就要地產的所有人交礦稅。這些太監無惡不作，隨帶大批流氓惡棍，到處敲詐勒索，亂指人家的祖宗墳墓、住宅、商店、作坊、田地，說地下有礦藏，要交礦稅。❻結果天下騷動，激起了數不盡的民變。這些御用徵稅的太監權力既大，自然就強橫不法，往往擅殺和拷打文武官吏。有一個太監高淮奉旨去遼東徵礦稅、商稅，搜括了士民的財物數十萬兩，逮捕了不肯繳稅的秀才數十人，打死指揮，誣陷總兵官犯法。神宗很懶，甚麼奏章都不理會，但只要是和礦稅有關的，御用稅監呈報上來，他立刻批准。

搜括的規模之大實是駭人聽聞。在萬曆初年張居正當國之時，全年歲入是白銀四百萬兩左右，❼皇宮的費用每年有定額一百二十萬兩，稱爲「金花銀」，已幾佔歲入的三分之一。可是單在萬曆二十七年的五天之內，就搜括了礦稅商稅二百萬兩。這還是繳入皇帝內庫的數目，太監和隨從吞沒的錢財，又比這數字大得多。據當時吏部尙書李戴的估計，繳入內庫的只十分之一、太監剋扣十分之二、隨從瓜分十分之三、流氓棍徒乘機向良民勒索的是十分之四。

可和神宗的貪婪並駕齊驅的是他的懶惰。

鴉片煙這種痲醉品，對中國最大的危害，自明神宗開始。鴉片之毒破壞人的神經中樞與意志力，它首先破壞的，正是中國的神經中樞——皇帝的神經中樞。

在神宗二十八歲那年，大學士王家屛就上奏章說：一年之間，臣只見到天顏兩次，偶然提出一些建議，也和別的官員的奏章一樣，皇上完全不理。

這種情形越來越惡化，到萬曆四十二年，首輔葉向高奏稱：六部尙書中，現在只賸下一部有尙書了，全國的巡撫、巡按御史、各府州縣的知事已缺了一半以上。他的奏章寫得十分激昂，說現在已經中外離心，京城裏怨聲載道，大禍已在眼前，皇上還自以爲不見臣子是神明妙用，恐怕自古以來的聖帝明王都沒有這樣妙法吧。❽神宗抽飽了鴉片，已經火氣全無。這樣的奏章，如果落在開國的太祖、成祖、末代的思宗手裏，葉向高非殺頭不可。但神宗只要有錢可括，給大臣譏諷幾句、甚至罵上一頓，都無所謂。

萬曆年間的衆大臣說得上是知無不言，言無不盡。有人上奏，說皇上這樣搞法，勢必民窮財盡，天下大亂；❾有人說陛下是放了籠中的虎豹豺狼去吞食百姓；❿有人說一旦百姓造反，陛下就算滿屋子都是金銀珠寶，又有誰來給你看守？⓫有的指責說，皇上欺騙百姓，不免類似桀紂昏君；⓬有的直指他任用肆無忌憚之人，去幹沒有天理王法之事；⓭有的責備他說話毫無信用。⓮臣子居然膽敢這樣公然上奏痛罵皇帝，不是一兩個不怕死的忠臣罵，而是大家都罵，那也是空前絕後、令人難以想像的事。然而言者諄諄，聽者藐藐，神宗對這些批評全不理睬。正史上的記載，往往說「疏入，上怒，留中不報」。留中，就是不批覆。或許他懶得連罰人也不想罰了，因爲罰人也總得下一道聖旨才行。但直到他死，拚命搜括的作風絲毫不改。同時爲了對滿清用兵，又一再增加田賦。皇帝搜括所得都存於私人庫房（內庫），政府的公家庫房（外庫）卻總是不夠錢，結果是內庫太實，外庫太虛。⓯

在這樣窮兇極惡的壓榨下，百姓的生活當然是痛苦達於極點。

神宗除了專心搜括之外，對其他政務始終是絕對的置之度外。萬曆四十三年十一月，御史翟鳳翀的奏章中說：皇上不見廷臣，已有二十五年了。

❶ Edward Gibbon: *The Decline and Fall of the Roman Empire*, The Heritage Press, New York.

❷ 這是後世論者的共同意見。《明史．神宗本紀》：「故論者謂：明之亡實亡於神宗。」

趙翼《廿二史劄記．萬曆中礦稅之害》：「論者謂明之亡，不亡於崇禎而亡於萬歷云。」清高宗題明長陵神功聖德碑：「明之亡非亡於流寇，而亡於神宗之荒唐，及天啓時閹官之專橫，大臣志在祿位金錢，百官專務鑽營阿諛。及思宗即位，逆閹雖誅，而天下之勢，已如河決不可復塞，魚爛不可復收矣。而又苛察太甚，人懷自免之心。小民疾苦而無告，故相聚爲盜，闖賊乘之，而明社遂屋。嗚呼！有天下者，可不知所戒懼哉？」

❸ 十六世紀後期來到中國遊歷的歐洲人，如G. Pereira, G. da Gruz, M. de Rada等人著書盛讚中國。他們拿中國的道路、城市、土地、衛生、貧民生活等和歐洲比較，認爲中國好得多。見A. P. Newton, ed., *Travel and Travellers of the Middle Ages*; C. R. Boxer, *South China in the 16th Century*等書。直到一七九八年，馬爾塞斯在《人口論．第一篇》中還說中國是全世界最富庶的國家。萬曆年間來到中國的天主教教士利馬竇等人更盛讚中國的文治制度，認爲舉世無出其右。參閱L. J. Gallagher, S. J. tr., *China in the Sixteenth Century*.

❹ Wolfram Eberhard: *A History of China*, p.249.

❺ 朱東潤《張居正大傳》：「從明太祖到神宗這一個血脈裏，充滿偏執和高傲……到了神宗，又在這高傲的血液裏，增加新的成分。他底母親是山西一個小農底女兒。小農

有那一股貪利務得的氣息，在一升麥種下土以後，他長日巴巴地在那裏計算要長成一斛、一石、又硬、又好的小麥。成日的精神，集中在這一點上面。……明朝底皇帝，只有神宗嗜利，出於天性，也許只可這樣地解釋。」（三一七頁）但說小農嗜利，似乎不大妥當。小農種麥而盼望收成，既是自然而合理的期待，又是生活的唯一資料，不能說是嗜利。一般來說，富農大概比小農更嗜利，否則做不成富農。神宗之母李太后的父親武清伯李偉，本來做泥水匠。

❻礦稅的稅率是胡亂指定的，在L. Carrington Goodrich, *A Short History of the Chinese People*中，說萬曆時的礦稅是礦產價值的百分之四十，即使礦場已經停閉，礦主每年仍須按舊稅率繳稅。p.199.

❼據張居正奏疏〈看詳戶部進呈揭帖疏〉：萬曆五年，歲入四百三十五萬九千四百餘兩，歲出三百四十九萬四千二百餘兩。

❽葉向高奏：「中外離心，輦轂肘腋間怨聲憤盈，禍機不測，而陛下務與臣下隔絕。帷幄不得關其忠，六曹不得舉其職。舉天下無一可信之人，而自以爲神明之妙用。臣恐自古聖帝明王，無此法也。」

❾二十七年，吏部侍郎馮琦奏：「自礦稅使出，民苦更甚。加以水旱蝗災，流離載道，畿輔近地，盜賊公行，此非細故也。中使銜命，所隨奸徒千百……遂令狡猾之徒，操

生死之柄……五日之內，搜括公私銀已二百萬。奸內生奸，例外創例，不至民困財殫，激成大亂不止。伏望急圖修弭，無令赤子結怨，青史貽譏。」

⑩工科給事中王德完奏：「令出柙中之虎兕以吞饜羣黎，逸圈內之豺狼以搏噬百姓，怨憤無處得伸，鬱結無時可解。」

⑪鳳陽巡撫李三才奏：「陛下愛珠玉，民亦慕溫飽，陛下愛子孫，民亦戀妻孥。奈何崇聚財賄，而使小民無朝夕之安？」又言：「近日奏章，凡及礦稅，悉置不省。此宗社存亡所關，一旦衆叛土崩，小民皆爲敵國，陛下即黃金盈箱，明珠塡屋，誰爲守之？」

⑫給事中田大益奏：「內臣務爲劫奪以應上求，礦不必穴而稅不必商，民間邱隴阡陌皆礦也，官吏農工皆入稅之人也，公私騷然，脂膏殫竭，向所謂軍國正用，反致缺損。……四海之人方反唇切齒，而冀以智計甘言掩天下耳目，其可得乎？陛下矜奮自賢，沉迷不返，以豪璫奸弁爲腹心，以金錢珠玉爲命脈……即令逢干剖心，臯夔進諫，亦安能解其惑哉？」又言：「陛下驅率狼虎，飛而食人……夫天下至貴而金玉珠寶至賤也。積金玉珠寶若泰山，不可市天下尺寸地，而失天下，又何用金玉珠寶哉？」

⑬吏部尚書李戴奏：「今三輔嗷嗷，民不聊生；草木既盡，剝及樹皮；夜竊成羣，兼以晝劫；道殣相望，村空無煙。……使百姓坐而待死，更何忍言？使百姓不肯坐而待

死，又何忍言?……此時賦稅之役，比二十年前不啻倍矣……指其屋而挾之曰『彼有礦』，則家立破矣；『彼漏稅』，則橐立傾矣。以無可查稽之數，用無所顧畏之人，行無天理王法之事。」

⓮户部尚書趙世卿上疏言：「天子之令，信如四時。三載前嘗曰：『朕心仁愛，自有停止之時。』今年復一年，更待何日?天子有戲言，王命委草莽。」

⓯萬曆四十四年，給事中熊明遇疏：「内庫太實，外庫太虛。」

（以上❽至⓯各奏疏中的文字散見《明史》或《明通鑑》。）

二

就在這時候，滿清開始崛起。萬曆四十五年，努爾哈赤以七大恨告天，發兵攻明，次年攻佔遼東重鎮撫順。明兵大敗，總兵官張承蔭戰死，萬餘兵將全軍覆沒。

四十七年，遼東經略楊鎬率明軍十八萬，葉赫（滿清的世仇）兵二萬，朝鮮（中國的屬國）兵二萬，兵分四路，大舉攻清。清兵八旗兵約六萬人，集中兵力，專攻西路一軍。西路軍的總兵官杜松是明軍的勇將，平時最喜歡做的事，就是脫去衣衫，將滿身的累累刀槍瘢痕向人誇示。出兵之時，他脫去上身衣衫，在城中遊街，百姓鼓掌喝采。

西路這一仗，稱爲「薩爾滸之役」，明軍有火器鋼砲，軍火銳利得多。但杜松有勇無謀，他是統兵六萬的兵團司令，卻打了赤膊，露出全身傷疤，一馬當先的衝鋒。大概他是《三國演義》的讀者，很羨慕「虎痴」許褚的勇猛。在「許褚裸衣鬥馬超」這回書中，描寫許褚「卸了盔甲，渾身筋突，赤體提刀，翻身上馬，來與馬超決戰。」果然威風得緊。但不知他記不記得許褚這場狠鬥，結果是「操兵大亂，許褚背中兩箭」？有趣的是，小說的評注者評道：「誰叫汝赤膊？」

明清兩軍列陣交鋒之時，突然天昏地暗，數尺之外就甚麼也瞧不見了。杜松又犯了一個大錯誤，下令衆軍點起火把。這一來，明軍在光而清軍在暗，明軍照亮了自身，成爲清兵的箭靶子。努爾哈赤統兵六旗作主力猛攻，他兒子代善和皇太極各統一旗在右翼側攻。結果杜松的遭遇比許褚慘得多，身中十八箭而死，當眞是「誰叫汝赤膊？」總兵官陣亡，明軍大亂，六萬兵全軍覆沒。

努爾哈赤採取了「集中主力，各個擊破」的正確戰略，一個戰役、一個戰役的分開來打。明軍北路總兵官馬林、東路總兵官劉綎二人大敗陣亡，朝鮮都元帥率衆降淸。

劉綎是當時明朝第一大驍將，打過緬甸、倭寇、曾率兵援助朝鮮對抗日本入侵，大小數百戰，威名震海內。他所用的鑌鐵刀重一百二十斤，馬上輪轉如飛，天下稱爲「劉大刀」。他的大刀比關羽的八十一斤青龍偃月刀還重了三十九斤。據說他能單手舉起一張擺滿了酒菜碗筷的柏木八仙桌，在大廳中繞行三圈。連杜松、劉綎這樣的驍將都被清兵打死，明軍將士心理上受到的打擊自然沉重之極，提到滿清「辮子兵」時不免談虎色變。

這場大戰是明清兩朝興亡的大關鍵，而勝敗的關鍵在於：第一、明方的主帥楊鎬是文官，完全不懂軍事。第二、明朝政事腐敗已達極點，軍事的組織與制度也廢弛不堪，軍隊久無訓練，軍械破敗殘缺，完全沒有必要的軍事準備。❶

楊鎬全軍覆沒，朝廷派熊廷弼去守遼東。

萬曆四十六年七月，熊廷弼剛出山海關，鐵嶺已經失陷，瀋陽及附近諸城堡的軍民紛紛逃竄。熊廷弼兼程進入遼陽。經過神宗數十年來的百事不理，軍隊紀律蕩然，士無鬥志，騎兵故意將馬匹弄死，以避免出戰，只要聽到敵軍來攻，滿營兵卒就一鬨而散。熊廷弼面臨的局面實在困難已極。❷軍餉本已十分微薄，但皇帝還是拚命拖欠，不肯發餉。❸

神宗見邊關上追餉越迫越急，知道挨不下去了，可是始終不肯掏自己腰包，結果想出了一個對策：再加田賦百分之二。連同以前兩次，已共加百分之九，然而向百姓多徵的田賦，未必就拿來發軍餉，皇帝的基本興趣是將銀子藏之於內庫。

邊界上的警報不斷傳來，羣臣日日請求皇帝臨朝，會商戰守方略。皇帝總是派太監出來傳諭：「皇上有病。」吏部尚書趙煥實在忍不住了，上奏章說：「將來敵人鐵騎來到北京城外，陛下也能在深宮中推說有病、就此令敵人退兵嗎？」❹神宗看了這道諷刺辛辣、實已近乎謾罵的奏章，只是心中懷恨，卻說甚麼也不肯召開一次國防會議。

神宗搜括的銀錠堆積在內庫，年深月久，大起氧化作用，有的黑得像漆，有的脆腐如泥土，❺就是不肯拿出來用。但他終於死了，千千萬萬的銀兩，一兩也帶不去。❻

神宗，神宗，眞是「神」得很，神經得很！

❶崇禎時任大學士的徐光啓在《庖言》中說：滿洲人舊都北門，居住的大都是鐵匠，延袤數里。在當時那便是一個規模龐大的兵工廠組合了。因此滿洲兵的盔甲精良，頭盔、面具、護臂、護手，都是精鐵所製，馬匹的要害處也有精鐵護具。但明兵盔甲卻十分簡陋，除了胸背有甲之外，其餘部份全無保護。滿洲兵衝到近處，專射明兵的臉及脅，中箭必死。又據當時明人程令名說，努爾哈赤所居的都城「北門外則鐵匠居之，專治鎧甲；南門外則弓人、箭人居之，專造弧矢。」

❷熊廷弼於八月廿九日上書朝廷，陳述遼東明軍情況：「殘兵……身無片甲，手無寸

械，隨營糜餉，裝死扮活，不肯出戰……點冊有名，及派工役而忽去其半；領餉有名，及聞警告而又去其半……將領皆屢次征戰存剩、及新敗久廢之人，一聞警報，無不心驚膽喪者……見在馬一萬餘匹，多半瘦損，率由軍士故意斷絕草料，設法致死，備充步兵，以免出戰，甚有無故用刀刺死者。……堅甲利刃，長槍火器，喪失俱盡。今軍士所持弓皆斷背斷絃，所持箭皆無羽無鏃，刀皆缺鈍，槍皆頑禿。甚有全無一物而借他人以應點者。又皆空頭赤體，無一盔甲遮蔽。……聞風而逃，望陣而逃，懼戰而逃。頃聞北關信息，各營逃者日以千百計。如逃止一二營或數十百人，臣猶可以重法繩之。今五六萬人，人人要逃。雖有孫吳軍令，亦難禁止。」

❸萬曆四十八年三月，熊廷弼上奏：「四十七年十二（疑爲「一」字）月赴户部，領餉二十萬兩，十二月領餉十萬兩，四十八年正月領餉十五萬兩，俱無發給……豈軍到今日尚不餓、馬到今日尚不瘦不死、而邊事到今日尚不急耶？軍兵無糧，如何不賣襖褲雜物？如何不奪民間糧窖？如何不奪馬料養自己性命，馬匹如何不瘦不死？而户部猶漠然不一動念。」他說户部猶漠然不一動念，是客氣的說法，漠然不動一念的，當然是皇帝自己。

❹「他日薊門蹂躪，鐵騎臨郊，陛下能高拱深宮，稱疾卻之乎？」

❺户科給事中官應震言：「内庫十萬兩内五萬九千兩，或黑如漆，或脆如土，蓋爲不用

朽蠹之象。」

❻中共發掘帝皇墳墓，偏偏揀中了神宗的「定陵」，改建爲博物館，稱爲「地下宮殿」。

三

神宗死後，兒子光宗常洛只做了一個月皇帝就因誤服藥物而死。光宗的兒子朱由校接位，歷史上稱爲熹宗，年號天啓。

光宗做皇帝的時間極短，留下的痲煩卻極大，明末三大案梃擊、紅丸、移宮，都和他的皇位及生死有關。衆大臣分成兩派，紛爭不已。紛爭牽涉到其他一切事情上，只要是對方一派之人所做的事，不論是對是錯，總是拿來激烈攻擊一番。

熹宗接位時虛歲十六歲，其實不滿十五歲，還是個小孩子，他對乳母客氏很依戀。這個客氏很喜歡弄權，在宮裏和太監魏忠賢有點古怪的性關係。宮裏太監和宮女很多，爲了寂寞而互相安慰，大家私下戀愛，然而太監是閹割了性機能的陰陽人，所以這既不是異性戀愛，又不是同性戀，當時稱爲「對食」，意思說不能同床，只不過相對吃飯，互慰孤寂而已。魏忠賢做了客氏的對食，漸漸掌握了大權。

熹宗是個天生的木匠，最喜歡做的事，莫過於鋸木、鉋木、油漆而做木工，手藝高明得很。他做過一座宮殿的小模型，唯妙唯肖，精巧異常。魏忠賢總是乘他做木工做得全神貫注之時，拿重要奏章去請他批閱。熹宗怎肯放下心愛的木工不理？把手一揮，說道：「別來打擾，你瞧著辦去吧。」於是魏忠賢就去瞧著辦了，越來越無法無天。

朝裏自有一批諂諛無恥之徒去奉承他，到後來，魏忠賢成了實際上的皇帝。熹宗是「萬歲」，有些官員見了魏忠賢叫「九千歲」，表示他只比皇帝差了一點兒。到後來，個人崇拜更大張旗鼓，搞得如火如荼，全國各地爲魏忠賢建生祠。本來，人死了才入祠堂，可是他「九千歲」老人家活著的時候就起祠堂，祠中的神像用眞金裝身，派武官守祠，百官進祠要對他神像跪拜，那是貨眞價實的個人崇拜。

魏忠賢本來是個無賴流氓，年輕時和人賭錢，大輸特輸，欠了賭帳還不出，給人侮辱追討，實在吃不消了，憤而自己閹割，進宮做了太監。他不識字，但記心很好，是個完全沒有受過教育的賭棍。當世第一大國的軍政大權卻落在這樣的人手裏。

熊廷弼在遼東練兵守城，招撫難民，整肅軍紀，修治器械，把局面穩定下來。他所接手的那個爛攤子，給他整頓得有些像樣了。滿淸見對方有了準備，就不敢貿然來攻。但朝裏敵對一派的大臣卻來跟他過不去，不斷上奏章攻擊，說他膽小，不敢出戰；說他無能，不能盡復失地。於是朝廷革了熊廷弼的職，聽候查辦，改用袁應泰做統帥。

袁應泰是第一流的水利工程人才，一生修堤治水，救濟災民，大有功勞。他性格寬仁，辦事勤勉，打仗卻完全不會。滿清努爾哈赤得知熊廷弼去職，大喜過望，便領兵來攻。袁應泰率軍應戰，七萬兵大潰。淸兵佔領瀋陽，又擊破了明軍的兩路援軍，再攻遼陽。明兵又大敗，滿兵取得軍事要塞遼陽。

軍事局勢糟糕之極，朝廷束手無策，只好再去請熊廷弼出來，懲罰了一批上次攻擊他的官員，算是給他平氣。可是兵部尙書張鶴鳴和熊廷弼意見不合，只喜歡馬屁大王巡撫王化貞，囑咐王化貞不必服從熊廷弼指揮。

王化貞向朝廷吹牛，只須六萬兵就可將滿淸一舉盪平。朝廷居然信了他的。熊廷弼極力認爲準備不足，不可進攻。兵部尙書卻一味袒護王化貞。於是王化貞領兵十四萬出戰，一交鋒全軍潰沒。淸兵攻佔堅城廣寧。總算熊廷弼領了五千兵殿後，保護難民和敗兵數十萬退入山海關。朝廷不分靑紅皀白，將王化貞和熊廷弼一起逮捕。張鶴鳴免職。

到這時爲止，明淸交鋒，已打了三場大仗。每一仗明軍都是大敗。

明兵的戰鬥力固然不及淸兵，但也不是不能打，不肯打。每一個大戰役，總兵官都陣亡，副將、參將也大都陣亡。明兵人數都超過淸兵數倍，武器更先進得多，有火器。三個大戰役的失敗，主因都是在於軍隊沒有準備、缺乏訓練、軍紀不良，以及主帥戰略不當，指揮錯誤。軍務廢弛，士氣低落，當然也是由於統帥失責。

以中國之大，爲甚麼經常缺乏有才能的統帥？根本癥結是在明朝一個絕對荒謬的制度：由文官指揮戰役。

這個制度的根源，在於皇帝不信任武官。明朝皇帝不信任武將，怕他們手裏有了武力，就會搶奪皇帝的寶座，先是派文官去軍中監視，後來索性叫文官做總指揮，到後來連文官也不信任了，於是再加派太監作監軍。太監既是皇帝的心腹親信，另有一樣好處，太監沒有兒子，篡位的可能性就很小。做了皇帝而不能傳於子孫，做皇帝的興趣就大打折扣了。

明朝御史的權力很大，有權監察各行政部門。大學士代皇帝擬的聖旨、六部尚書所下的決定，御史都可放言批評，而且批評經常發生效力。皇帝派去監察武將的「總督」、「巡撫」，本來都是屬於「都察院」的監察官，並不是行政官。因爲監察官權大，後來就變成了總司令、總指揮。好比部隊的政委或政治主任兼任司令員。

但要做到御史，通常非中進士不可。要中進士，必須讀熟四書五經，書法漂亮，會做合乎應制規範的八股文。明朝讀書人如何廢寢忘食的學八股文、考進士，讀一下《儒林外史》就很清楚了。明朝派去帶兵、指揮大軍，和清軍猛將銳卒對抗的，卻都是這批熟讀詩云子曰、書法漂亮、八股文做得很好的進士。

明末抗淸有三位名將，功勛卓著：熊廷弼是萬曆二十五年的解元（全省考舉人第一名），萬曆二十六年的進士。孫承宗是萬曆三十二年的進士第二名（榜眼）。袁崇煥是萬曆四十七年進士。他們三個是文官，幸虧碰巧有用兵的才能。本來明末皇帝的運氣不壞，做八股文考中進士的文人之中居然出現了三個第一流的軍事家。然而文官會帶兵，那就是危險人物。明朝皇帝罷斥了其中一個（孫承宗），殺死了另外兩個。

別的奉命統兵抗淸的八股文專家們可就沒有軍事才能了。楊鎬，萬曆八年進士，指揮大軍，全軍覆沒。袁應泰，萬曆二十三年進士，指揮大軍，全軍覆沒。王化貞，萬曆四十一年進士，指揮大軍，全軍覆沒。

袁崇煥是在這樣的政治、經濟、軍事背景之下，去應付遼東艱巨的局面。當然，更艱巨的，是應付北京朝廷中的局面。

背後是昏憒胡塗的皇帝、屈殺忠良的權奸、嫉功妒能的言官；手下是一批飢餓羸弱的兵卒和馬匹，將官不全，兵器殘缺，領不到糧，領不到餉，所面對的敵人，卻是自成吉思汗以來、四百多年中全世界從未出現過的軍事大天才努爾哈赤。這個用兵如神的統帥，創制了嚴密的軍事制度和紀律，使他手下那批戰士，此後兩百年間在全世界所向無敵。鐵騎奔馳於北埵大漠、南疆高原，擴土萬里，的的確確是威行絕域，震懾四鄰。

努爾哈赤以祖宗遺下的十三副甲冑起家，帶領了數百名族人東征西討，建立了中國歷史上疆域最大的大帝國（元朝的蒙古帝國橫跨歐亞，不能說中華帝國的領土竟有這麼大。蒙古大帝國的中國部份，遠比清朝的疆域爲小）。清朝的疆域比漢朝、唐朝全盛時代都大得多，宋明兩朝更不能與之相比。今日中國領土中的西藏、新疆、黑龍江、台灣、青海、內蒙古等等大片土地，都是滿洲人得來的。當時外蒙古、朝鮮、越南、琉球、今日俄羅斯東部的大片土地都是中國的領土或屬地。清朝全盛時期的領土，比現在的中國大得多了。

滿洲戰士後來打敗了俄羅斯帝國的騎兵，打敗了尼泊爾的喎喀兵，打敗了蒙古兵，打敗了朝鮮兵，打敗了越南兵，間接打敗荷蘭兵（鄭成功先打敗荷蘭兵，攻佔台灣，滿洲兵再打敗鄭成功的孫子），在十七世紀、十八世紀的兩百年中，無敵於天下。

滿洲當時和明帝國交戰，已接連三次殺得明軍全軍覆沒，每一個戰役都是以少勝多。努爾哈赤興兵以來，迄此時爲止，百戰百勝，從未吃過一個敗仗。

滿洲兵所以軍力強盛，幾乎戰無不勝，一來因女真人生於苦寒之地，環境惡劣，自幼即經受苛嚴之鍛鍊。成軍之後，紀律極嚴，戰陣中若首領被殺而部屬不死者，全隊齊斬，又若部屬戰死而隊首不死者，隊長處斬。軍令強迫全隊官兵共存亡，長官死則全隊俱死，部隊死則長官亦死，若不死於戰陣，事後追究亦必斬首。崇德三年八月，皇太極命多爾袞、岳託統兵伐明，宣示軍律曰：「爾等臨陣，若七旗敗走，一旗拒戰者，七旗所屬之人員，俱給拒戰之一旗；一旗敗走而七旗拒戰者，以敗走一旗人員，分給七旗。如一旗內拒戰者半，敗走者半，即以敗走者所屬人員給本旗拒戰者。」滿洲人採用八旗制的部族經濟制度時，以所俘虜的漢人為奴隸，是主要的生產工具和財產，是原始共產主義社會的性質。戰爭制度頗為野蠻，打仗時如一旗敗走而七旗拒戰，該旗的奴隸、財產等等，全歸拒戰不退的七旗平分，敗走的一旗就無以為生。因此一到戰鬥之時，每個戰士以身家性命作拚鬥，寧死不肯敗走。

努爾哈赤幼時在明朝大將李成樑家中為奴，識得漢語漢文，喜讀《三國演義》與《水滸傳》。他的智略一部份是天生，一部份當是從這兩部小說中得來的。

努爾哈赤自己固然智勇雙全，他還有一大批精明驍勇的子姪，❶剽悍兇猛的將領，部勒嚴整的戰士。

當時明朝有一句諺語說：「女眞不滿萬，滿萬不可敵。」因為女眞人熟習弓馬，強悍善戰，漢人向來不是他們的敵手。這時女眞精兵八旗，每旗七千五百人，已有六萬之衆了。

袁崇煥所面對的是這樣了不起的大敵，而他卻是個書生。他會做詩，雖然詩才不敏捷，字寫得很好，文章有氣勢，❷既然中了進士，八股文當然也做得不錯，詩云子曰背得很熟。相信他不會射箭，寧遠第二次大戰時，他自稱只是在城頭大聲吶喊。❸

努爾哈赤與袁崇煥正面交鋒之時，滿淸的兵勢正處於巔峯狀態，而明朝的政治與軍事也正處於腐敗絕頂的谷底。

以這樣一個文弱書生，在這樣不利的局面之下，而去和一個縱橫無敵的大英雄對抗，居然打三場大戰，勝了三場，袁崇煥的英雄氣概，在整個人類歷史中都是十分罕有的。

❶努爾哈赤有十六個兒子，個個是有名的勇將。兩個姪兒阿敏與濟爾哈朗也十分厲害。

❷康有爲《袁督師遺集·序》盛稱其文字雄奇：「夫袁督師之雄才大略，忠烈武棱，古今寡比。其遺文雖寥落，而奮揚蹈厲，鶴立虹布，猶想見魯陽揮戈、崆峒倚劍之神采焉。」

❸《明史》說熊廷弼左右手都會射箭，但沒有提到袁崇煥會武。

四

袁崇煥，原籍廣東東莞，是水南鄉人，祖父移居廣西梧州藤縣白馬鄉。生於萬曆十二年（公元一五八四年），他在藤縣考中秀才和舉人。

他爲人慷慨，富於膽略，喜歡和人談論軍事，遇到年老退伍的軍官士卒，總是向他們請問邊疆上的軍事情況，在年輕時候就有志於去辦理邊疆事務。❶

他少年時便以「豪士」自許，❷喜歡旅行。他中了舉人後再考進士，大概三次落第，❸每次上北京應試，總是乘機遊歷，幾乎踏遍了半個中國。❹最喜歡和好朋友通宵不睡的談天說地，談話的內容往往涉及兵戈戰陣之事。❺

明朝制度，每三年考一次進士，會試在二月初九開始，十五結束。三月初一廷試。袁崇煥於萬曆四十七年在北京參加廷試而中進士，其時三十五歲。楊鎬於該年二月誓師遼陽，三月間四路喪師。新中進士和大戰潰敗這兩件事在同一個時候發生，袁崇煥這個向來關心邊防的新進士一喜一憂，心情一定很複雜。他那時在京城，當然聽到不少遼東戰事的消息。

他中進士後，被分派到福建邵武去做知縣。❻天啓二年，他到北京來報告職務。他平日是很喜歡高談闊論的，大概在北京和友人談話時，發表了一些對遼東軍事的見解，很是中肯，引起了御史侯恂（才子侯方域的父親）的注意，便向朝廷保薦他有軍事才能，於是獲升爲兵部職方司主事（自正七品的知縣升爲正六品的主事）。不做地方官了，被派到中央政府的國防部去辦事。

明朝官制，兵部（國防部）尙書（部長）一人，左右侍郎（副部長）各一人，下面分設四個司：武選（武官人事）、職方（軍政、軍令）、車駕（警備、通訊、馬匹）、武庫（後勤、訓練）。職方司約略類似於現代的作戰司，職方司有郎中一人、員外郎一人、主事二人。主事大概相當於作戰司的文職中校處長。

袁崇煥任兵部主事不久，王化貞大軍在廣寧覆沒，滿朝驚惶失措。清兵勢如破竹，銳不可當，自萬曆四十六年到那時，四年多的時間內，覆沒了明軍數十萬大軍，攻佔撫順、開原、鐵嶺、瀋陽、遼陽，直逼山海關。明軍打一仗，敗一仗，山海關是不是守得住，誰都不敢說。山海關一失，淸兵就長驅而到北京了。

於是北京宣布戒嚴，進入緊急狀態。

可是關外的局勢到底怎樣，傳到北京的說法多得很，局勢越不利，謠言越多，這是人類社會的通例。謠言滿天飛，誰也無法辨別眞假。就在這京師中人心惶惶的時候，袁崇煥騎了一匹馬，孤身一人出關去考察。兵部中忽然不見了袁主事，大家十分驚訝，家人也不知他到了那裏。不久他回到北京，向上司詳細報告關上形勢，宣稱：「只要給我兵馬糧餉，我一人足可守得住山海關。」

這件事充分表現了他行事任性，很有膽識，敢作敢爲而腳踏實地，但狂氣也是十足。若在平時，他上司多半要斥責他擅離職守，罷他的官，但這時朝廷正在憂急彷徨之際，聽他說得頭頭是道，便升他爲兵備僉事，那是都察院的官，大概相當於現代文職的參謀部上校政治主任之類，派他去助守山海關。袁崇煥終於得到了他夢想已久的機會，雄心勃勃的到國防前線去效力。

他的豪語一定使朝中大官們印象十分深刻，所以得到朝廷的支持，從他家鄉招募了一批兵員去。❼當時守山海關的主要是新到的浙江兵。另有三千名廣東水兵，在袁崇煥之後到達。袁崇煥認爲廣東步兵勇捷善戰，推薦他叔父袁玉佩負責招募三千名，其中包括袁崇煥平生所結納的親信和死士韓潤昌、謝尙政、洪安瀾等人。他又認爲廣西狼兵雄於天下，衝鋒陷陣，恬不畏死，申請於田州、泗城州、龍英州各調二千名，由慷慨知名、且善武藝的林翔鳳帶領，林是他的至戚。朝廷一一批准。❽

他到山海關後，作爲遼東經略（東北軍區總司令）王在晉的下屬，初時在關內辦事。王在晉見他任事幹練，很是倚重，派他出關到前屯衛去收撫流離失所的難民。袁崇煥奉命之後，當夜出發，在荊棘虎豹之中夜行，四更天時到達。前屯城中將士無不佩服。袁崇煥本是書生，這一來，兵將都服了他了。

王在晉奏請正式任他爲寧前兵備僉事。袁崇煥本來是沒有專責的散官，現在有了駐地，相當於寧遠、前屯衛二城的城防司令部政治主任，身當山海關外抗禦淸兵的第一道防線。寧遠在最前線，前屯衛稍後。不過他雖負責防守寧遠、前屯衛，第一線的寧遠卻沒有城牆，沒有防禦工事，根本無城可守。他只得駐守在前屯衛。

至於明軍一切守禦設施，都集中在山海關。山海關是「天下第一關」，防守京師的第一大要塞，然而它沒有外圍陣地。淸兵倘若來攻，立刻就衝到關門之前。稍有軍事常識的人都立刻會看出來，單是守禦山海關，未免太過危險，沒有絲毫退步的餘地。只要一仗打敗，這個大要塞就失守，敵軍便攻到北京。所以在戰略形勢上，必須將防線向北移，越是推向北方，山海關越安全，北京也越安全。

袁崇煥一再向上司提出這個關鍵問題。王在晉是萬曆二十年進士、江蘇太倉人的文弱書生（蘇州的白面書生），根本不懂軍事，眼光短淺，膽子又小，聽袁崇煥說要在關外守關，想想道理倒也是對的，便主張在山海關外八里的八里鋪築城守禦。他一定想，離山海關太遠，逃不回來，那怎麼得了？袁崇煥認爲只守八里的土地沒有用，外圍陣地太窄，起不了屏障山海關的作用，和王在晉爭論，王不採納他的意見。於是袁崇煥去向首輔葉向高申請，葉也不理。

袁崇煥的主張雖然正確，然而和頂頭上司爭論了一場之後，意見不蒙採納，竟逕自去向最高行政首長投訴。越級呈報是官場大忌，他做官的方式卻大大不對了。這又是他蠻勁的表現之一。

這時寧遠之北的十三山有敗卒難民十餘萬人，給淸兵困住了不能出來。朝廷叫大學士孫承宗設法解救。袁崇煥申請由自己帶兵五千進駐寧遠作聲援。另派驍將到十三山去救回潰散了的部隊和難民。王在晉覺得這個軍事行動太冒險，不加採納。結果十餘萬敗卒難民都被淸兵俘虜，只有六千人逃回。

滿淸這時在經濟上實行奴隸制度，女眞人當兵打仗，以搶劫財物爲主要工作，認爲男子漢耕田種地是恥辱，所以俘虜了漢人和朝鮮人來耕種。漢人、朝鮮人的奴隸是可以買賣的，當時價格是每個精壯漢人約爲十八兩銀子，或換耕牛一頭。❾十三山的十多萬漢人被俘虜了去，都成爲奴隸，當然受苦不堪，同時更大大增加了滿淸的經濟力量。

那時袁崇煥仍極力主張築城寧遠。朝廷中的大臣都反對，認爲寧遠太遠，守不住。大學士孫承宗是個有見識之人，親自出關巡視，了解具體情況，接受了袁崇煥的看法。

不久孫承宗代王在晉作遼東主帥。天啓二年九月，孫承宗派袁崇煥與副將滿桂帶兵駐守寧遠，這是袁崇煥領軍的開始。

滿桂是蒙古人，驍勇善戰。從那時起，他和袁崇煥的命運就永遠結合在一起，再也分不開了。一個蒙古武將，一個廣東統帥，都是十分剛硬、十分倔強的脾氣。兩人一起經歷了多次生死患難，也有過不知多少次激烈的爭吵。一直到死，兩人仍是在爭吵。但在兩人的內心，卻又一定互相欽佩。那既是英雄重英雄的心情，又知在抗拒清兵大敵之時，非仰仗對方的力量不可。高明的組織才能和正確的戰略決策是必要的，親臨前敵、殊死決戰的剛勇也是必要的。

寧遠在山海關外二百餘里，只守八里和守到二百多里以外，戰略形勢當然大有區別。

寧遠現在叫作興城，有鐵路經過，是錦州與山海關之間的中間站。地濱連山灣，與葫蘆島相距甚近。我眞盼望將來總有一日能到興城去住幾天，好好的看看這個地方。

天啓三年九月，袁崇煥到達寧遠。

本來，孫承宗已派游擊祖大壽在寧遠築城，但祖大壽料想明軍一定守不住，只築了十分之一，敷衍了事。

袁崇煥到後，當即大張旗鼓、雷厲風行的進行築城，立了規格：城牆高三丈二尺，城雉再高六尺，城牆牆址廣三丈，派祖大壽等督工。袁崇煥與將士同甘共苦，善待百姓，當他們是家人父兄一般，所以築城時人人盡力。次年完工，城高牆厚，成爲關外的重鎭。這座城牆是袁崇煥一生功業的基礎。這座城牆把滿清重兵擋在山海關外達二十一年之久，如果不是吳三桂把清兵引進關來，不知道還要阻擋多少年。

關外終於有了一個安全的地方。這些年來，遼東遼西的漢人流離失所，如給滿洲人擄去，便成了奴隸，於是關外的漢人紛紛踴到，遠近認爲樂土，人口大增。寧遠城一築成，明朝的國防前線向北推移了二百餘里。

袁崇煥同時開始整飭軍紀，他發現一名校官虛報兵額，呑沒糧餉，蠻子脾氣發作，當即將他斬了。但按照規定，他是無權擅自處斬軍官的。孫承宗大怒，罵他越權。袁崇煥叩頭謝罪。孫承宗也就算了。他後來擅殺毛文龍，在這時可說已伏下了因子。

孫承宗也是個積極進取型的人物，這時向朝廷請餉二十四萬兩，準備對清軍發動進攻。孫承宗是教天啓皇帝讀書的老師，天啓對老師很不錯，立刻就批准了。但兵部尙書與工部尙書互相商議說：「軍餉一足，此人就要輕舉妄動了。」所以決定不讓他「餉足」，採取公文旅行的拖延辦法，使孫承宗的戰略無法進行。孫承宗於是進行屯田政策，由軍士自耕自食，也得到很大的成效。

天啓四年，袁崇煥與大將馬世龍、王世欽等率領一萬二千名騎兵步兵東巡廣寧。廣寧即今北鎮縣，在錦州之北，與滿清重鎮瀋陽已慢慢接近了。袁崇煥還沒有和清兵交過手，這次已含有主動挑戰的意味。但清兵沒有應戰。袁崇煥一軍通過大凌河的出口十三山，從海道還寧遠。這時淸兵已退出十三山。

袁崇煥這次陸海出巡，寫了一首詩，題目是「偕諸將遊海島」，不說「率諸將」而說「偕諸將」，不說「巡海島」而說「遊海島」，頗有儒將的雅量高致。詩中很清楚的抒寫了他的心情：是戰是守的方略苦受朝廷牽制，不能自由，見到大好河山，更加深了憂愁。對榮華富貴我早已看得極淡，滿腔忠憤，卻只怕別人要說是杞人憂天。外敵的侵犯最後總是能平定的，但朝廷中爭權奪利的鬥爭卻實是大患，不知幾時方能停止？看到天上浮雲，冷清清的月亮，又想到我父親逝世，傷心得腸也要斷了。❿

短短三四年之間，從京師戒嚴到東巡廣寧，軍事從守勢轉爲攻勢，這主要是孫承宗主持之功，而袁崇煥也貢獻了很多方略。

孫承宗很賞識他，盡力加以提拔。袁崇煥因功升爲兵備副使，再升右參政。孫承宗對他言聽計從，委任甚專。

天啓五年夏，一切準備就緒，孫承宗根據袁崇煥的策劃，派遣諸將分屯錦州、松山、杏山、右屯、大凌河、小凌河諸要塞，又向北推進了二百里，幾乎完全收復了遼河以西的舊地，這時寧遠又變成內地了。

清兵見敵人穩紮穩打，步步為營的推進，四年之中也不敢來犯。然而進攻的準備工作卻做得十分積極，努爾哈赤將京城從太子河右岸的東京城移到了瀋陽，以便於南下攻明、西取蒙古，保持充分的出擊姿態。

孫承宗有才識，有擔當，有氣魄，袁崇煥對他既欽佩，又有知遇的感激，這樣的上司是極難遇到的。眼見他和孫承宗的共同計劃正在一步步的實現，按部就班的收復失地，這幾年袁崇煥一定過得十分快樂。他和手下將領滿桂、左輔、朱梅、祖大壽、何可綱、趙率教、孫祖壽等人的戰鬥友誼，也在這些日子中不斷加深。⓫

可是好景不常，時局漸漸變壞。天啟皇帝熹宗越來越喜歡做木工。魏忠賢的權力越來越大，儘量發揮他地痞流氓性格中的無賴、無知、無恥、以及無法無天。

天啟五年，魏忠賢大舉屠戮朝廷裏的正人君子，將彈劾他二十四條大罪的楊漣下獄。同時下獄的有左光斗、魏大中、袁化中等大臣，所誣陷的罪名是貪污。百姓大憤，數萬士民在北京街道上呼叫大哭。魏忠賢不敢正式審訊，命獄卒在監獄中打死了這些大臣。楊漣死得最慘，土囊壓身，鐵釘貫耳。

不久，魏忠賢又殺熊廷弼。

熊廷弼在遼東立有大功，蒙冤入獄，百姓都很同情他。民間流傳一部繡像演義小說《遼東傳》，描寫熊廷弼守遼東的英勇事蹟。魏忠賢的徒黨中有一個名叫馮銓的，他父親當年在遼東作布政的官，淸兵未到，先就鼠竄南逃。《遼東傳》第四十八回有「馮布政父子奔逃」一節，描寫馮銓父子棄職而逃的狼狽醜態，可說是當時的「新聞體小說」。

馮銓對這事深爲懷恨，又要討好魏忠賢，於是買了一部《遼東傳》放在衣袖裏，見到熹宗後，把小說拿出來，誣告說：「這部演義小說是熊廷弼作的，他吹噓自己的功勞，想要免罪。」熹宗信以爲眞，登時大怒。大概他看到小說中的繡像將熊廷弼畫得威風凜凜，而文字中或許對皇帝還頗有諷刺，於是即刻下旨將熊廷弼斬首，還將他的首級送到各處邊界上去給守軍觀看，那就叫做「傳首九邊」，說他犯了不戰的大罪。然而眞正應當負責的王化貞反而不殺。

文字獄也開始發展。江蘇太倉的兩個文人作詩哀悼熊廷弼，都被加以「誹謗」罪名而處斬。⓬

魏忠賢喜歡文官武將送他賄賂，越多越好。孫承宗帶兵十多萬，糧餉很多，應當大量剋扣下來轉奉給他「九千歲」才是。孫承宗不肯這樣辦，魏忠賢自然不喜歡，於是派了個吹牛拍馬的小人高第去代孫承宗作遼東經略。高第一到任，立刻就說關外之地不可守，要撤去關外各城的守禦，將部隊全部撤入山海關。

這戰略之胡塗，眞是不可理喻。那時淸兵又沒有來攻，完全沒有撤兵逃命的必要。大概他是怕一旦來攻，非敗不可，還是先行撤兵比較安全。

袁崇煥當然極力反對，對高第說：「兵法有進無退。諸城旣已收復，怎可隨便撤退？錦州、右屯衛一動搖，寧前就震驚，山海關也失了保障。這些外衛城池只要派良將守禦，一定不會有危險的。」高第不聽，下令寧遠、前屯衛也撤兵。

袁崇煥倔強得很，抗命不聽，說道：「我做的是寧前道的官，守土有責，與城共存亡，決計不撤。」

高第是膽小的書生，袁崇煥雖是他部屬，但見他蠻勁發作，聲色俱厲的不服從命令，也就不敢對他怎樣，只是下令將錦州、右屯、大小凌河、松山、杏山的守兵都撤去了，放棄了糧食十餘萬石。撤退毫無秩序，軍民死亡載道，哭聲震野，百姓和將士都氣憤難當。

袁崇煥的父親早一年死了，按照規矩，兒子必須回家守喪。當時朝廷以軍事緊急，下旨不許他回家，命他在職守制，稱爲「奪情」。這時袁崇煥大怒，上奏章要回家守制。朝廷不准，爲了慰撫他，升他爲按察使。但這樣一來，數年辛辛苦苦的經營毀於一朝。雖然升官，也決不會開心。

可以想像得到，袁崇煥在這段時期中，「×他媽」的廣東三字經不知罵了幾千百句。他是廣東人，雖自幼居於廣西，平時大概說廣東話。他是進士，然而以他的性格而遇上這種事情，不罵三字經何以洩心中之憤？或許高第不敢見他的面，否則被他飽以老拳、毆打上司的事都可能發生。

高第，字登之，萬曆十七年進士。他考試果然「高第登之」，但做大軍統帥，卻是「要地棄之」。

軍事上這樣荒謬的決策，大概只有當代南越阮文紹主動放棄順化、峴港，棄軍四十萬，因而引致南越全面潰敗一事，可以與之「媲美」。

❶ 關於袁崇煥的事蹟，如未注明出處，主要係依據《明史．袁崇煥傳》所載。

❷ 袁崇煥考舉人時，有〈秋闈賞月〉詩，有句：「竹葉喜添豪士志，桂花香插少年頭。」

❸ 袁崇煥於萬曆三十四年（一六〇六）中舉，時年二十二歲。他中舉之前，居於廣西平南，最初在平南考秀才，平南人說他冒籍，於是他改到藤縣去考，他有詩題爲〈游雁洲〉，唐時新進士在長安慈恩寺雁塔題名，所以「雁塔題名」表示考中，平南縣衙前河中常有雁，當地人士以雁隻多少來預卜中舉人中秀才的人數，袁詩云：「煙水家何

在？風雲影未開，登科聞有兆，愧我獨緣慳。」當是落第之後所作，詩附有注：「予居平南，初應童子試，被人訐，今改籍藤縣，故云。」中舉之後，到原籍東莞去掃墓，有詩〈登賢書後回東莞縣謁墓〉：「少小辭鄉園，飄零二十年。敢云名在榜，深愧祭無田，邱隴棠梨在，衣冠手澤傳。夕陽回首處，林樹鬱蒼煙。」這是他原籍東莞、籍隸藤縣、幼居平南的証據。

❹ 袁崇煥〈募修羅浮諸名勝疏〉：「余生平有山水之癖，即一邱一壑，俱低徊不忍去。故十四公車，強半在外，足跡幾徧宇內。」〈下第〉詩有云：「遇主人寧易，逢時我獨難。八千憐客路，三十尚儒冠。」從東莞或藤縣到北京，約言之曰八千里。

❺ 他到浙江嵊縣遊覽時，與好友秦六郎中宵長談，有〈話別秦六郎〉詩：「海鱷波鯨夜不啾，故人談劍剡溪頭。言深夜半猶疑晝，酒冷涼生始覺秋。水國芙蓉低睡月，江湄楊柳軟維舟。自憐作賦非王粲，戛玉鳴金有少游。」

❻ 他被派到福建做知縣，首先要去謁見總督、巡撫等大官，官樣文章，耗時甚多，有詩〈至閩謁大府〉：「侵晨持手版，逐隊入軍門。衙鼓三聲急，官儀一面尊。人情今未熟，政事昔曾論。私謁吾何敢，歸來夜未昏。」又有詩〈初至邵武〉：「爲政原非易，親民愼厥初。山川今若此，風俗更如何。訟少容調鶴，身閒即讀書，催科與撫字，二者我安居。」當時做地方官的小官，目標是移風易俗、訟少刑輕，主要工作是

徵收賦稅、安撫親民。袁崇煥覺得工作不難，希望清閒一點，可以多讀些書。

❼袁崇煥在〈天啓二年擢僉事監軍奏方略疏〉中提出招募兵員的要求，宣稱：「他日戰之不力，即斬臣於行軍之前，以爲輕事者戒。」最後說：「如聽臣之言，行臣之忠，臣必效力以舒人神之憤。不但鞏固山海，即已失之封疆，行將復之。謀定而戰，臣有微長也。」他上任後的第一道奏章，便提出了「謀定而戰」的四字要訣，同時也自豪而自信的說：「臣有微長也。」

❽招募和調集三千名廣東兵、六千名廣西兵，一共大約花二十萬兩銀子。據袁崇煥所申請的預算，廣東兵要安家、行糧、衣甲、器械等費，每人二十餘兩。廣西狼兵本來就是兵，所以不發安家、兵甲費用，只需從廣西到關外的行糧每人六兩銀子。

❾詳見王鍾翰〈滿族在努爾哈齊時代的社會經濟形態〉、〈皇太極時代滿族向封建制的過渡〉。

❿原詩是：「戰守逶迤不自由，偏因勝地重深愁。榮華我已知莊夢，忠憤人將謂杞憂。邊釁久開終是定，室戈方操幾時休？片雲孤月應腸斷，椿樹凋零又一秋。」

⓫孫承宗是袁崇煥的上司，對他很是賞識，兩人書信往來，孫承宗待他猶似平等的朋友，孫承宗的詩文集《高陽集》中有不少與袁來往的書信，兩人討論到朝中奸佞，孫的信中說：「吾輩做天下事，只論人不論天，然天道安可誣也。此一流人，非天去

之，又攬多時。吾輩安得不善承天意，亟爲勉圖。」孫認爲奸臣佞臣，將來天必去之，目前我們只好自行努力。又有信云：「此何地，敢愛其身？此何地，敢不愛其身？得手教乃快，此惓切也。當瘁呿時，願惟少加靜息。自愛，正以愛此耳。」勸他保重身體。袁崇煥於崇禎二年被捕，孫承宗有詩感嘆，有云：「一縷痴腸看賜劍，幾行血淚洒征衣。」又云：「東江千古英雄才，淚洒黃卷半不平。」兩人是英雄重英雄。

⑫袁崇煥作了兩首詩痛悼熊廷弼，大概沒有公開，所以幸未賈禍，討中公然說熊功高遭忌，不送賄賂致死。這兩首詩慷慨悲憤，日後用來弔他自己，也很恰當。〈哭熊經略二首〉，其一：「記得相逢一笑迎，親承指授夜談兵。才兼文武無餘子，功到雄奇即罪名。慷慨裂眥鬚欲動，模糊熱血面如生（熊被斬首後傳首九邊，袁崇煥見到熊的首級，面目如生）。背人痛極爲私祭，洒淚深宵哭失聲。」其二：「太息弓藏狗又烹，狐悲兔死最關情。家貧罄盡身難贖，賂賄公行殺有名。脫幘憤深檀道濟，爰書冤及魏元成。圖遭慘毒緣何事，想爲登壇善將兵。」

五

滿清看出了明朝的虛實，知道高經略無用，袁崇煥無人支持，於天啓六年（一六二六）正月大舉渡遼河攻寧遠，兵十三萬（在這幾年中，清軍的實力已擴充了一倍），號稱二十萬。二十三日攻抵寧遠。

大敵終於攻來了。

朝廷荒唐，主帥荒謬，援軍是一定不會有的。那怎麼辦？棄城而退是服從主帥命令；守城罷，寧遠一城孤軍，怎能擋滿清的傾國之師？

在這緊急關頭，袁崇煥奮發了英雄之氣，決意抗敵。

他和大將滿桂，副將左輔、朱梅，參將祖大壽、何可綱等，集將士誓死守城。袁崇煥刺出自己鮮血，寫成文告，讓將士傳閱，更向士卒下拜，激以忠義。全軍上下在他的激勵下人人熱血沸騰，決心死戰。

他又下令前屯守將趙率教、山海關守將楊麒，凡是寧遠有兵將逃回來，一概抓住斬首。山海關有他的上司遼東經略高第鎭守，袁崇煥的職權本來只能管到寧遠和前屯，山海關總兵楊麒他是管不著的。但這時還管他甚麼上司不上司，職權不職權，「×他媽，頂硬上，幾大就幾大！」（淞滬之戰時，十九路軍廣東兵守上海，抗禦日軍侵略，當時「×他媽，頂硬上」的廣東三字經，在江南一帶贏得了人民的熱烈崇敬。因爲大家都說：廣東兵一罵「×他媽！」就挺槍衝鋒，向日軍殺去了。）

他母親和妻子這時也在遼西，大概住在山海關或前屯衛後方。他將母親和妻子都搬到寧遠城中來住。全家和寧遠共存亡的決心，表現得再清楚也沒有了。❶

廿四日，淸兵殺到城下。袁崇煥初次見到「辮子兵」的威猛。

淸兵都有辮子，在那時，漢人只要聽到「辮子兵」三字，不由自主的就膽戰心驚，直到十餘年後仍是如此。李自成部下的闖軍都是身經百戰的悍將健卒，席捲而東，攻破北京，在山海關前的一片石和吳三桂部大戰時，絲毫不落下風。但淸兵突然出現，闖軍中響起「辮子兵來了！辮子兵來了！」的驚呼，數萬精兵就此全軍大潰，一敗塗地。李自成逃出北京，向西急竄，「大順」朝終於覆滅。在那時候，「辮子兵」就是「無敵雄師」的代名詞。

袁崇煥並不比李自成更會打仗，他部下兵將也並不更爲勇猛。但他更加鎭定堅決，他沒有個人的自私慾望，不像李自成那樣想做皇帝。他的部屬也不像闖軍那樣，搶飽了財物美女，不想打仗。眞所謂「無欲則剛」，所以他比李自成更剛強。

他是「×他媽，頂硬上」的英雄。

但他部下的兵將不是廣東人，主要是遼河兩岸的關外健兒，其他各省的都有。只因爲主帥有「頂硬上」的英銳之氣，部屬也都跟著他「頂硬上」了。

這時寧遠守兵約一萬，而淸兵有十三萬。向來明淸交戰，總是明兵多而淸兵少，這次卻衆寡易勢，大軍都在經略高第手中。高第全軍據守山海關，果然並不派兵來救。

努爾哈赤先分遣部隊繞過寧遠，在城南五里處切斷了通向山海關的大路，然後放幾名俘虜來的漢人去寧遠向袁崇煥傳話：「我這次帶了二十萬大軍來攻，寧遠非破不可。守城官如投降，我一定大加優待，封爲大官。」袁崇煥回答說：「你突然領兵來攻，那是甚麼道理？錦州與寧遠兩城，你本來已經佔領，又再放棄。我修築好了來住，自然要死守，怎肯投降？你說有二十萬兵，未免誇大。你眞正的兵力大約是十三萬，我倒也不以爲來兵太少了。」❷

努爾哈赤於是大舉攻城。

當時朝鮮使者帶同翻譯官韓瑗去北京朝見皇帝，剛到達寧遠。袁崇煥很高興的招待使節及其隨從。朝鮮使節見守軍甚是鎭定，暗暗感到奇怪。袁崇煥和三數幕僚閒談，及報淸兵攻到，袁崇煥乘轎至戰樓，又與韓瑗等談古論文，泰然自若，全無憂色。過了不久，忽聽得一聲大砲，聲動天地。韓瑗大驚，只嚇得低下了頭抬不起來。袁崇煥笑道：「賊兵來了！」打開城頭敵樓的窗子，向外望去，只見清兵蔽野而來。城中卻聲息全無。

成千成萬的辮子兵衝到了城邊，突然之間，城頭舉起千千萬萬火把，矢石如雨般投下城去。戰事越來越激烈，明軍忽然從城頭的每一個石堞間推出一個又長又大的木櫃，這些大木櫃一半在堞內，一半探出城外，大櫃中伏有甲士，俯身射箭投石，投完了便將大木櫃拉進來，再裝矢石出去投擲。跟著地雷爆發，土石飛揚，無數清兵和馬匹被震上半空。❸

攻城清兵的先鋒部隊是鐵甲軍，每人身上都披兩層鐵甲，稱爲「鐵頭子」。清兵以堅車攻城，車頂以生牛皮蒙住，矢石不能傷。城內架起西洋大砲十一門，在城頭輪流轟擊，每一砲打出去，破壞殺傷及於數里。❹

清兵奮勇迫近，推了鐵裹車猛撞城牆，聲音轟隆轟隆，勢道驚人，撞擊了很久，城牆撞破的地方很多。清兵再用像雲梯那樣的裹鐵高車來撞擊城牆高處。隨後又把裹鐵車推到城牆邊，上面用木板遮住，以擋城頭投下的矢石，車裏藏了兵士，用鐵鍬挖掘城牆牆腳。清兵攻進了城牆下的死角，大砲已打他們不到。在這危急之時，守軍想到了計策，抬了屋子前的長條大階石從城上投下去。階石十分沉重，鐵車上的木板擋不住，壓死了不少清兵。

攻城歷時很久，城基給清兵挖成了一個個凹龕，清兵躲在城牆洞內向裏挖掘，城上再投大石下去，就打不到了。這時寧遠四周十餘里的城牆牆腳已被挖得千孔百瘡，眼看城破在即，滿城百姓驚惶得很，都抱怨說：「袁爺爲了他自己一人，害死了我們滿城百姓。」後來北京百姓怨怪袁崇煥，大概也出於這種懦怯卑劣的心理。

大家正在徬徨無策之時，通判金啓倧（浙江人）臨時想出了幾件新式武器，將火藥撒在蘆花褥子和被單上，紛紛投到城下去。他將這件新式武器取名爲「萬人敵」。當時是正月，氣候酷寒，攻城清兵見到被褥，就都來搶奪，城上將火箭、硝磺等引火物投下去，「萬人敵」立即燃燒，燒死了無數清兵。另有一種「萬人敵」是將火藥放在空心的大泥團中，外面圍以木框，點燃了藥引投下城去，泥團不斷旋轉噴火，燒死敵兵。那位金通判後來在趕製「萬人敵」之時，火藥碰到火星，不幸被燒死了。❺

這時城牆被撞垮了一丈多，袁崇煥不能再泰然自若了，親自搬石來堵塞缺口，連受了兩次傷。部將勸他保重。他厲聲道：「寧遠雖只區區一城，但與中國的存亡有關。寧遠要是不守，數年之後，咱們的父母兄弟都成爲韃子的奴隸了。我若膽小怕死，就算僥倖保得一命，又有甚麼樂趣？」撕下戰袍來裹了左臂的傷口又戰。將士在他的榜樣之下，人人奮勇，終於堵上了缺口。❻

廿五日清兵又猛攻，袁崇煥督將士死戰。清太祖努爾哈赤也受了傷。血戰三日，清兵損失慘重，終於不得不下令退兵。

此役殺死了清軍中著錦衣的軍官十餘人，即滿洲人稱爲「牛彔額眞」的，每一「牛彔額眞」統兵三百人（約相當於營長）。清兵退去後，守軍將五十名敢死隊用長繩縋到城下，拾到了十餘萬枝箭。城牆上給清兵挖出的洞穴有七十餘個。這時點查火藥庫，火藥也用盡了，局面眞是危險得很。

敵軍解圍而去之後，百姓感到安全了，滿城大哭，紛紛去拜謝袁崇煥與滿桂的救命之恩。爲甚麼要「滿城大哭」？想來是旣感激又慚愧，又是說不出的欣喜罷。

第二天早晨，清兵大隊人馬擁聚在城外大平原一邊。袁崇煥派遣一名使者，備了禮物去送給努爾哈赤，對他說：「老將橫行天下爲時已久，今日敗於小子之手，只怕是天意了。」努爾哈赤已受了傷，於是回送禮物及名馬，約期再戰。

所謂「約期再戰」，只是掩飾面子的話。努爾哈赤不敢再攻寧遠，轉而去攻覺華島洩憤。

袁崇煥招募來的兩廣子弟兵，在寧遠之戰中似乎並未發生如何重大的作用。據我猜想，極可能是袁崇煥派了廣東水師守覺華島。覺華島現在叫菊花島，在葫蘆島之南，在寧遠之東海外，離岸十八里。當時是關外屯聚糧草的重地，因爲關外軍糧靠海運接濟，在覺華島起卸最方便。寒冬之際，海面結了厚冰，變成了陸地，廣東兵所擅長的水戰完全用不上，只得把車輛排起來當防禦工事，在冰上和清兵打陸戰，結果全軍覆沒，島上十餘萬石糧食盡被焚毀。這幾千名廣東海軍，大概多數在這一役中犧牲了。❼

努爾哈赤對諸貝勒說：「我自二十五歲以來，戰無不勝，攻無不克。為甚麼單是寧遠一城就打不下來？」十分惱怒。七月間到清河溫泉療養，派人去召大福晉（正妃）來，同回瀋陽，因心情鬱鬱而發背疽（癌），在離瀋陽四十里處的靉鷄堡逝世，年六十八歲。

努爾哈赤一生只打了這一個大敗仗。清人從此對袁崇煥十分敬畏。❽

袁崇煥指揮這個戰役很有儒將風度，坐轎子在城頭敵樓中督戰，打了勝仗之後，派使者送禮物給努爾哈赤，頗有《三國演義》中諸葛亮與周瑜羽扇綸巾、談笑用兵的氣派；也似南朝梁朝大將韋叡臨陣時輕袍緩帶，乘輿坐椅，手持竹如意指揮軍隊。韋叡身子瘦弱，但戰無不勝，敵軍畏之如虎，稱為「韋虎」。不過到了當眞危急之時，袁崇煥也不能再扮儒將了，只得以「蠻子」姿態來死拚。

❶見李光濤〈清入關前之眞象〉。但此節不見於其他記載，不知李先生有何根據。

❷《清太祖實錄》卷十。

❸據日人稻葉君山《清朝全史》中所引述朝鮮使者當時在寧遠城頭的目覩記。

❹據《臚天頌筆》。

❺據計六奇《明季北略》中引寧遠圍城時在鼓樓前開店的一名花椒商人所述。

❻據梁啓超《袁崇煥傳》。該傳中敘述清兵敗退後，「崇煥復開壘襲擊，追北三十餘里，清軍大亂，死者逾萬人。」與其他資料不符，今不取。

❼袁崇煥〈祭覺華島陣亡兵將文〉：「慨自戰守乖方，屢失疆土，天子赫然震怒，調南北水陸舟師，謂爾乘船如馬，遂調之來爲進取也。據爾等間關遠至，豈不欲滅此朝食，一航而金甌復歸，再航而黃龍掃哉？奈未盡其用而敵即來。沍寒之月，冰結舟膠，窘爾之所長，烏得不及於難？說者謂謀之不臧。不臧固不臧矣，然排山倒海之勢，以十八萬而臨數千之水卒，即臧可奈何？而爾等計無復之，憤然以死，略無芥蒂，視當年之棄曳倒奔者，加一等也。人之罪至死而免，人之品至死而定。今將略爾罪而嘉乃忠，請命於天子，諒爲之恤，所以不沒汝等者，良有在也。吁嗟，巨浪茫茫，空山寂寂，皆汝等忠靈之所棲蕩也，望故鄉以何日？即轉劫而無期，苒苒遊魂，何不相結爲厲，殲讎洩憤？在生之志，藉死以伸，則雖死之日，猶生之年也，爾其勉之。不腆之奠，涕與俱之。尚饗。」

❽清人所修的《明史·袁崇煥傳》中說：「我大清舉兵所向，無不摧破。諸將罔敢議戰

守。議戰守自崇煥始。」

六

當朝中得到清兵大舉來攻的訊息時，百官驚惶之極。兵部尙書王之光與廷臣商議，人人束手無策，以爲這一次寧遠一定要失了，不知山海關是否能保得住。山海關若失，清兵便到北京。後來得到捷報，朝野自然喜出望外，謝天謝地。

高第因不援寧遠而免職，以王之臣代。袁崇煥升爲右僉都御史。那是正四品的官。三月，復設遼東巡撫，由袁崇煥升任。魏忠賢見他地位重要了起來，開始對他提防，派了兩名親信太監劉應坤與紀用去寧遠監軍。皇帝派特務監視部隊長官，是歷代政治腐敗時常常出現的情形。特務干預軍事，後果一定極差，所以袁崇煥上疏反對，但抗議無效，特務太監非來不可。朝廷爲了安撫他，加他一個兵部右侍郎（正三品，相當於國防部第二副部長）的頭銜，並賞銀幣，子孫世襲錦衣千戶。

在這時候，袁崇煥與大將滿桂之間，發生了激烈衝突，衝突的原因在於另一個大將趙率教。

滿桂和趙率教都是第一流的將領，但性格很不同。❶滿桂是蒙古人，非常戇直，簡直有些傻裏傻氣。趙率教卻十分的機伶精乖，相信他一定很會討好上司，所以每一個遼東統帥自袁應泰、王在晉、孫承宗、高第、以至袁崇煥，個個都很喜歡他（在《碧血劍》小說裏，在袁承志周歲時送金項圈的就是他）。

滿桂和他本來是非常要好的朋友。當淸兵大舉來攻寧遠時，趙率敎在前屯衛鎭守，派了一名都司、四名守備帶兵來援。當時大敵壓境，趙率教自己不來和上司及好朋友共赴患難，所派的援兵又到得很遲，滿桂大大不高興，不許援兵進城，後來因袁崇煥的命令才放他們進來。等到寧遠解圍，趙率教想分功，滿桂不許，又罵他爲甚麼自己不來救援，太沒有義氣。兩人爲此大吵。大概滿桂的態度十分粗魯，蒙古三字經罵之不已，說不定還想出拳打人，袁崇煥便袒護趙率教。

衝突轉移到了袁、滿二人之間，或許滿桂對上司不夠尊敬，於是袁崇煥要求將滿桂調走。❷

朝廷羣臣都知道滿桂打仗的本事，但將帥不和總是不對，便依從了。可是經略王之臣極力認爲滿桂決不可去。朝廷召還滿桂的命令已頒下了，於是聽了王之臣的主張，再命滿桂鎭守山海關。袁崇煥堅決不接受。朝廷無法，只得將滿桂調回北京，保留左都督原官，派在國防機構辦事。

這件事情顯然是袁崇煥的蠻子脾氣發作，衝動起來，作出了違反理智的決定。由於王之臣袒護滿桂，袁崇煥又去和王之臣吵鬧。朝廷怕王之臣與袁崇煥不斷衝突，壞了大事，於是將指揮權劃分為二：關內的部隊由遼東經略王之臣指揮，關外部隊則由遼東巡撫袁崇煥指揮。經略的官比巡撫大，但這時袁崇煥已不屬遼東經略管了。

袁崇煥畢竟是個光明磊落的大丈夫，冷靜下來之後，知道是自己的不對，於是上奏請再用滿桂。朝廷當然批准，派滿桂兼統關內外兵馬，賜尚方劍。王之臣和袁崇煥是文官，等於現在的政委；滿桂是武將，是部隊司令。武將受文官指揮。

幸虧袁崇煥不堅持錯誤，否則二次寧遠大戰，就不能得到滿桂這樣的大將來主持城防。滿桂回任後，大概袁崇煥和他修好，表示了歉意。

在這時候，袁崇煥上了一道奏章，提出守遼的基本戰略，這道奏章有很大的重要性。其中主張：一、用遼人守遼土；二、屯田，以遼土養軍隊；三、以守為主，等待機會再出擊。他最擔心的事，是立了功勞之後，敵人必定要使反間計，散播謠言，而本國必定有人妒忌毀謗。❸

他深知明軍的戰鬥力不如清軍，野戰不利，只有用己之長，所以提出了戰術的基本原則：「兵不利野戰，只有憑堅城、用大砲一策。」

所統帶的部隊無力打野戰，作爲主帥，自然深感棘手。但訓練一支善打野戰的勁旅，非一朝一夕之功，那是無可奈何的；而對於勢所必至的朝臣忌功中傷，更是無可奈何，只有盼望皇帝和大臣們能加以照顧了。

袁崇煥也不是一味的蠻幹，有時也有他機伶的一面。他對魏忠賢派去監視他的兩名特務太監敷衍得很好。當年冬天，他帶同趙率教以及兩名特務太監劉應坤、紀用，興辦防禦工事及屯田，漸漸又再收復了高第所放棄的土地。

他在奏章中將這兩名太監的功勞吹噓了一番，所以魏忠賢和劉應坤、紀用三人都得到了封賞。劉、紀二人似乎也不是壞太監，並沒有對袁崇煥掣肘阻撓，後來寧錦大戰，劉應坤在寧遠城上督戰，紀用在錦州城上督戰，都勇敢得很。大概二人爲袁崇煥的忠勇所感召，也變得忠勇起來。可見也不是所有的太監都是壞人，主要還在領導者如何領導。

❶《明史．滿桂傳》：「桂椎魯甚，然忠勇絕倫，不好聲色，與士卒同甘苦。」《明史．趙率教傳》：「率教爲將廉勇，待士有恩，勤身奉公，勞而不懈，與滿桂並稱良將。二人既歿，益無能辦東事者。」

❷袁崇煥奏章中說滿桂「意氣驕矜，謾罵僚屬，恐壞封疆大計，乞移之別鎮，以關外事

權歸率教。」

❸《明史・袁崇煥傳》引述他的奏章：「陛下以關內外分責二臣。用遼人守遼土，且守且戰，且築且屯。屯種所入，可漸減海運。大要堅壁清野以爲體，乘間擊瑕以爲用。戰雖不足，守則有餘。守既有餘，戰無不足。顧勇猛圖敵，敵必讎，奮迅立功，衆必忌。任勞則必召怨，蒙罪始可有功。怨不深則勞不著，罪不大則功不成。謗書盈篋，毀言日至，自古已然，惟聖明與廷臣始終之。」

七

努爾哈赤死後，第八子皇太極接位。

皇太極的智謀武略，實是中國歷代帝皇中不可多見的人物，才幹見識不在劉邦、劉秀、李世民、趙匡胤、忽必烈、朱元璋之下。中國史家大概因他是滿清皇帝，由於種族偏見，向來沒有給他以應得的極高評價。其實以他的知人善任、豁達大度、明斷果決、多謀善戰，除唐太宗、成吉思汗外，中國歷朝帝皇沒幾個能及得上。❶

努爾哈赤是罕有的軍事天才，這個老將終於死了，繼承人是一個同樣厲害的人物。皇太極的軍事天才雖不及父親，政治才能卻猶有過之。袁崇煥所受到的壓力一點也沒有減輕。

皇太極接位之時，滿洲正遭逢極大的困難。努爾哈赤新死，滿洲內部人心動盪。努爾哈赤遺命是四大貝勒同時執政，行的是集體領導制，皇太極的權位很不鞏固。在經濟上，因爲與明朝開戰，人參、貂皮等特產失去了傳統市場。滿洲當時在經濟上是奴隸制，擄掠了大批漢人來農耕，生產力相當低。但軍隊大加擴充，這時已達十五萬人，軍需補給發生很大問題，偏偏又遇上嚴重天災，遼東發生饑荒。❷如向中國侵略，卻又打不破袁崇煥這一關。

在這時候，皇太極定下了正確的戰略：侵略朝鮮。

朝鮮物產豐富而兵力薄弱，正是理想的掠奪對象。在外交上，朝鮮採取的是「事大（對明）交鄰（對日本、滿洲）」政策。明清交戰時，朝鮮出兵助明，又供給明軍皮島總兵官毛文龍的糧食，成爲滿淸後方的一個牽制。皇太極進攻朝鮮，可以解決經濟上、戰略上的雙重困難，同時在必定可以得到的軍事勝利之中樹立威望，鞏固權位。

中國方面的困難也相當不小。

訓練一支既能守、又能戰、再能進一步修復失地的精銳野戰軍，需要相當時間。袁崇煥任寧前道僉事時，山海關外四城，縱深約二百里，廣約四十里，屯兵六萬餘人，糧餉全靠關內支給。後來在孫承宗、袁崇煥主持下，恢復錦州、中屯、大凌河諸城，國防前線向北推展，屯田數千頃，兵士足食。高第代孫承宗為經略，盡棄錦州諸城，寧遠沒有了外衛，也沒有了糧源。靠朝廷接濟是很靠不住的，朝廷對於拖欠糧餉向來興趣濃厚。袁崇煥做遼東巡撫，首要目標是修復錦州、大凌河等城堡的守備，然後屯田耕種。但築城工程費時甚久，又不能受到敵人干擾，在和滿清處於戰爭狀態之時無法進行。

所以明清雙方，都期望有一段休戰時期，以便進行自己的計劃。明方是練兵、築城、屯田；淸方是進攻朝鮮，鞏固統治。在這樣的局勢下，具備了議和的條件。

明方的議和是攻勢的，最後目標是消滅滿淸，收復全部遼東失地。淸方的議和主要是守勢，目的在鞏固已得的土地，要明方承認雙方的現有疆界，雙方和平共處，進行貿易，皇太極則可鞏固權位。努爾哈赤去世時，滿淸大權交由四大貝勒共掌，四大貝勒的權力相同，那是二子代善、五子莽古爾泰、八子皇太極、姪兒兼養子阿敏，皇太極因得代善支持而繼位為滿淸大汗。

因爲明清雙方的國力實在太過懸殊。中國那時的人口，官方的紀錄是六千多萬，實際上遠不止此數，當時男丁要被政府徵去義務勞動，不參加的要繳錢代替，所以百姓儘可能的瞞報人口。外國學者們的估計相互差距很大，最高的估計認爲那時中國人口是一億五千萬人。我相信當不會少於一億人。❸女眞人大概不到五十萬人。❹人口的對比是二百比一甚至三百比一。滿清所佔的土地，只是今日吉林、遼寧、黑龍江的一部份，與中國相比也相差極遠。中國火器犀利，葡萄牙大砲尤其非淸兵所能抵擋。

淸方的長處，主要只是「明朝本身的腐敗」，以及淸軍戰鬥力強勁和統帥部高明的軍事才能。只要袁崇煥鎭守寧遠，淸方的長處就受到了限制。持久的纏鬥下去，滿淸勢必難以支持。

袁崇煥寧遠大捷，在軍事上並無十分重要的意義，因爲並沒有摧毀淸軍的主力，甚至沒有削弱淸軍的戰鬥力。然而在政治上，對士氣與民心卻有非常巨大的振奮作用，這使中國軍民知道淸軍也不是不會打敗仗的。經此一役之後，本來投降了滿淸的許多漢人官吏和士卒又逃回來了。寧遠城頭的大砲，轟碎了「女眞滿萬不可敵」的神話。❺

淸方從來沒有期望眞能征服中國。努爾哈赤和皇太極的祖宗，長期來做明朝所封的邊疆小官。努爾哈赤幼時住在明朝大將李成梁家裏，類似童僕奴隸。所以他們對於明朝有先天性的敬畏，自卑感很深。寧遠之戰，使他們下意識中隱伏著的自卑感又開始抬頭。

明朝是自己覆滅的，並非給滿清所打垮。

滿清與明軍交戰，始終強調「七大恨」，滿清認為明朝有七件大事欺侮女眞人，逼得他們忍無可忍，才起兵反抗。❻滿清一直沒有自居能與明朝處於平等地位。「七大恨」的基本思想，是抱怨明朝作為最高統治者，卻在努爾哈赤與敵對部族發生爭執時袒護對方，沒有公平處理，那是下級對上級的申訴。例如第五大恨的「老女事件」，葉赫部的一個王公本來答應把他十四歲的妹妹送給努爾哈赤為妾，但廿二年後，這個三十六歲的「老女」改嫁給蒙古王子，努爾哈赤認定是出於明朝的授意，身為上級而不秉公斷事。

差不多在每個戰役之後，淸方總是建議談和。因為他們對於目前的成就早就喜出望外，本來是做夢也想不到的，只求明方正式承認他們所佔的土地，讓他們能永久保有，就已心滿意足了。但明朝從來置之不理，認為對方根本沒有談和的資格。明朝的態度是這樣：「你們是朝廷的部屬，只能服從命令，怎麼能要求談判和平？」這種死要面子的不現實態度，使得明朝始終沒有能爭取到一段喘息的時間來整頓軍備、鞏固防禦。

袁崇煥充分了解到爭取暫時和平的必要。努爾哈赤的逝世正是一個好機會。這時剛好有一個五台山的喇嘛李喇嘛來到寧遠。滿洲人信佛教，尊崇喇嘛，袁崇煥就請李喇嘛作居間的使者，派了兩名都司和隨從等三十三人，於天啓六年十月去瀋陽吊祭努爾哈赤之喪，作初步的和平試探。但他知道朝廷絕不喜歡提「議和」兩字，所以報告朝廷時，只說是派人去窺探虛實，以決定對之征討呢，還是招安。❼這種誇大的說法，目的自在滿足皇帝和大臣的虛榮心。

明清雙方統帥都熟知《三國演義》中的故事，袁崇煥這齣「柴桑口臥龍弔喪」，皇太極如何會不省得？他將計就計，於十一月派了兩名使者，與李喇嘛一起來到寧遠，致書袁崇煥，表示了和平的意向。其中說：「你停息干戈，派李喇嘛來弔喪，並賀新君登位。你既以禮來，我也當以禮往，所以派官來道謝。至於和議一事，我父親上次來寧遠時，曾有文書給明朝朝廷，請你轉呈，但迄今沒有答覆。你的君主如果答應前書，願意和平，應當以誠信爲先。」

書信中將金國（當時滿清的正式國號是「金」，後來才改爲「大清」。❽）與中國平頭並列。袁崇煥深刻了解朝廷自高自大，對於文書的體例十分看重，如將來信轉呈，必定要碰大釘子，同時見到信中語氣也不大客氣，便告知使者說，此信格式不合，礙難入奏，將原信交給使者退回。皇太極改寫了信封上的格式，袁崇煥認爲仍然不對，又再退回。皇太極第三次改寫，自處於較低地位，袁崇煥才收了信。但明朝仍是一貫的不答。

第二年正月（在金國是天聰元年），皇太極再遣前使，致書袁崇煥求和，信中說：「兩國所以構兵，在於以前明朝派到遼東的官員認爲中國皇帝是在天上，自高自大，欺壓弱小部族，我們忍無可忍，才起兵反抗。」下面照例列舉七大恨，然後提議講和。講和要送禮，要求最初締結和約時中國送給金國金十萬兩、銀百萬兩、緞百萬疋、布千萬疋。締約後兩國每年交換禮物，金國送禮：東珠十顆、貂皮千張、人參千斤。中國送禮：金一萬兩、銀十萬兩、緞十萬疋、布三十萬疋。兩國締結和約後，就對天發誓，永遠信守。

所提的要求是經濟性的，可見當時滿清深感財政困難，對布疋的需要尤其殷切。

大概袁崇煥要奏報朝廷，等候批覆，所以隔了兩個月金國使者才回去，隨同明方使者，帶去袁崇煥及李喇嘛的書信各一；猜想朝廷對金方的要求全部拒絕，所以袁崇煥無法作出任何讓步，他的回信內容雄辯，文采煥發，說道：過去的糾紛，都是因雙方邊境小民口舌爭競而起，這些人都已受到了應得的懲罰，再要追究是非，也已無法到陰世地府去細查，只盼雙方都忘記了吧。你十年苦戰，既然爲的只是這七件事，現在你的仇敵葉赫等等都早給你滅了。爲了你們用兵，遼河兩岸死者豈止十人？仳離改嫁的那裏只有老女一人？遼瀋界內人民的性命都不能自保，還說甚麼財物？你的仇怨早都雪了，早已志得意滿。只不過這些極慘極痛之事，我們明朝難以忍受罷了。今後若要修好，那麼請問：你如何退出已佔去的城池地方？如何送還俘虜去的男女百姓？只有盼你仁明慈惠、敬天愛人而作出決定了。你所要求的財物，以中國物資的豐富，本來不會小氣，只是過去沒有成例，多取也不合天意，還是請你重行斟酌罷。和談正在進行，你爲甚麼又對朝鮮用兵？我們文武官屬不免懷疑你言不由衷了。希望你撤兵，以證明你的盛德。

李喇嘛的信中說：袁巡撫是活佛出世，對於是非道理，心下十分分明，這樣的好人是不容易遇到的，願汗與各王子一切都放開了吧，佛說：「苦海無邊，回頭是岸」。

皇太極回信給袁崇煥說：過去的怨仇，當然是算了，否則又何必議和修好？你們的土地人民歸我之後，都已安定，這是天意，如果重行歸還，那既違反天意，又對不起人民。金國所以要出兵朝鮮，完全是由於朝鮮不對，現在已講和了。說到「言不由衷」，爲甚麼你一面說要修好，一面卻又派哨卒來我方偵察，收納我方逃亡，部隊逼近我邊界，修築城堡？其實是你才「言不由衷」，我國將帥對你也大有懷疑。至於所要求的「初和之禮」，金銀等可以減半，緞布只要原來要求的半成。我方也以東珠、人參、狐皮、貂皮等物還贈，表示雙方完全公平。既和之後，雙方互贈仍如前議。如果同意，希望辦得越快越好。

關於來往書信的格式，皇太極提議：「天」字最高，明朝皇帝低「天」一字，金國汗低明朝皇帝一字，明朝諸臣低金國汗一字。

他答覆李喇嘛的信中，抱怨明朝皇帝對他的書信從來不加理睬；又說：你勸我「苦海無邊，回頭是岸」，這話很對，但爲甚麼只勸我而不去勸明朝皇帝？如果雙方都回頭修好，豈不甚善？

後來皇太極又致書袁崇煥，抗議他修築塔山、大凌河、錦州等城的防禦工事，認爲是缺乏和平誠意，並提議劃定疆界。

平心而論，明朝朝廷瞧不起金國，於對方來信一概不答，只由地方官和對方通信，金國也難免氣憤。金國的經濟要求，雖說是雙方互贈，實質上當然是金方大佔便宜。金方答應贈送的東珠、人參、貂皮等物，大概最多只能抵過綢緞布疋的價值，明方付出的每年一萬兩黃金、十萬兩銀子，等於是無償贈與。那時一兩黃金約等於十兩銀子（明初等於四兩，後來金貴銀賤），明朝每年以二十萬兩銀子買得一年和平，代價低廉之至。萬曆末年，熊廷弼守遼之時，單是他一軍每個月的餉銀就需十多萬兩銀子。萬曆晚年徵收礦稅，數天之內就搜刮二百餘萬兩，可見每年二十萬兩的「和平費」並不是很大的負擔。如果有了十年和平，大加整編軍隊，再出兵挑戰，主動與被動的形勢就轉過來了。

爲了避免戰爭，向敵人付出若干金銀財物，如果目的是爭取休整的機會，只要不是喪失主權和屈辱，並不一定是外交上的失敗。北宋眞宗時寇準主持澶淵之盟，對契丹增加「歲幣」（每年支付的和平費），達成相當長期的和平，避免了兩線作戰，得以集中力量去對付另一大敵西夏。當時以及後世史家並不認爲是錯誤決策，但寇準後來還是被政敵進讒，說他利用了皇帝。在西洋史上，第八世紀時，來自丹麥的維金人侵入英國，燒殺劫掠，十分殘暴，英國國王阿爾佛萊德組織抗戰，頗有成效，但維金人始終不退，佔領了英國整個北方，後來的英國國王無奈，與維金人達成協議，每年付以一大筆歲幣，稱爲「丹麥金」（Dane geld），國王向人民徵稅，用來付給敵人以購買和平，稅項就叫做「丹麥金」。英國人民雖感到屈辱，但免了戰爭和被劫掠之苦，還是樂於交稅，直到後來諾曼人入侵，將丹麥侵略者逐出英國爲止，交付「丹麥金」的時期幾長達二百年。不過兩國對峙，一方付出和平費後，必須好好利用這段買來的和平時期來準備日後的抗戰，但如苟安偷生，不自振作，好像南宋一樣，結果便是滅亡。

皇太極對於緞布的要求一下子就減少了百分之九十五，而且又建議以適當禮物還報，希望和議儘快辦理，可見對於締結和平的確具有極大誠意。他自知人口與兵力有限，經不起長期的消耗戰。❾此後每發生一次戰爭，便提一次和平要求。

明朝當時和滿清議和的障礙，主要是在明朝的文官。

明朝的大臣熟悉史事，一提到與金人議和，立刻想到的就是南宋和金國的和議，人人都怕做秦檜。大家抱著同樣的心理：「只要贊成和金人議和，那就是大漢奸秦檜。」這是當時讀書人的「條件反射」。袁崇煥從實際情況出發主張議和，朝臣都不附和。遼東經略王之臣更爲此一再彈劾袁崇煥，說這種主張就像宋人和金人議和那樣愚蠢自誤。

其實，明朝當時與宋朝的情況大不相同。

在南宋時，金兵已佔領了中國北方的全部，邊界要直到淮河，與揚州、南京已相距不遠。議和等於是放棄收復失地。但在明朝天啓年間，金人只佔領了遼東，遼西的南部在明人手中，暫時議和，影響不是極大。

南宋之時，岳飛、韓世忠、劉錡、張俊、吳璘、吳玠等大將，都是兵精能戰，金人後方不穩，黃河長江以北的義民紛紛反金，形勢上利於北伐，議和是失卻了恢復的良機。明末軍隊的戰鬥力遠不及金兵，惟一可以依賴的只西洋大砲。但當時的大砲十分笨重，不易搬動，只能用於守城，不能用於運動戰，而且並無可以爆炸的砲彈，威力比較有限。

對於明朝最重要的是，宋金議和，宋方絕對屈辱，每年片面進貢金帛，並非雙方互贈。宋朝皇帝對金稱臣。⑩然而皇太極卻甘願低於明朝皇帝一級，只要求比明朝的諸臣高一級。皇太極一再表示，金國不敢與中國並列，只希望地位比察哈爾蒙古人高一點就滿足了。⑪他和袁崇煥書信來往，態度上是很明顯的謙恭。⑫

可見宋金議和與明金議和兩事，根本不能相提並論。皇太極明白明人的想法，所以後來索性改了國號，不稱金國，而稱「大清」，以免引起漢人心理上敵對性的連鎖反應。⑬

袁崇煥和皇太極信使往來，但因朝中大臣視和議如洪水猛獸，談判全無結果。

當時主張和金人議和，非但冒舉國之大不韙，而且是冒歷史上之大不韙。中國過去受到外族的軍事壓力而議和，通常總是屈辱性的，漢人對這件事具有先天性的反感，非常方便的就將「議和」、「投降」、「漢奸」三件事聯繫在一起。後來袁崇煥被殺，「主張和議」是主要罪名之一。

當軍事上準備沒有充分之時，暫時與外敵議和以爭取時間，中國歷史上兩個最出名的英主都曾做過。漢高祖劉邦曾與匈奴議和，爭取時間來培養國力，到漢武帝時才大舉反擊。唐太宗李世民曾與突厥議和（那時是他父親李淵做皇帝，但和議實際上是李世民所決定），等到整頓好軍隊後才派李靖北伐，大破突厥。不過這不是中國歷史上傳統觀念的主流。主流思想是：「與侵略本國的外敵議和是投降，是漢奸。」

其實，同是議和，卻有性質上的不同，決不能一概而論。基本關鍵在於：議和是永久性的投降？還是暫時妥協、積極準備而終於大舉反攻、得到最後勝利？單是在現代史上，後者的例子就多得很。共產黨人尤其善於運用，如列寧在第一次大戰時與德國議和，抗戰勝利後中國共產黨和國民黨訂停戰協定，北越、南越越共與美國、西貢政府簽訂巴黎停戰協定等都是。議和停戰只是策略，決不等於投降。策略或對或錯，投降通常是錯。然而明末當國的君臣都是庸才，對於敵我雙方力量的對比、大局發展的前途都茫無所知，既無決戰的剛勇，也無等待的韌力。那時爲了對滿清及民軍用兵，賦稅大增，人民生活困苦之極，國庫入不敷出，左支右絀，百廢不舉，對軍隊欠糧欠餉，裁撤驛站（既破壞了必要的交通及通訊設備，大量失業的驛卒更成爲造反民軍的骨幹，李自成即爲被裁的驛卒），如能有十年八年的休戰言和，對朝廷和人民都是極大好事。袁崇煥精明正確的戰略見解，朝廷中君臣下意識的認爲是「漢奸思想」。

袁崇煥當然知道如此力排衆議，對自身非常不利，然而他已將自身安危全然置之度外，只是以大局爲重。⓮以他如此剛烈之人，對聲名自然非常愛惜，給人罵作「漢奸」，那是最痛苦的事。比較起來，死守寧遠、抗拒大敵，在他並不算是難事，最多打不過，一死殉國便是，那是心安理得的。但要負擔成爲「歷史罪人、民族罪人、名教罪人」的責任，可艱巨得多了。越是不自私的人，越是剛強的人，越是不重視性命而不肯忍受恥辱。越是儒家的書讀得多，心中歷史感極其深厚的人，越是寶貴自己的名節。文天祥〈正氣歌〉中所舉那些慷慨激烈的事蹟，如張巡睢陽死守，顏杲卿常山罵賊，袁崇煥做起來並不困難。對於性格柔和的人，當然是委曲求全易而慷慨就義難，在袁崇煥這樣的偉烈之士，卻是守寧遠易而主和議難。主張議和，他必須違反歷史傳統、違反舉國輿論、違反朝廷決策、更違反自己的性格。上下古今，一切都反，連自己都反。

他是個衝動的熱情的豪傑，是「寧爲直折劍、猶勝曲全鉤」的剛士，是行事不顧一切、「幾大就幾大」的蠻子，可是他終於決定：「忍辱負重」。

在他那個時代，絕無現代西方民主社會中尊重少數人意見的習慣與風度。連袁崇煥自己在內，都相信「國人皆曰可殺」多半便是「可殺」。那是一個非此即彼、決不容忍異見的時代，是正人君子紛紛犧牲生命而提出正義見解的時代。卑鄙的奸黨越是在朝中作威作福，士林中對風骨和節操越是看重。東漢和明末，是中國歷史上讀書人道德價值最受重視的兩個時期。歲寒堅節，冰雪清操，在當時的道德觀念中，與「忠」、「孝」具有相同的第一等地位。他很愛交朋友，知交中有不少是清流派的人。如果他終於因主和而爲天下士論所不齒，對他將是多麼嚴重的事。當魏忠賢灼手可熱之時，他手下一般趨炎附勢之徒將反對派都稱爲「東林黨」，名之曰「奸黨」。袁崇煥與清流派關係密切，但因手統雄兵，爲關外重鎮，所以沒有名列「東林黨人榜」，袁崇煥反以此爲愧，擔心不得流芳千秋。⓯

他對金人的和談並不是公開進行的，因此並沒有受到普遍的抨擊，但他當然預料到將來終於要公開，清議和知友的譴責不可避免的會落到他頭上。

在袁崇煥死後十三年的崇禎十五年，明朝局勢已糜爛不可收拾。洪承疇於所統大軍全軍覆沒後投降滿清。松山、錦州失守。崇禎便想和滿清議和，以便專心對付李自成、張獻忠等民軍。兵部尚書陳新甲更明白無力兩線作戰，暗中與皇帝籌劃對滿清講和。崇禎和陳新甲不斷商議，朝中其他大臣聽到了風聲，便紛紛上奏，反對和議。崇禎矢口不認，說根本沒有議和的事，你們反對甚麼？崇禎每次親筆寫手詔給陳新甲，總是鄭重警誡：這是天大機密，千萬不可洩漏而讓羣臣知道了。

該年八月，崇禎派親信又送一道親筆詔書去給陳新甲，催他儘快設法和滿清議和。陳新甲出外辦事去了，不在家，那人便將皇帝的密詔留在他書房中的几上而去。陳新甲的家僮誤以爲是普通的「塘報」（各省派員在京所抄錄的一般性上諭與奏章，稱爲「塘報」），拿出去交給各省駐京辦事處傳抄。這樣一來，皇帝暗中在主持和議的事就公開了出來，羣臣拿到了證據，登時譁然，立刻紛紛上奏章反對。

皇帝再也無法抵賴，惱怒之極，下詔要陳新甲解釋，責問他爲甚麼主張議和，罪大惡極之至。陳新甲的聲辯書中引述了不少皇帝手詔中的句子，證明這是出於皇上的聖意。崇禎更失面子，老羞成怒，下旨：陳新甲著即斬決。理由是流寇破城，害死皇帝的親藩（李自成破開封，烹殺福王），兵部尚書應負全責。

那時距明朝之亡已不過一年半，局面的惡劣可想而知，但羣臣還是堅決反對議和，連皇帝也不得不偷偷和國防部長暗中商量，表面上堅決不肯承認，最後消息洩漏，便殺了國防部長以卸自己責任。從這件事中，可以見到當時對「議和」是如何的忌諱，輿論壓力是如何沉重。連崇禎這樣狠辣的皇帝，也不敢對羣臣承認有議和之意。

袁崇煥卻膽敢進行議和。那正是出於曾子所說「只要深信自己的道理對，雖有千萬人反對，我還是幹了」那種浩然之氣。⑯

諸葛亮出師北伐，天下皆稱其忠。岳飛苦戰抗敵，天下皆知其勇。袁崇煥的功業或許比不上諸葛亮和岳飛，雖然，那也是很難眞正比較的，然而他身處嫌疑之地而行舉世嫌疑之事，這種精神上的痛苦負擔，諸葛亮和岳飛卻幸而不必經受。

袁崇煥有一句詩：「心苦後人知」。當眞是英雄寂寞，壯士悲歌。他明知不能得到當時的諒解，只盼望自己這番苦心孤詣能爲後人所知。當我寫到這一段文字時，想到他的耿耿之懷，悠悠之心，忍不住又感到了劇烈的心酸，感到了他英雄性格中巨大的悲壯美，深刻的悽愴意。

正確的戰略決策無法執行，朝政越來越腐敗，在魏忠賢籠罩一切的邪惡勢力下做官，天天都可以送掉了性命。關外酷寒的天氣，生長於亞熱帶的廣東人實在感到很難抵受。在這期間，袁崇煥從廣東招募來的人員中有人要回故鄉去了，臨別時問他：你留在這裏繼續擔當艱危呢，還是回鄉以求平安？他寫了一首詩回答：我和你曾同生共死，我的內心你還不明白嗎？又何必問安危去留？我在這裏奮不顧身，本來不是爲了富貴。故鄉的親友們如果問起，請你轉告：邊界還沒有平靖，我只有感到慚愧，當然要繼續幹下去。⑰

袁崇煥是三兄弟中的老大。二弟崇燦（一說是他哥哥）當他在關外時在故鄉逝世。三弟崇煜隨著他在軍中辦事，後來也告辭回鄉。袁崇煥從寧遠送他到山海關而分手，寫了兩首詩給他，說：邊疆需要人守禦，昇平還沒有得到，我早已決心報國，安危去留的問題不必提了。⑱

❶皇太極在西方人的書中寫作Abahai，法國學者格奧賽(René Grousset)在《中華帝國的興起與輝煌》一書中有〈一六四四年的大變〉一章，其中說：「皇太極是蠻人中的一個天才，他把本族人民的軍事才能，和對文明生活的天生理解相結合起來。」

❷清《太宗實錄》卷三：天聰元年，「時國中大饑，斗米價銀八兩，人有相食者。國中銀兩雖多，無外貿易，是以銀賤而諸物騰貴。良馬，銀三百兩。牛一，銀百兩。蟒緞一，銀百五十兩。布疋一，銀九兩。盜賊繁興，偷竊牛馬，或行劫殺。於是諸臣入奏曰：盜賊若不按律嚴懲，恐不能止息。上惻然，諭曰：今歲國中因年饑乏食，致民不得已而爲盜耳。緝獲者，鞭而釋之可也。遂下令，是歲讞獄，姑從寬典。仍大發帑金，散賑饑民。」皇太極寬待因饑餓而爲盜的百姓，與崇禎督促部將「限期破賊、殺賊立功」的政策恰正相反。

❸何柄棣：*The Ladder of Success in Imperial China, Aspects of Social Mobility, 1368 -1911*一書中，認爲明初人口六千五百萬，到明末時已漲了一倍以上。

❹王鍾翰：〈滿族在努爾哈齊時代的社會經濟形態〉一文中，根據朝鮮〈興京二道河子舊老城〉的資料，認爲一六二一年時，努爾哈赤的兵數二十萬，再加上婦女老少，「全人數當在四、五十萬左右。」

❺《天聰實錄稿》元年三月初二日，「秀才岳起鸞曰：我國宜與明朝講和。若不講和，則我國人民死散殆盡。」《明清史料》甲編，天聰二年八月〈事局未定〉奏疏：「南朝雖師老財匱，然以天下之全力，畢注於一隅之間，蓋猶裕如也。」《東華錄》載天聰三年八月戊辰，「大臣同謀倡逃」。《明清史料》乙編載，崇禎二年二月廿一，袁崇煥塘報：「一日之內，降者竟前後接踵而至。」

❻「七大恨」：一、明朝殺害金人的二祖；二、袒護金人的仇敵哈達；三、越界出兵，助金人的世仇葉赫抗金；四、明人越界，金人根據誓約殺了，明朝勒索金方交出十人來殺死，以資報復；五、明朝造成老女改嫁；六、移置界碑，搶奪金國的人參、貂皮；七、聽信葉赫，寫信來辱罵侮慢。

❼「觀其向背離合之意，以定征討撫定之計。」見《兩朝從信錄》。

❽當時滿清的正式國號是「金」，史書上稱爲「後金」，以與宋朝時的「金」有所分別。

到天聰十年（明崇禎九年）才改爲「大清」。所以本文中的滿清，其實都應稱「金」。「滿洲」的名稱，也要到改了「大清」的國號之後才出現，以前稱「建州」或「女眞」、「女直」（「眞」字避契丹主宗眞諱，改稱「直」）。多數學者認爲，「滿洲」是文殊菩薩的「文殊、曼殊」音轉。爲便於讀者，本文不將「金、清」「建州、滿洲」「滿族」等稱呼根據歷史年代而作分別。

❾《太宗實錄稿》：天聰七年十月，皇太極責罵主張出兵南攻之人：「天予我有數之兵，若稍虧損，何以前圖？」

❿宋高宗紹興十一年十二月殺岳飛。十二年正月，宋金和議達成，高宗趙構向金國上表稱臣，表中說：「臣構言：既蒙恩造，許備藩方，世世子孫，謹守臣節。每年皇帝生日並正旦，遣使稱賀不絕。歲貢銀二十五萬兩，絹二十五萬疋。」

⓫《太宗實錄》卷十二，天聰六年六月，皇太極致書大同守將求和，信中說：「和事既成，自當遜爾大國，爾等亦視我居察哈爾之上可也。」

⓬皇太極來信的開頭是（根據原信）：「汗致書袁老先生大人」。（後來乾隆時修訂《太宗實錄》覺得語氣太卑，才改爲「皇帝致書袁巡撫」，但當時皇太極未稱帝，決不可能有「皇帝」的稱呼。）袁崇煥書信的開頭是：「遼東提督部院，致書於汗帳下：再辱書教，知汗漸欲恭順天朝，息兵戈以休養部落，即此一念好生，天自鑒之，將來所以佑汗而昌大之

者，尚無量也。」

⓭後來皇太極在寫給祖大壽的信中（那時袁崇煥已死），曾說：「爾國君臣，惟以宋朝故事爲鑒，亦無一言復我。然爾明主非宋之苗裔，朕亦非金之子孫。彼一時，此一時，天時人心，各有不同。爾大國豈無智慧之時流，何不能因時制宜乎？」其實努爾哈赤、皇太極等一直自認是金的子孫，他爲了求和，連祖宗也不認了。

⓮他後來在寫給崇禎的奏章中說：「諸有利於封疆者，皆不利於此身者也。」所以他的知己程本直說：「舉世皆巧人，而袁公一大痴漢也。唯其痴，故舉世最愛者錢，袁公不知愛也。唯其痴，故舉世最惜者死，袁公不知怕也。於是乎舉世所不敢任之勞怨，袁公直任之而弗辭也。於是乎舉世所不得不避之嫌疑，袁公直不避之而獨行也。」所謂「舉世所不得不避之嫌疑」，就是與金人議和。

⓯袁崇煥詩：〈東林黨人榜中無姓名，書此誌感〉：「忍將一網盡清流，不絕根株總不休，巧造禍胎偏點將，欲憑毒手取封侯（金庸按：魏忠賢奸黨造東林黨榜，並列出點將錄，列舉東林黨領袖與梁山泊一百零八將相配，企圖一網打盡，自己可藉此謀取富貴），曾知道學宜常講，早識機關動隱憂。愧我榜中無姓氏，流芳不得共千秋。」

⓰《孟子．公孫丑》：「昔者曾子謂子襄曰：『……自反而縮，雖千萬人，吾往矣。』」

⓱袁崇煥〈邊中送別〉：「五載離家別路悠，送君寒浸寶刀頭。欲知肺腑同生死，何用

安危問去留？策杖只因圖雪恥，橫戈原不為封侯。故園親侶如相問，愧我邊塵尚未收。」

⓲袁崇煥〈山海關送季弟南還〉：「公車猶記昔年情，萬里從我塞上征。牧圉此時猶捍禦，馳驅何日慰昇平？由來友愛鍾吾輩，肯把鬚眉負此生？去住安危俱莫問，燕然曾勒古人名。」「弟兄於汝倍關情，此日臨歧感慨生。磊落丈夫誰好劍？牢騷男子爾能兵。才堪逐電三驅捷，身上飛鵬一羽輕。行矣鄉邦重努力，莫耽疏懶墮時名。」其中「磊落丈夫誰好劍？牢騷男子爾能兵」兩句，寫出了他兩兄弟豪邁的性格，就詩而論，也是豪邁的好詩。

八

在這段時期中，皇太極進攻朝鮮，打了幾個勝仗後，朝鮮投降，訂立了對滿清十分有利的和約，每年從朝鮮得到糧食、金錢和物品的供應。皇太極本來提出三個條件：割地、擒毛文龍、派兵一萬助攻中國。朝鮮對這三個條件無法接納，但在經濟上盡量滿足滿淸的要求。同時在此後的明淸戰爭中，朝鮮改守中立，使滿淸去了後顧之憂。

在皇太極對朝鮮用兵之時，袁崇煥加緊修築錦州、中左、大凌河三城的防禦工事，派水師去支援皮島的毛文龍，另派趙率教、朱梅等九員將領率兵九千，進兵三岔河，牽制淸軍，作朝鮮的聲援。但朝鮮不久就和滿淸訂了城下之盟，趙率教等領兵而回，並未和淸軍接觸。

皇太極無法和明朝達成和議，卻見袁崇煥修築城堡的工作進行得十分積極，時間越久，今後進攻會更加困難，於是決定「以戰求和」，對寧遠發動攻擊。

天啓七年（一六二七年）五月，皇太極親率兩黃旗、兩白旗精兵，進攻遼西諸城堡，攻陷明方大凌河、小凌河兩個要塞，隨即進攻寧遠的外圍要塞錦州。

五月十一，皇太極所率大軍攻抵錦州，四面合圍。這時守錦州的是趙率教，他和監軍太監紀用守城，派人去與皇太極議和，那自是緩兵之計，以待救兵。皇太極不中計，攻城愈急。

袁崇煥派遣祖大壽和尤世祿帶了四千精兵，繞到淸軍後路去包抄，又派水師去攻東路作爲牽制。這時天熱，海上不結冰，水師用得著了。但駐在淸軍後方皮島的明軍統帥毛文龍不肯出兵牽制。

趙率教是陝西人，這人的人品本來是相當不高的。努爾哈赤攻遼陽時，趙率教是主師袁應泰的中軍（參謀長）。袁應泰是不懂軍事的文官，趙率教卻沒有盡他做參謀長的責任，這個戰役指揮得一塌胡塗。清軍攻破遼陽，袁應泰殉難，趙率教卻偷偷逃走了，論法當斬，不知如何得以倖免，想來是賄賂了上官。後來王化貞大敗，關外各城都成爲無人管的地方，趙率教申請戴罪立功，帶領了家丁前去接收前屯衛，但到達時發覺已被蒙古人佔住，他便不敢再進。努爾哈赤攻寧遠，趙率教在前屯衛，距離很近，自己不親去赴援，後來寧遠大捷，他卻想分功，以致給滿桂痛罵，釀成了很大風波。

和滿桂衝突時，袁崇煥相當支持他。趙率教感恩圖報，又得袁崇煥時時勉以忠義，到錦州大戰時，他突然之間似乎變了一個人。他和前鋒總兵左輔、副總兵朱梅等率兵奮勇死戰，和皇太極部下的精兵大戰三場，勝了三場，小戰二十五場，也是每戰都勝。從五月十一打到六月初四，二十四天之中，無日不戰，戰況的激烈，不下於當年寧遠大戰。六月初四那天，皇太極增兵猛攻。錦州城中放西洋大砲，又放火砲、火彈和矢石，清兵受創極重。攻到天明時，皇太極見支持不住了，只得退兵，退到小凌河紮營，等候各路兵馬集中整編。

趙率教轉怯爲勇，自見敵潛逃到拚死守城，自畏縮不前到激戰二十四日，到後來更在保衛北京之役中血戰陣亡，終於在歷史上與滿桂齊名，成爲當時的兩大良將。他這個重大轉變，非常突出的證明了袁崇煥的領導才能。

皇太極整理好了部隊，轉而去攻寧遠。

清軍上次在寧遠吃過敗仗，兵將心中對袁崇煥都是很忌憚的。大貝勒代善見城中有備，就勒兵不攻。皇太極對諸將說：「先汗攻寧遠不克，這次我攻錦州又不克，若再攻不下寧遠，我可要聲名掃地了。」於是下令總攻，擊破城下明軍騎兵，直薄城壁。比之第一次寧遠之戰，袁崇煥部的戰鬥力已有增強，敢於到城外決戰了。上次要清軍退後，才派五十名敢死隊縋到城下拾箭枝，可見不敢開城門。

這次滿桂率領明軍在城南二里列陣，城牆下環列槍砲。皇太極佯敗，想引明軍來攻，然後伏兵齊起。但明軍沒上當，守壘不追。皇太極於是回軍再戰。

袁崇煥親上城頭督戰，大聲呼叫。滿桂戰於城外。祖大壽、尤世祿回師攻擊清兵後路。雙方死傷均重，滿桂身中數箭。明軍野戰終於打不過清軍，於是退入城中據守。這場大戰打得十分慘烈，城壕中塡滿了兩軍兵將的死屍。

守軍又以葡萄牙大砲轟擊，擊碎清方大營帳一座及皇太極的白龍旗，殺傷清兵不少。明方的報告說，皇太極長子召力兔貝勒胸口中箭，另一子浪蕩寧古貝勒在陣上被明軍射殺，又殺固山（領七千五百人，相當於團長）四人、牛彔（領三百人，相當於營長）三十餘名。這報告失之誇大，事實上並無皇太極的兒子在此役中陣亡。但清方紀錄中也說：

濟爾哈朗貝勒、薩哈廉貝勒、大將瓦克達、阿格等均受傷。

皇太極見部隊損失重大，只得退兵，再攻錦州南面，亦不能拔，將士又遭到不少傷亡，將領覺多拜山、巴希等陣亡。七月，淸兵敗回瀋陽。

這一役明朝稱爲「寧錦大捷」，是明軍對淸軍第二次血戰勝利。

袁崇煥在報功的奏章中，力稱功勞最大的是滿桂。❶他和滿桂向來頗有意見衝突，但在奏章中力稱寧遠大捷以滿桂之功居多，可見光明磊落，大公無私。

第一次寧遠大捷是天啓六年正月，第二次寧錦大捷是七年五月，相隔一年零四個月。在這短短的十六個月之間，袁崇煥加強了明軍的戰鬥力，搶築了錦州的防禦工事，固守在淸軍的後路，使皇太極有後顧之憂，不敢久攻寧遠。同時淸軍先攻錦州不克，再攻寧遠，氣勢已挫。可見袁崇煥這十六個月中的準備工作收到了很大成效。如果能多一些和平時期，局面當然更有改進。

這一仗大捷，葡萄牙的紅衣大砲是有功勞的。明朝這時本來已驅逐了葡萄牙人的天主教傳教士。傳教士波爾、米克耳兩人見到明淸交兵，有機可乘，便發動澳門的葡人，向明朝提供軍費和砲手。明朝於是召還已驅逐了的教士。本來秘密傳教變成了公開，大批葡萄牙教士和砲手進入中國。❷後來中國在外國教士和技師指導之下自行鑄砲。所鑄成的大砲也封了官，稱爲「安國全軍平遼靖虜將軍」，還派官祭砲，請將軍發威破敵。

滿人要直到數年之後，才因投降的明人之助而開始鑄造大砲。

袁崇煥在政治上屬於魏忠賢的敵對派系。他中進士的主考官韓爌、保薦他的御史侯恂等都是東林黨的巨頭。袁崇煥當然不肯剋扣軍餉去孝敬魏忠賢。但爲了大目標是守禦錦州、寧遠，他也相當的委曲求全。各省督撫都爲魏忠賢建生祠，袁崇煥如果不附和，立刻就會罷官，守禦國土的大志無法得伸，因此當時也只得在薊遼爲魏忠賢建生祠。這座生祠，聖旨題名曰「懋德」。

但魏忠賢仍是不滿意。所以雖有寧錦大捷，袁崇煥卻得不到甚麼重賞，只升官一級。奉承魏忠賢的官員卻有數百人因此大捷而升官，理由是在朝中策劃有功，連魏忠賢一個尚在襁褓中的嬰兒從孫，也因此而封了伯爵。魏忠賢是太監，沒有兒子，只好大封他姪兒，封他姪兒的兒子。

魏忠賢這時更叫一名御史彈劾袁崇煥主張和議，「設策太奇」，攻擊他沒有去救錦州。袁崇煥在這樣的壓力之下，只得自稱有病，請求辭職。魏忠賢立刻批准，派兵部尚書王之臣去接替。❸

皇太極聽到這個消息，當然是大喜若狂，而聽到加給袁崇煥的罪名與評語竟是「暮氣」兩字，恐怕大喜之餘，卻也不免愕然良久吧？袁崇煥這樣的人竟算「暮氣沉沉」，卻不知誰才是「朝氣蓬勃」？

袁崇煥離開寧遠時，心中感慨萬千，可想而知。那時他還只四十三歲，方當壯盛的英年，正是要大展抱負的時候。立了大功反而被迫退休，他的部屬將士既感詫異，更是忿忿不平。他寫了一首詩給一個部將，詩中說：我們慷慨同仇，間關百戰，功勞不小，皇上的恩遇也重。但我的苦心，卻只有後人知道了。建功立業固然很好，回家休養也算不錯。對於我的去留，大家不必感到不平罷。這首詩顯得很有氣度。❹

不過他對於天啓皇帝，還是十分感激的。他本來是一個七品知縣，自天啓二年到七年夏天，短短的五年半之間，幾乎年年升官，中間還跳級，直升到「巡撫遼東、兵部右侍郎、兼都察院右僉都御史」，實在算是飛黃騰達。他自覺升官太快，曾上疏辭謝。他說在同中進士的諸同年中，官職最高之人和他也差著好幾級，爲了要做部屬武將的榜樣，請皇帝收回升賞的成命。皇帝批覆說：你接連三次謙辭，品德很好，但你功勞大，升官是應該的。❺

他在回廣東故鄉途中，經過大庾嶺時寫了一首詩，感念天啓對他的知遇之恩。❻他心中明白，天啓是個昏君，可是對待自己實在很好。

袁崇煥留下來的詩篇，大多數是憂國憂民、悲憤沉鬱之作，也有一些感慨傷逝、懷念親友的，有幾首表示家貧俸薄，愧對母妻。思念他一生，眞是生於憂患，長於憂患，只有兩三首小詩，稍顯他幽默的一面。

博浪城

一椎如許大，誤中亦由天。

此事同兒戲，留侯尚少年。

他評張良偕力士在博浪沙以鐵椎行刺秦始皇，誤中副車，還算幸運，事先無周密計劃，本來成功機會不大，張良那時還是個少年，行動有些兒戲，那也難怪了。

上蔡縣

富貴爲丞相，臨危不必言。

若能甘逐客，牽犬出東門。

李斯爲秦丞相，給秦二世、趙高殺害，臨刑時對兒子嘆息說：「從前做平民時，同你牽了黃犬出東門遊玩，何等逍遙自在。現在已不可得了。」袁崇煥說：當年秦始皇要驅逐外國客卿，你上甚麼〈諫逐客書〉，勸阻了秦皇，留下來做承相，要是當日你心甘寧願的走路，今日豈不可以逍遙自在的帶了兒子、牽了黃犬出東門遊玩嗎？（這首詩已含有急流勇退之意，也表示：既要做大官，不免難逃給皇帝殺頭的命運。）

邵武暑中閑坐

閑坐了無事，安排去作詩。

最嫌吟未穩，鷃鵡已先知。

袁崇煥雖是進士，大概詩才不敏捷，不能出口成詩，而須「安排去作詩」，作詩而要安排，有點自嘲。那時是他在福建邵武縣當知縣，沒有公事要辦，閑坐無聊，不如安排了去作幾首詩罷，於是磨墨鋪紙，提筆作詩。幾句詩吟來吟去，總覺得不滿意，最惱人的是，好句子想不出來，那幾句不佳誦讀、不斷推敲的庸句，卻給架上鸚鵡聽得熟了，搶著唸了出來。鸚鵡要學會一句句子，須得聽人上百遍的重複，可見袁崇煥把他這些平庸句子已翻來覆去的唸了不少遍。其實這未必是事實，可能他爲了自嘲而誇張。其他的好詩沒作出來，我覺得這首自嘲詩才遲拙之詩倒是佳作。

他到了廣州，去光孝寺遊覽，踏足佛地，不禁想到生平殺人甚多，和環境大不調和，❼然而那也只是感到不調和而已。英雄豪傑，一往無悔，卻也無須對菩薩低頭，不必對殺了該殺之人有甚麼遺憾。

❶袁崇煥的奏章中說：「十年來，盡天下之兵，未嘗敢與奴合馬交鋒，即臣去年，亦自城上而下攻。自今始一刀一槍，下而拚命，不顧夷之兇狠剽悍。臣復憑堞大呼，分路進追。諸軍忿恨，誓一戰以挫此賊。此皆將軍滿桂之功居多。」

❷馬耳丁的《韃靼戰記》中大吹葡萄牙傳教的功勞，又說：「上帝對於信仰基督教的皇帝必予福佑，所以中國皇帝對韃靼人（指滿清）作戰大勝。」其實天啓皇帝信仰的是

魯班先師，並沒有信仰基督教的上帝。

據馮承鈞譯、沙不列撰《明末奉使羅馬教廷耶穌會士卜彌格傳》：崇禎三年，澳門葡人隊長率士卒四百、大砲十尊入境效力。廣州巨商恐失壟斷中西貿易之利，厚賂朝臣，加以阻撓。後葡軍隊長公沙的西勞陣亡於登萊。《碧血劍》小說略取其意。

❸《明熹宗實錄》卷八六、天啓七年七月丙寅，河南道御史李應荐攻擊袁崇煥「假弔修款，設策太奇」、「不急援錦州」為過失，魏忠賢以皇帝的名義批示：「得旨：近日寧錦危急，賴廠臣（按：廠臣指特務機關東廠的領導，即魏忠賢自己，魏以寧錦大捷為己功。）調度，以奏奇功，說得是。袁崇煥暮氣難鼓，物議滋至，已准其引疾求去……寧遠督師，朕業特簡樞臣，俾星馳赴料理。」

❹袁崇煥〈南還別陳翼所總戎〉：「慷慨同仇日，間關百戰時，功高明主眷，心苦後人知。麋鹿還山便，麒麟繪閣宜。去留都莫訝，秋草正離離。」其中「功高明主眷」這一句，不免含有苦澀的意味。天啓絕不是明主，天下皆知，自己功高如此，結果卻得了這樣的「眷」，這位「明主」，眞是「明」得很了。「翼所」是明抗遼名將陳策的字，但據楊寶霖先生考據，陳策於天啓元年在援瀋陽之戰中陣亡，所以此詩中的陳翼所當非陳策，而另有其人。

❺袁崇煥〈天啓六年六月初十日謝陞蔭疏〉中說：「且武人奔競，少豎立便欲厚遷，稍

不合輒思激去，要挾朝廷，開釁同類，令邊疆始終不得一人之用，臣最疾之。臣今日不自處於恬，何以消諸將之競？況臣原無富貴之心，又皇上所鑒也。」對這個辭賞的奏章，朝廷的批答是：「奉聖旨：袁崇煥存城功高，加恩示酬，原不爲過；乃三疏控辭，愈徵克讓。還著遵旨祇承。該部知道。」

❻袁崇煥〈歸庾嶺〉：「功名勞十載，心跡漸依違。忍說還山是？難言出塞非。主恩天地重，臣遇古今稀。數卷封章外，渾然舊日歸。」

❼袁崇煥〈過訶林寺口占〉：「四十年來過半身，望中祇樹隔紅塵。如今著足空王地，多了從前學殺人。」「空王」是指釋迦牟尼。

九

天啓皇帝熹宗捉了幾年迷藏（他初做皇帝時，愛和小太監捉迷藏），做了幾年木工（不是做皇帝），天啓七年八月，在二十三歲上死了。

天啓的兒子都已夭折，有些后妃懷了孕，也都被客氏和魏忠賢設法弄得流產，所以沒有兒子。由他親弟弟信王由檢接位，年號崇禎。

朱由檢當時虛歲是十八歲。他生於萬曆三十八年十二月，其實只十六歲另八個月。這個十七歲的少年皇帝不動聲色的對付魏忠賢，先將他的黨羽慢慢收拾，然後逼得他自殺。這場權力鬥爭處理得十分精采。

魏忠賢死後，附和他的無恥大臣被稱爲「逆黨」，或殺頭，或充軍，或免職，人心大快，在「寧錦大捷」中冒功的人也都被清除了。

被魏忠賢逆黨排擠罷官的大臣又再起用，他們都主張召回袁崇煥。天啓七年十一月，升袁崇煥爲右都御史、視兵部添注左侍郎事。崇禎元年四月，再升他爲兵部尚書、兼右副都御史、督師薊遼、兼督登萊天津軍務。兵部尚書是正二品的大官，所轄的軍區，名義上也擴大到北直隸（河北）北部和山東北部沿海，成爲抗清總司令。不過薊州、天津、登萊各地另有巡撫專責，所以袁崇煥所管的實際還是山海關及關外錦寧的防務。

明末軍制，在外帶兵的文臣，頭銜最高的是督師，通常以大學士兼任，宰相出外帶兵，才稱督師；其次是總督或經略，由兵部尚書或侍郎兼任；更其次是巡撫；巡撫之下才是武將中最高的總兵官。袁崇煥不是大學士，卻有了大學士方能得到的軍事最高官銜。以前遼東歷任軍事長官都只是經略或巡撫。那時距他做知縣之時還只六年。

袁崇煥在廣東家居這幾個月中，與一般文人詩酒唱和，其中最著名的朋友是陳子壯。

陳子壯是廣東南海人，和袁同科中進士、陳是探花。他在作浙江主考官時出題目諷刺魏忠賢，因而被罷官。袁陳兩人同鄉同年，又志同道合，交情自然非同尋常。陳子壯在崇禎時起復，做到禮部侍郎，後來在廣東九江起兵抗清，戰敗被俘，不降而死，也是廣東著名的民族英雄。當時與袁時常在一起聚會的，還有幾個會做詩的和尚。

袁崇煥應崇禎的徵召上北京時，他在廣東的朋友們替他餞行。畫家趙惇夫畫了一幅畫，圖中一帆遠行，岸上有婦女二人、小孩一人相送。陳子壯在圖上題了四個大字：「膚公雅奏」，「膚公」即「膚功」，祝賀他「克奏膚功」的意思。圖後有許多人的題詩，第一個題的就是陳子壯。這幅畫本來有上款，後來袁崇煥被處死，上款給收藏者挖去了，多次易手流轉，到光緒年間才由王鵬運考明眞相。一羣廣東文人後來將圖與詩影印成一本册子，承一位朋友送了我一本。原圖目前是在香港。

「膚公雅奏圖」上的題詩，大都是稱譽袁崇煥的抗淸功績，預料此去定可掃平胡塵、燕然勒石、麟閣題名等等。好幾人詩句中都提到袁崇煥的「談鋒」、「高談」、「笑談」。❶喜與朋友們高談闊論，一定是他個性中很顯著的特點。

在這幅畫上題詩的共有十九人，其中有和尚三人，另有幾個是袁的幕僚。值得注意的是，有八個人在十處地方提到了黃石公、赤松子、圯上的典故，這決不會是偶然現象。這典故是說張良立了大功之後，隨即退隱，才避免給猜忌殘忍的劉邦所殺。在這次餞別宴中，袁崇煥的朋友們一定強調必須「功成身退」，大家對於皇帝的狠毒手段都深具戒心，所以在詩中一再警戒。❷

七月，袁崇煥到達北京，崇禎❸召見於平台，那是在明宮左安門。❹崇禎見到袁崇煥後，先大加慰勞，然後說道：「建部跳梁，已有十年了，國土淪陷，遼民塗炭。卿萬里赴召，忠勇可嘉，所有平遼方略，可具實奏來！」袁崇煥奏道：「所有方略，都已寫在奏章裏。臣今受皇上特達之知，請給我放手去幹的權力，預計五年而建部可平，全遼可以恢復。」崇禎道：「五年復遼，便是方略，朕不吝封侯之賞。卿其努力以解天下倒懸之苦！卿子孫亦受其福。」袁崇煥謝恩歸班。崇禎暫退少憩。

給事許譽卿就去問袁崇煥，用甚麼方略可以在五年之內平遼。袁崇煥道：「我這樣說，是想要寬慰皇上。」許譽卿已服侍崇禎將近一年，明白皇帝的個性，袁崇煥卻是第一次見到皇帝。許譽卿於是提醒他：「皇上是英明得很的，豈可隨便奏對？到五年期滿，那時你還沒有平遼，那怎麼得了？」袁崇煥一聽之下，爽然自失，知道剛才的話說得有些誇張了。

他答應崇禎五年之內可以平定滿清、恢復全遼，實在是一時衝動的口不擇言，事實上那幾乎是不可能的。袁崇煥和崇禎第一次見面，就犯了一個大錯誤。大概他見這位十七歲半的少年皇帝很著急，就隨口安慰。

過了一會，皇帝又出來。袁崇煥於是又奏道：「建州已處心積慮的準備了四十年，這局面原是很不易處理的。但皇上注意邊疆事務，日夜憂心，臣又怎敢說難？這五年之中，必須事事應手，首先是錢糧。」崇禎立即諭知代理戶部尚書的右侍郎王家楨，必須著力措辦，不可令得關遼軍中錢糧不足。

袁崇煥又請器械，說：「建州準備充分，器械犀利，馬匹壯健，久經訓練。今後解到邊疆去的弓甲等項，也須精利。」崇禎即諭代理工部尚書的左侍郎張維樞：「今後解去關遼的器械，必須鑄明監造司官和工匠的姓名，如有脆薄不堪使用的，就可追究查辦。」

袁崇煥又奏：「五年之中，變化很大。必須吏部與兵部與臣充分合作。應當選用的人員便即任命，不應當任用的，不可隨便派下來。」崇禎即召吏部尚書王永光、兵部尚書王在晉，將袁崇煥的要求諭知。

袁崇煥又奏：「以臣的力量，制全遼是有餘的，但要平息衆人的紛紛議論，那就不足了。臣一出京城，與皇上就隔得很遠，忌功妒能的人一定會有的。這些人即使敬懼皇上的法度，不敢亂用權力來搗亂臣的事務，但不免會大發議論，擾亂臣的方略。」崇禎站起身來，傾聽他的說話，聽了很久，說道：「你提出的方略井井有條，不必謙遜，朕自有主持。」

大學士劉鴻訓等都奏，請給袁崇煥大權，賜給他尙方寶劍，至於王之臣與滿桂的尙方劍則應撤回，以統一事權。崇禎認爲對極。應予照辦。談完大事後，賜袁崇煥酒饌。

袁崇煥辭出之後，上了一道奏章，提出了關遼軍務基本戰略的三個原則：❺

「以遼人守遼土，以遼土養遼人」——明代兵制，一方有事，從各方調兵前往。因此守遼的部隊來自四面八方，四川、湖廣、浙江均有。這些士卒首先對守禦關遼不大關心，戰鬥力既不強，又怕冷，在關外駐守一段短時期，便遣回家鄉，另調新兵前來。袁崇煥認爲必須用遼兵，他們爲了保護家鄉，抗敵勇敢，又習於寒冷氣候。訓練一支精兵，必須兵將相習，非長期薰陶不爲功，不能今天調來，明天又另調一批新兵來替換。他主張在關外築城屯田，逐步擴大防守地域，既省糧餉，又可不斷的收復失地。

「守爲正著，戰爲奇著，和爲旁著」——明兵打野戰的戰鬥力不及習於騎射的清兵，這是先天的限制，不易短期內扭轉過來，但大砲的威力卻非淸兵所及。所以要捨己之短，用己所長，守堅城而用大砲，立於不敗之地。只有在需要奇兵突出、攻敵不意之時，才和清兵打野戰。爲了爭取時間來訓練軍隊、加強城防，有時還須在適當時機中與敵方議和，這是輔助性的戰略。

「法在漸不在驟，在實不在虛」——執行上述方策之時，不可求急功近利，必須穩紮穩打，腳踏實地，慢慢的推進。絕對不可冒險輕進，以致給敵人以可乘之機。

這三個基本戰略，是他總結了明清之間數次大戰役而得出來的結論。明軍三次大敗，都敗於野戰，以致全軍覆沒；寧遠兩次大捷，都在於守堅城、用大砲。

這基本戰略持久的推行下去，就可逐步扭轉形勢，轉守爲攻。但他擔心兩件事。一是皇帝和朝中大臣對他不信任，二是敵人挑撥離間，散布謠言。因此在上任之初，對此特別強調。他聲明在先，軍隊中希奇古怪之事多得很，不可能事事都查究明白。他又自知有一股蠻勁，幹事不依常規，要他一切都做得四平八穩，面面俱圓，那做不到。總而言之：「我不顧自己性命，給皇上辦成大事就是了，小事情請皇上不必理會罷。」

崇禎接到這道奏章，再加獎勉，賜他蟒袍、玉帶與銀幣。袁崇煥領了銀幣，但以未立功勛，不敢受蟒袍玉帶之賜，上疏辭謝了。

崇禎這次召見袁崇煥，對他言聽計從，信任之專，恩遇之隆，實是罕見。但不幸得很，袁崇煥這奏章中所說的話，一句句無不料中，終於被處極刑。這使我想起文徵明的一首詞來。他見到宋高宗親筆寫給岳飛的敕書，書中言辭親切無比，有感而作了一首〈滿江紅〉，其中有一句：「慨當初倚飛何重？後來何酷？」崇禎對待袁崇煥，實也令人慨當初倚之何重，後來何酷。

其間的分別是，岳飛當時對自己後來的命運完全料想不到，袁崇煥卻是早已料到了的。明知將來難免要受到皇帝猜疑，要中敵人的離間之計，卻還是要去擔任艱危，這番捨身赴難的心情，更令後人深深歎息。

❶陳子壯：「曾聞緩帶高談日，黃石兵籌在握奇。」梁國棟：「笑倚戎車克壯猷，關前氛祲仗誰收？忻看化日回春日，再上邢州護錦州。」傅于亮：「天山自昔憑三箭，遼左而今仗一夫。秉鉞紛紛論制勝，笑談尊俎似君無？」鄧楨：「冠加蔿角峨應甚，賜有龍文許自專（指尚方劍）。借箸獨當天下計，折衝隨運掌中權。」鄺瑞露：「行矣莫忘黃石語，麒麟回首即江湖。」「供帳夜懸南海月，談鋒春落大江潮。」「衣布尚憐天下士，高歌誰是眼中人？」鄺瑞露即鄺湛若，廣東名士，南海人，後助守廣州，清兵破城時不屈而死。

❷近人葉恭綽題袁崇煥墓有句云：「游仙黃石空餘願」。自注：「袁再起督師，諸友餞別詩多以黃石、赤松爲言，疑有所諷，惜袁不悟。」其實不是袁崇煥不悟；張良是功

成身退而從赤松子遊，袁崇煥根本沒有機會「功成」，自然談不上「身退」。不過以他的熱血熱腸，即使是功成了，多半還是不肯身退的，勢必是鞠躬盡瘁，死而後已。袁崇煥不是明哲保身的「智士」，而是奮不顧身的「烈士」。

❸對崇禎本應稱朱由檢、思宗、莊烈帝、懷宗、毅宗，或崇禎皇帝。本文以他年號稱呼，是習慣上的通俗方式，有如稱清聖祖爲康熙、清高宗爲乾隆。

❹崇禎召見袁崇煥的情形與對話，主要根據李遜之所著《三朝野記》與文秉所著《烈皇小識》兩書，其後周延儒對袁崇煥的中傷，也根據這兩書所載。李遜之的父親李應昇是反對魏忠賢而被害死的著名忠臣李忠毅公。文秉是文徵明的玄孫，他父親文震孟在崇禎時任大學士。文震孟最出名的事，是在天啓年間上奏，直指皇帝諸事不理，猶如「傀儡登場」，朝政全由魏忠賢擺布。魏忠賢於是叫了一班傀儡戲，到宮中演給熹宗看，熹宗看得大樂。魏忠賢便說：「文震孟說皇上是傀儡登場，那就是這樣子了。」熹宗當然大怒，將文震孟在朝廷上打了八十棍。李遜之和文秉二人是名父之子，重視名聲與節操，他們記載朝中大事，應該相當可靠。此外並參考《崇禎實錄》及《崇禎長編》之崇禎元年記事。

❺《明史．袁崇煥傳》中引述他的奏章：「恢復之計，不外臣昔年『以遼人守遼土，以遼土養遼人；守爲正著，戰爲奇著，和爲旁著』之說。法在漸不在驟，在實不在虛。

此臣與諸邊臣所能爲。至用人之人，與爲人用之人，皆至尊司其鑰。何以任而勿貳，信而勿疑？蓋馭邊臣與廷臣異。軍中可驚可疑者殊多，但當論成敗之大局，不必摘一言一行之微瑕。事任既重，爲怨實多，諸有利於封疆者，皆不利於此身者也。況圖敵之急，敵亦從而間之，是以爲邊臣甚難。陛下愛臣知臣，臣何必過疑懼？但中有所危，不敢不告。」

十

袁崇煥還沒有到任，寧遠已發生了兵變。

兵變是因欠餉四個月而起，起事的是四川兵與湖南、湖北的湖廣兵。兵卒把巡撫畢自肅、總兵官朱梅等縛在譙樓上。兵備副使把官衙庫房中所有的二萬兩銀子都拿出來發餉，相差還是很多，又向寧遠商民借了五萬兩，兵士才不吵了。畢自肅自覺治軍不嚴有罪，上吊自殺。兵士的糧餉本就很少，拖欠四個月，叫他們如何過日子？這本來是中央政府財政部的事。連寧遠這樣的國防第一要地，欠餉都達四個月之久，可見當時政治與財政的腐敗。畢自肅在二次寧遠大戰時是兵備副使，守城有功，因兵變而自殺，實在是死得很冤枉的。朱梅是軍中勇將，幾大戰役中血戰有名。

袁崇煥於八月初到達，懲罰了幾名軍官，其中之一是後來大大有名的左良玉，當時是都司；又殺了知道兵變預謀而不報的中軍，將兵變平定了。

但京裏的餉銀仍然不發來，錦州與薊鎮的兵士又譁變。如果這時清軍來攻，寧遠與錦州怎麼守得住？局勢實在危險之至。袁崇煥有甚麼法子？只有不斷的上奏章，向北京請餉。

崇禎的性格之中，也有他祖父神宗的遺傳。他一方面接受財政部長的提議，增加賦稅，另一方面對於伸手來要錢之人大大的不滿。

袁崇煥屢次上疏請餉。崇禎對諸臣說：「袁崇煥在朕前，以五年復遼、及清慎爲己任，這缺餉事，須講求長策。」又說：「闗兵動輒鼓譟，各邊效尤，如何得了？」

禮部右侍郎周延儒奏道：「軍士要挾，不單單是爲了少餉，一定另有隱情。古人雖羅雀掘鼠，而軍心不變。現在各處兵卒爲甚麼動輒鼓譟，其中必有原故。」崇禎道：「正如此說。古人尚有羅雀掘鼠的。今雖缺餉，那裏又會到這地步呢？」

「羅雀掘鼠」這四字崇禎聽得十分入耳。周延儒由於這四個字，向著首輔的位子邁進了一步。周延儒是江蘇宜興人，相貌十分漂亮，二十歲連中會元狀元，《明史・周延儒傳》：「年甫二十餘，美麗自喜。」這個江南才子小白臉，眞是小說與戲劇中的標準小生，可惜人品太差，在《明史》中被列入「奸臣傳」。本來這人也不算眞的十分奸惡，他後來做首輔，也做了些好事的，只不過他事事迎合崇禎的心意。周延儒之奸，主要是崇禎性格的反映。但「逢君之惡」當然也就是奸。這個人和袁崇煥恰是兩個極端。袁崇煥考進士考了許多次落第，到三十五歲才中了三甲第四十名進士，相貌相當不漂亮，❶性格則是十分的鯁直剛強。

「羅雀掘鼠」是唐張巡的典故。張巡在睢陽被安祿山圍困，苦守日久，軍中無食，只得張網捉雀、掘穴捕鼠來充飢，但仍死守不屈。羅雀掘鼠是不得已時的苦法子，受到敵人包圍，只得苦挨，但怎能期望兵士在平時也都有這種精神？

周延儒乘機中傷，崇禎在這時已開始對袁崇煥信心動搖。他提到袁崇煥以「清愼爲己任」，似乎對他的「淸」也有了懷疑。崇禎心中似乎這樣想：「他自稱是淸官，爲甚麼卻不斷的向我要錢？」

袁崇煥又到錦州去安撫兵變，連疏請餉。十月初二，崇禎在文華殿集羣臣商議，說道：「崇煥先前說道『安撫錦州，兵變可彌』，現在卻說『軍欲鼓譟，求發內帑』，爲甚麼與前疏這樣矛盾？卿等奏來。」

「內帑」是皇帝私家庫房的錢。因爲戶部答覆袁崇煥說，國庫裏實在沒有錢，所以袁崇煥請皇帝掏私人腰包來發欠餉。再加上說兵士鼓譟而提出要求，似乎隱含威脅，崇禎自然更加生氣。

那知百官衆口一辭，都請皇上發內帑。新任的戶部尚書極言戶部無錢，只有陸續籌措發給。崇禎說：「將兵者果能待部屬如家人父子，兵卒自不敢叛，不忍叛；不敢叛者畏其威，不忍叛者懷其德，如何有鼓譟之事？」

「羅雀掘鼠」和「家人父子」這兩句話，充分表現了崇禎完全不顧旁人死活的自私性格。兵士連續四個月領不到糧餉，吵了起來。崇禎不怪自己不發餉，卻怪帶兵的將帥對待士兵的態度不如家人父子。他似乎認爲，主帥若能待士兵如家人父子，沒有糧餉，士兵餓死也是不會吵的。俗語都說：「皇帝不差餓兵。」崇禎卻認爲餓兵可以自己捉麻雀、捉老鼠吃。

周延儒揣摩到了崇禎心意，又乘機中傷，說道：「臣不敢阻止皇上發內帑。現在安危在呼吸之間，急則治標，只好發給他。然而決非長策，還請皇上與廷臣定一經久的方策。」崇禎大爲贊成：「此說良是。若是動不動就來請發內帑，各處邊防軍都學樣，這內帑豈有不乾涸的？」崇禎越說越怒，又憂形於色，所有大臣個個嚇得戰戰兢兢，誰也不敢說話。❷

軍餉應當由戶部（財政部）支付，那是公帑，崇禎年間，除了每年應收的錢糧賦稅之外，還加派「遼餉」（指定用於對付滿清的軍費）、「練餉」（指定用於練兵），兩項軍費的加派在崇禎末年每年超過二千餘萬兩。在崇禎初年，當會少一些，但也不至於對錦州、寧遠的國防部隊欠餉達四個月之久。錦寧前線是當時最重要吃緊的國防要地，別的地方可以欠餉，錦寧前線萬萬不能欠。公家庫房沒有錢，皇帝的私房錢（內帑）卻多得很，緊急關頭，向皇帝暫借私房錢，也是合情合理之事。但崇禎立刻不捨得而勃然大怒。據《明季北略．卷五》載，當李自成在山海關外打了敗仗而匆匆逃離北京之時，發現皇家內庫「舊有鎮庫金積年不用者三千七百萬錠，錠皆五百兩，鐫有永樂字。」這樣大筆銀兩，借出來發清欠餉，何樂而不爲？士氣大振之餘，還可進而克復遼東，同時賑濟災民，減弱「流寇」的力量。把幾千萬、幾萬萬銀兩積在內庫之中，不知又有甚麼好處？寧遠兵變索餉，後來以七萬兩銀子解決，可見發清欠餉，並不需要一筆很大的款項。三千七百萬錠銀子，每錠五百兩恐怕太多了些，就算每錠只有十兩，一共也有接近四億兩的巨款。

袁崇煥請發內帑，其實正是他不愛惜自己、不怕開罪皇帝、而待士兵如家人父子。本來，他只須申請發餉，至於錢從何處來，根本不是他的責任。國庫無錢，自有別的大臣會提出請發內帑，崇禎憎恨的對象就會是那個請發內帑之人。以袁崇煥的才智，決不會不明白其中的關鍵，但他愛惜兵士，得罪皇帝也不管了。他會考慮：說不定朝中大臣人人不敢得罪皇帝，餉銀就始終發不下來，那麼就由我開口好了。

當袁崇煥罷官家居之時，皇太極見勁敵既去，立刻肆無忌憚，不再稱汗而改稱皇帝。

袁崇煥回任之後，寧遠、錦州、薊州都因欠餉而發生兵變，當時自然不能與清兵開仗，於是與皇太極又開始了和談，用以拖延時間。皇太極對和談向來極有興趣，立即作出積極的反應。袁崇煥提出的先決條件，是要他先除去帝號，恢復稱「汗」。皇太極居然答允，但要求明朝皇帝賜一顆印給他，表示正式承認他「汗」的地位。這是自居為明朝藩屬，原是對明朝極有利的。但明朝朝廷不估計形勢，不研究雙方力量的對比，堅持非消滅滿清不可，當即拒絕了這個要求。❸

皇太極一直千方百計的在求和，不但自己不停的寫信給明朝邊界上的官員，又託朝鮮居間斡旋，要蒙古王公上書明朝提出勸告。每一個戰役的基本目標，都是「以戰求和」。❹他清楚的認識到，滿清決不是中國的敵手，中國政治只要稍上軌道，滿清就非亡國滅種不可。滿族的經濟力量很薄弱，不產棉花，不會紡織，衣料不能自給，主要的收入是靠搶劫。❺皇太極寫給崇禎的信，其實謙卑到了極點。❻

然而崇禎的狂妄自大比他哥哥天啓更厲害得多，對滿清始終堅持「不承認政策」，不承認它有獨立自主的資格，決不與它打任何交道。❼天啓是昏庸胡塗，崇禎卻是昏庸傲狠。

爲了與滿清作戰，萬曆末年已加重了對民間的搜括，天啓時再加，到崇禎手裏更大加而特加，到末年時加派遼餉九百萬兩，練餉七百三十餘萬兩，一年之中單是軍費就達到二千萬兩（萬曆初年全國歲出不過四百萬兩左右），國家財政和全國經濟在這壓力下都已瀕於崩潰。明末民變四起，主要原因便在百姓負擔不起這沉重的軍費開支。❽

敵人提出和平建議，是不是可以接受，不能一概而論。我以爲應當根據這樣的原則來加以考慮：

敵人的和議是不是一種陰謀手段，目的在整個滅亡我們？還是敵人因經濟、政治、軍事、或社會的原因而確有和平誠意？

必須假定締結和約只是暫時休戰，雙方隨時可以破壞和平而重啓戰端。目前一直打下去對我方比較有利？還是休戰一段時期再打比較有利？

締結和約或進行和平談判，會削弱本國的士氣民心、造成社會混亂、損害作戰努力、破壞與軍事同盟者的聯盟關係、影響政府聲譽？還是並無重大不良後果？

和約條款是片面對敵人有利？還是雙方平等，或利害參半，甚至對我方有利？

如果是前者，當然應當斷然拒絕；若是後者，就可考慮接受，必要時甚至還須努力爭取。在當時的局勢下，成立和議顯然於明朝有重大利益。不論從政略、戰略、財政、經濟、人民生活那一方面來考慮，都應與滿清議和。

拒絕和滿清諦和，是崇禎一生最大的愚蠢。他初即位時淸除魏忠賢逆黨，處理得十分精明，於是臣下大捧他爲「英主」。他從此就飄飄然了，眞的以「英主」自居，認爲「英主」決不能和叛逆的「建州衛」妥協。在明朝君臣的觀念中，「建州衛」始終是中國皇帝屬下一個小官的領地，皇帝決不能跟小官談和。至於使得全國億萬人民活不下去，那是另一回事，皇帝的尊嚴不能有絲毫損害。

他可以和察哈爾蒙古人談和，付給金銀以換取和平。因爲明朝的江山是從蒙古人手裏奪來的，明朝承認蒙古是地位平等的敵國。

堅持政治原則，本來不錯。然而政治原則是要以正確的策略來貫徹的。完全忽視具體的現實情況，把國家與人民的生死存亡置之不顧，和「英明」兩字可相差十萬八千里了，更準確的形容詞是「昏憒」。

袁崇煥和皇太極一番交涉，使得皇太極自動除去了帝號，本來是外交上的重大勝利。但崇禎卻認爲是和「叛徒」私自議和，有辱國體，心中極不滿意，當時對袁崇煥倚賴很重，隱忍不發，後來卻終於成爲殺他的主要罪狀。

❶《明史・錢龍錫傳》：「龍錫奏辯，言：『崇煥陛見時，臣見其貌寢，退謂同官：此人恐不勝任。』」錢龍錫是宰相，他這話也是胡說八道，怎能見人家相貌難看，便說他不能擔當大事？

❷《烈皇小識》：「時天威震迅，憂形於色。大小臣工皆戰懼不能仰對，而延儒由此荷聖眷矣。」

❸關於這場交涉，因皇太極稱帝之後再自動除去，又向明朝要求發印而不得，在滿清方面是受到重大屈辱，所以清方官文書中都無記載，或有記載而後來都刪去了。但清內閣檔案中還留存皇太極天聰四年向中國人民頒示的一道木刊諭文，其中公開承認這件事：「逮至朕躬，實欲罷兵戈，享太平，故屢屢差人講說。無奈天啓、崇禎二帝渺我益甚，逼令退地，且教削去帝(號)，及禁用國寶。朕以爲天與土地，何敢輕與？其帝號國寶，一一遵依，易汗請印，委曲至此，仍復不允。」

❹《明清史料》丙篇，皇太極諭諸將士：「爾諸將士臨陣，各自奮勇前往，何必爭取衣物？縱得些破壞衣物，尚不能資一年之用。爾將士如果奮勇直前，敵人力不能支，非與我國講和，必是敗於我們。那時穿吃自然長遠，早早解盔卸甲，共享太平，豈不美哉？」

❺《天聰實錄稿》，七年九月十四日，清太宗致朝鮮國王信：「貴國斷市，不過以我國

無衣，因欲困我。我與貴國未市之前，豈曾赤身裸體耶？即飛禽走獸，亦自各有羽毛……滿洲、蒙古固以搶掠爲生，貴國固以自守爲素。」

❻《天聰實錄稿》，六年六月，清太宗致崇禎皇帝信：「滿洲國汗謹奏大明國皇帝：小國起兵，原非自不知足，希圖大位，而起此念也。只因邊官作踐太甚，小國惱恨，又不得上達……今欲將惱恨備悉上聞，又恐以爲小國不解舊怨，因而生疑，所以不敢詳陳也。小國下情，皇上若欲垂聽，差一好人來，俾小國盡爲申奏。若謂業已講和，何必又提惱恨，惟任皇帝之命而已。夫小國之人，和好告成時，得些財物，打獵放鷹，便是快樂處。謹奏。」最後這兩句話甚是質樸動人。

❼崇禎五年，宣府巡撫沈棨和清軍立約互不侵犯，崇禎便把兵部尚書熊明遇革職查辦，沈棨下獄。此後他更下旨給守邊的官員，任何人不得與滿清有片紙隻字的交通。

❽《明史·食貨志》：「自古有一年而括二千萬以輸京師，又括京師二千萬以輸邊乎？」

十一

崇禎對袁崇煥的猜忌，從「請發內帑事件」開始。帶兵的統帥追討欠餉，本是理所當然的事情，但債戶對於債主追討欠款，不論債主的理由如何充足，債戶自然而然的會對他十分惱恨，如果債主威名震於天下而又握有武力，十幾歲的少年債戶除了痛恨之外還會恐懼。崇禎又不敢懲罰袁崇煥與皇太極談和。這「不敢」兩字之中，自然隱伏了「將來和你算帳」的心理因素。

該年閏四月，加袁崇煥太子太保的頭銜，那是從一品，比兵部尚書又高了一級。到了下個月，便發生了殺毛文龍事件，這又增加了崇禎內心對他的不滿和恐懼。

毛文龍是浙江杭州人。袁崇煥殺毛文龍是在崇禎二年（公元一六二九），那是己巳年。再早一百八十年（一四四九），同樣是己巳年，我另一位同鄉杭州人于謙為明朝立了安邦定國的大功。那一年發生土木堡之變，皇帝為蒙古人擄去，于謙擊退外敵，安定了國家。于謙和袁崇煥都是兵部尚書，于做總督，袁做督師，地位相等。❶兩人後來都為皇帝處死，都是明朝出名的大忠臣。

杭州人在江南雖然有「杭鐵頭」之稱，然而那是與性格柔和的蘇州人「蘇空頭」相對而言，很少去當兵打仗的。明末浙江兵赫赫有名，但戚繼光率領來平定倭寇、守禦北邊，後來在戚死後又去抗日援朝的浙江兵，都是浙東義烏一帶的人。宋朝名將宗澤也是義烏人。杭州是在浙西，一般人比較文弱。

毛文龍所以投軍，主要由於他有個舅舅在兵部做官。毛文龍喜歡下圍棋，常通宵下棋，愛說：「殺得北斗歸南。」捧他場的人，說他的棋友中有一個道人，從圍棋中傳授了他兵法。如果眞有這樣的事，毛文龍的棋力一定相當低，因為他的兵法實在並不高明。又有一個傳說：他上京去投靠舅舅的前夕，睡在于廟（于謙的廟，在杭州與岳廟並稱）裏祈夢，夢到于謙寫了十六個字給他：「欲效淮陰，老了一半。好個田橫，無人作伴。」這十六個字後來果然「應驗」了：韓信二十七歲為大將，毛文龍為大將時五十二歲；田橫在島上自殺時，有五百士自刎而殉，毛文龍在島上被殺，死的只他一人。這當然是好事之徒事後揑造出來的。于謙見識何等超卓，又怎會將他這個無聊同鄉去和韓信、田橫相比？

毛文龍到北京後，得他舅舅推薦，到遼東去投效總兵李成梁，後來在袁應泰、王化貞兩人手下，升到了大約相當於團長的職位。他的功績主要是造火藥超額完成任務和練兵，可見此人是能幹的後勤人員和訓練主任，傳統上，杭州人並不善於打仗，辦事能力是很強的。遼東失陷後，他帶了一批部隊，在沿海各島和遼東、朝鮮邊區混來混去，打打游擊。他的根據地是在朝鮮，招納遼東潰散下來的中國敗兵和難民，勢力漸漸擴充，終於找到了一個機會，帶領了九十八人，渡鴨綠江襲擊鎮江城，❷俘虜了清軍守將。這是明軍打敗清兵的罕有事件，王化貞大為高興，極力推薦，升他的官，駐在鎮江城。不久清兵大軍反攻，鎮江城就失去了。毛文龍將根據地遷到朝鮮的皮島，自己仍在遼東朝鮮邊區打游擊。

皮島在鴨綠江口之東，與朝鮮本土只一水之隔，水面距離只不過相當於過一條長江而已，北岸便是朝鮮的宣川、鐵山。❸當時朝鮮的義州、安州、鐵山一帶，因為鄰近中國，從遼東逃出來的漢人難民和敗兵紛紛湧到，喧賓奪主，漢人佔了居民十分之七，朝鮮人只十分之三。皮島橫約八十里，逃到島上的漢人為數不少。毛文龍作為根據地後，再招納漢人，聲勢漸盛。明朝特別為他設立一個軍區，叫作東江鎮，升毛文龍為總兵。

那時袁崇煥剛出山海關，還未建功。明朝唯一能與清兵打一下的，只有毛文龍一軍，所以他名氣相當大。當時董其昌曾上奏說：國家只要有兩個毛文龍，努爾哈赤可擒，遼地可復。他這道奏章，當然只有書法上的價值，但由此也可見到一般朝臣對毛文龍的觀感。毛文龍不斷升官，升到左都督，掛將軍印，賜尙方劍。天啓皇帝提到他時稱爲「毛帥」，不叫名字。

天啓四年五月，毛文龍遣將沿鴨綠江、越長白山，攻入滿清東部，爲守將擊敗，全軍覆沒；五年六月及六年五月，曾兩次派兵襲擊滿清城寨，兩次都喪師敗歸。毛文龍打仗是不行的，可是連年襲擊滿清腹地，不失爲有牽制作用。那時候明軍一見清兵就望風而遁，毛文龍膽敢主動出擊，應當說勇氣可嘉。

天啓七年正月，淸兵征朝鮮，因爲毛文龍不斷在後方騷擾，於是分兵去攻他所駐守的鐵山。毛文龍大敗，逃上了皮島。

他在中朝邊區打游擊時，雖然屢戰屢敗，卻也能屢敗屢戰。上了皮島之後，有了大海的阻隔，而淸軍沒有水師，毛的安全感大增，加之又上了年紀，很快就腐化起來。❹

他開始發揮後勤才能，在皮島大做生意，徵收商船通行稅，那便是海上賣路錢，派人去遼東和朝鮮挖人參。一方面向朝廷要糧要餉，又向朝鮮要糧食，理由是幫朝鮮抵抗淸兵，要收保護費。朝鮮也只得時時運糧給他。他升官發財之後，對打仗更加沒有興趣了。當時皮島駐軍有二萬八千，戰馬三千餘匹，皮島之東的身彌島駐兵千餘，作爲皮島的外圍，寧錦大戰之時，毛文龍手擁重兵在旁，竟不發一兵一卒去支援，也不攻擊淸兵後方作牽制。袁崇煥當然極不滿意，但因管他不著，無可奈何。

天啓年間，毛文龍不斷以大量賄賂送給魏忠賢和其他太監、大臣。對朝中當權派的公共關係做得極好。天啓五年，御史麥之令彈劾毛文龍，認爲他無用，遼東軍務不能依靠他。魏忠賢極力袒毛，說麥之令是熊廷弼的同黨，將他殺了。這樣一來，所有反對魏忠賢的東林黨清流派都恨上了毛文龍。

崇禎接位後，毛文龍作風不改。朝廷覺得皮島耗費糧餉太多（因毛文龍要的是十萬名官兵的糧餉），要派人去核數查帳。毛文龍多方推托，總之是不歡迎御用會計師駕臨。

袁崇煥的新任命，理論上是有權管到皮島東江鎮的。朝中於是有人建議皮島的糧餉經由寧遠轉運，意思是交由袁崇煥控制。甚至有人主張撤退皮島守軍，全部調去寧遠。這些主張，都遭到毛文龍的抗拒，而兵部又對毛相當支持。

袁崇煥寫信給首輔錢龍錫商量，要殺毛文龍。錢回信勸他一切愼重。袁在北京時，也曾和錢龍錫商議過殺毛的事，當時袁對錢龍錫說，要恢復遼東，必須從整肅東江鎮的軍紀開始。

袁崇煥決心要解決這件事。崇禎二年五月廿二日，袁崇煥離寧遠，去和毛文龍會談，約定了在旅順附近的一個小島上相會，這小島叫做島山。❺從寧遠經渤海到旅順，和從皮島經黃海到旅順，海程大致相等，所以旅順是一個中間地點，也可說是中立地帶。那時毛文龍對袁崇煥已心存疑忌，如邀他到寧遠相會，他是不肯來的。袁崇煥如去皮島，卻又是身入險地。

袁崇煥除座船外，帶船三十八艘，出發前先試放西洋大砲，射程遠的五六里，近的三四里。廿六日到雙島，登州的軍官帶了兵船四十八艘來會。廿七日到島山停泊，旅順的軍官前來參見。袁崇煥帶衆將上山，到龍王廟去拜龍王，對衆將訓話：「本朝開國，中山王徐達、開平王常遇春諸將起初在鄱陽湖、采石磯大戰，後來一直打到漠北，水戰固然勝，馬步戰也勝，纔能驅逐胡元，統一中國。現在你們的水師只能以紅船在水上自守，滿清韃子不下海，難道能趕他們入海打水戰麼？所以水師必須也能陸戰。」他的抱負是要將水師訓練成爲海軍陸戰隊。

六月初一，毛文龍率領部屬到達島山，與袁互相交拜。毛文龍呈上禮帖三封和三桌筵席。在船中吃過，袁崇煥和他談話，說道：「遼東海外，只有我和貴鎮二人，務必同心共濟，方能成功。我歷險來此，旨在商議進取。軍國大事，在此一舉。我有一個良方，只不知生病的人肯不肯服這一帖藥。」當晚兩人直談到二更。初二袁崇煥上島，犒賞毛的部屬，和毛又密談到三更。初三日又再談，袁崇煥要求皮島設文官監軍，糧餉由寧遠轉發，改編部隊，連談三日三夜，毛文龍始終不同意，到這時談判終於破裂。袁崇煥給他最後一個機會，勸他辭職回鄉，享受西湖風物。毛文龍說：「辭職回鄉這件事，我一直是在盼望的。只不過我對遼東事務很熟悉，解決了滿洲之後，可順勢襲取朝鮮了。」袁崇煥聽他大言不慚，更是不滿。❻酒散後，袁傳副將汪翥上船密議，五更方畢。通宵部署，要殺毛文龍了。

初四日，袁崇煥犒賞毛部兵將共三千五百七十五名，軍官每名銀子三五兩不等，兵每名數錢，又將帶來的餉銀十萬兩交卸。同時和毛劃分職權，此後旅順以東由毛指揮，旅順以西由袁指揮。毛文龍收到大筆銀子，對指揮權的區劃又十分滿意，減少了提防警惕。

初五日，袁崇煥邀毛文龍一起檢閱將士比賽射箭。相見後，袁崇煥說：「我明天要回寧遠了。貴鎮身當國家海外重寄，請受我一拜。」說著下拜，毛文龍跪下還禮。大家上山後，袁的親信參將謝尚政指揮各營士兵布成一個大圍。毛文龍和隨從官員百餘名在圍內，將毛部兵丁都隔在圍外。

袁崇煥問起毛文龍手下將官的姓名，居然大多數姓毛。袁崇煥覺得奇怪。毛文龍說：「他們都是我的義孫。」❼

袁崇煥笑了起來，跟著對毛部眾將說道：「你們在海外辛苦，兵士每個月只有五斗米的糧，甚至家中幾口人都分食此糧，想起來令人痛心。請大家受我一拜，感謝你們為國家盡力，以後大家不必擔心沒有糧餉。」當即下拜。眾將磕頭答禮，甚是感動。

袁崇煥隨即提出幾件事來責問毛文龍，毛文龍抗辯。袁崇煥不客氣了，斥責道：

「本部院披肝瀝膽，與你說了三日，只道你回頭是岸，也還不遲。那曉得你狼子野心，總是一片欺誑到底。你目中沒有本部院，那也罷了。方今聖天子英武天縱，國法豈容得你？」命人除下他衣冠，綁了起來。毛文龍的態度仍十分倔強，自稱無罪有功。

袁崇煥厲聲道：「你道本部院是個書生，瞧我不起。本部院卻是能管將官之人。你說沒有罪麼？你犯了十二大罪，我數給你聽：

「一、明朝的制度，大將在外，必由文臣監督，你專制一方，軍馬錢糧不肯受核。二、殺戮降人難民，謊報冒功，說殺的是清兵。三、宣稱如果南下，取登州和南京猶如反掌。公然說要造反。四、每歲餉銀數十萬，但發給兵士的糧餉每月只有三斗半，侵盜軍糧。五、在皮島開馬市，擅自與外國貿易。六、部將數千名都冒稱姓毛，擅自封官。七、敗退時剽掠商船。八、你自己強搶良家婦女，部下效尤。九、驅策難民到遼東去偷挖人參，不肯去的就不發糧食，讓他們大批在島上餓死。十、將大量金銀送去京師賄賂，拜魏忠賢為義父，在島上替魏忠賢塑像。十一、鐵山一仗，大敗喪師，卻報稱有功。十二、設立軍區已達八年，不能恢復寸土，觀望養敵。」

這十二條罪狀數了出來，毛文龍魂不附體，只有叩頭求饒。

袁崇煥問毛的部將：「毛文龍該斬麼？」諸將都嚇得不敢作聲。有人說毛文龍這些年來雖無功勞，但也辛苦出力。袁崇煥叱道：「毛文龍本來只不過是個尋常百姓，現今官居極品，滿門封蔭，已足夠酬答他的辛勞了，為甚麼他還這樣悖逆？」

於是向著北京叩頭，宣稱：「臣今天誅毛文龍以整肅軍紀，諸將中若有行為如毛文龍的，也一概處決。臣如不能成功，請皇上也像誅毛文龍一樣的處決臣！」請出尚方劍來，命旗牌官將毛文龍在帳前斬決，向毛文龍部屬諭示：「只誅毛文龍一人，其餘各人一概無罪。」毛文龍麾下將士無一敢動。袁崇煥命人收殮毛文龍，次日開弔拜奠，說：「昨日斬你，是為了朝廷大法。今日祭你，是為了僚友私情。」

隨即將毛部分為四隊，派毛文龍的兒子毛承祿、副將陳繼盛（陳的女兒是毛文龍之妾）等四人分領，犒賞軍士，盡除皮島毛文龍的虐政。回寧遠後上奏稟報，最後說：毛文龍是大將，不是臣有權可以擅自誅殺的。臣犯了死罪，謹候皇上懲處。❽

崇禎得訊，大吃一驚，非常不以為然。但想毛文龍已經死了，目前又正倚賴袁崇煥盡力，只得下旨嘉獎他一番，又下旨公布毛文龍的罪狀，逮捕毛文龍的駐京辦事處主任，以安袁崇煥之心。❾

袁崇煥擔心毛文龍的部下生變，奏請增加餉銀。但查核部隊實數，兵員比毛文龍虛報時少得多了。崇禎見兵員少了，餉銀反增，頗為懷疑，但都一一批准。以崇禎這樣剛強的性格，這時迫於形勢而不敢得罪袁崇煥，實已深深伏下了殺機。

毛文龍在皮島，儼然是獨立爲王的模樣，不接受朝廷派文官監察核數、濫殺難民冒功、侵呑軍糧、軍紀不肅，的確有罪。但袁崇煥以尙方劍斬他的方式，卻也未免太戲劇化了些。明朝賜尙方劍給主帥，用意是給主帥以絕對權威，部將如不聽指揮，立即可以誅殺。然而毛文龍的罪行都非緊急，也不是反叛作亂。何況毛文龍也是受賜尙方劍的。

毛文龍在皮島，畢竟曾屢次出兵，騷擾滿清後方，是當時海上惟一的一支機動游擊隊，滿清對他也一直頗爲重視忌憚。

這十二條罪狀中，有幾條平心而論並不能成立。毛文龍說取登州、南京如反掌，只不過一時誇口，並非眞的要造反，不過皇權專制時代，說這種話確是大逆不道；向外國買馬，當是軍中需要；擅自封官是得到朝廷授權的，部將喜歡姓毛，旨在拍主帥的馬屁，也沒有甚麼大不了；不能恢復寸土，只能說他無能，卻非有罪，要打敗清兵，恢復失地，談何容易？在島上爲魏忠賢塑像，更難以加他罪名。天啓年間，魏忠賢權勢熏天，各省督撫都爲魏忠賢建生祠、塑像而向他跪拜。當時袁崇煥在寧遠也建了魏忠賢的生祠。時勢所然，人人難免。

毛文龍眞正的重大過失，是不受節制，在他所控制的軍區中獨立行事，不聽上級指揮。在大戰之時，大將獨立自主，不奉命令，當然是違反軍紀的重大事件。

毛文龍死後，部將心中不服，頗有逐漸叛去的，其中重要的叛將有孔有德（後降清封定南王，鎮廣西）、耿仲明（降清封靖南王，鎮福建）、尚可喜（降清封平南王，鎮廣東）。這三人投降滿淸，爲淸朝出了很大力氣，甚至把西洋火器帶了過去。淸初四大降王，除吳三桂外，其餘孔、耿、尙三人都是毛文龍的舊部。不過這也不能說是袁崇煥的過失。⑩

對於「殺毛事件」，當時輿論大都同情毛。一般朝臣認爲，毛文龍即使有罪，他是一個大軍區司令，也只能由皇帝下旨誅殺。皇帝的統治手段，主要只是賞與罰。袁崇煥擅殺大將，是嚴重的侵犯了君權。

當時小說盛行，有人做了小說來稱譽毛文龍。一部是四十回的《遼海丹忠錄》，是杭州人陸雲龍所作，大捧同鄉毛帥。另一部是作者不署名的《鐵冠圖》（不是講李自成事跡的那一部），以毛文龍爲主角。

當時大名士陳眉公對「殺毛事件」抨擊甚烈。另一個大名士錢謙益是毛文龍的朋友，對朝野輿論當然也有影響。《明季北略》甚至說：袁崇煥揑造十二條罪名來害死了毛文龍，與秦檜以十二道金牌來害死了岳飛完全一樣。卻又是過份的批評了。

推測袁崇煥所以用這樣的斷然手段殺毛，首先是出於他剛強果決的性格。其次，文人帶兵，一定熟讀孫子兵法，對於孫武殺吳王愛姬二人、因而使得宮中美女盡皆凜遵軍法的故事，對於「將在軍，君命有所不受」的軍法觀念，一定印象十分深刻。那時候寧遠、錦州、薊州各處軍事要地都曾發生兵變，如不整飭軍紀，根本不能打仗。袁崇煥明知這樣做不對，還是忍不住要殺毛，推想起來，也有自恃崇禎奈何他不得的成份。最後，毛文龍接近魏忠賢，袁崇煥接近東林清流，其中也難免有一些黨派成見。

袁崇煥殺毛文龍一事，論者多認爲大招崇禎之忌，是袁崇煥被殺的主要原因之一。到底袁殺毛一事，眞是合理而必要，還是犯了錯誤？這在袁崇煥的一生，是一個重要問題。

第一：袁崇煥有沒有殺毛之權？袁崇煥於崇禎元年受任爲兵部尙書、兼右副都御史、督師薊遼、兼督登萊天津軍務。明朝兵部尙書相當於現代的國防部長兼總參謀長，有軍令權，可指揮陸軍、海軍，御史略等於現代的政治委員，是皇帝的代表，在部隊中監督統帥。「督師」是帶兵的最高級文官，袁當時官職相當於國務院副總理、國防部長兼野戰軍總司令兼政委，又兼陸海軍前敵總司令。毛文龍的皮島軍區歸他管轄。臨敵之時，麾下大將如果不聽指揮，主帥將之斬首，中國歷史上事所常有。例如諸葛亮斬馬謖，臨終時遺命斬魏延。尙方劍是「皇帝誅殺臣下之權力的象徵」。袁崇煥受賜尙方劍，即是崇禎賜給他專殺之權，他用尙方劍殺毛文龍，是代表皇帝殺的。⓫

第二：毛文龍是否眞的有罪？毛文龍先前抗清有功，在皮島起了一些牽制作用，但他立功升官之後，自大起來，皮島軍區只二萬多名官兵，他卻要領十萬名官兵的糧餉，不接受中央審核，並自行設立市場做生意，派官兵去鄰國朝鮮挖人參，取貂皮。還收取海上過境稅，強迫朝鮮繳納糧米（侵犯中央的外交權）。後勤部建議皮島的糧餉由寧遠（袁的總司令部）轉發，以資核實，毛堅不接受。寧遠大戰時，局勢緊急，毛文龍部隊在清軍後方，卻不出兵應援或配合牽制。中央要求皮島餉銀由寧遠轉發，毛文龍不肯，雙方交涉得緊了，毛文龍威脅說：「我帶兵南下，攻打登州、萊州，取南京猶如反掌。」登州、萊州是袁崇煥直轄的軍區，南京是明朝的南都，明太祖的龍興之地。中央無奈，只好暫不堅持。袁崇煥受任之前，曾與首輔大學士（約相當於宰相）錢龍錫商量，要殺毛文龍以確立軍紀。錢龍錫不表反對，但勸他慎重。

第三：毛雖有罪，是否應殺？當時軍紀廢弛，兵士爲了索取欠餉，常常譁變，殺害上官。軍紀不肅，無法打仗。袁崇煥曾向崇禎誇口，要五年復遼。如無一支紀律如鐵的精兵，怎能抗清復遼？要樹立軍紀，必須先整肅不守紀律、不服從命令的大將。毛文龍的軍階是總兵（還帶都督銜，約略相當於軍長、軍區司令），和祖大壽、滿桂等相同，統兵號稱十萬（實際約二萬八千名）。當時袁崇煥所指揮的部隊，全部約六萬名，如將毛部近三萬兵收過來統一指揮，對軍務有極大好處。袁與毛在島山見面，長談三日三夜，毛始終不聽指揮。袁勸他退休回去西湖享福。毛文龍誇稱熟悉朝鮮情形，滅清之後可順手取得朝鮮。在此情形下，不殺毛文龍無法抗清。打個比方，如果當年林彪統帶第四野戰軍，在東北要獨立自主，不服從中央命令，宣稱打垮國民黨部隊後要乘機攻取南北朝鮮（事實上林彪沒有這樣做，也未宣稱）。中共中央不殺林彪，這場仗就打不下去了。

第四：當時有人說，袁崇煥不應該當場殺了毛文龍，應將他逮捕，送到北京去請崇禎處理，或者先請皇帝批准而再殺他。當時大學者黃梨洲評論說：「文龍官至都督，掛平遼將軍印，索餉歲百二十萬緡（兩），不應則跋扈，恐嚇曰：『臣當解劍歸朝鮮矣。』則其內懷異志非一日也。」梨洲又云：「參貂之賂貴近者，使者相望於道……崇煥朝請，文龍夕知。」朝廷中的大官收受毛文龍賄賂甚多，袁崇煥一提出申請，毛文龍即刻知道，有了防備，極可能激得他起兵造反。如將他逮捕送去北京，他部下官兵很多是他義子義孫，有可能動武搶奪，引起內戰。就像《三國演義》中寫魏大將鄧艾在蜀被朝廷下令擒入囚車，鄧的部屬武力搶奪囚車。

第五：也有人說，袁崇煥去寧遠當統帥之前，決心整肅軍紀，要殺毛文龍，和首輔錢龍錫商議。其實他直接請示皇帝更好，因爲崇禎先得到殺毛的訊息之後，袁再殺毛，崇禎就不會驚愕恐懼，害怕袁崇煥權太大。然而崇禎更信任宦官廠衛，而這些宦官廠衛都收受毛文龍的賄賂，袁崇煥對皇帝一說，毛文龍很快就知道了。

春秋時，《孫子兵法》的作者孫武向吳王表演治軍之法，要殺吳王的兩名愛姬，因二姬不奉軍令，嬉笑不絕。吳王大驚，派人去向孫子說：「寡人已知將軍用兵矣。寡人非此二姬，食不甘味，宜勿斬之。」孫子曰：「臣既已受命爲將。將法在軍，君雖有令，臣不受之。」還是斬了兩個愛姬，部隊肅然，奉命惟謹。吳王不悅，說：「我知道你善用兵了，將軍請下去休息罷，我不想再看了。」吳王雖然心痛愛姬之死，還是接受伍子胥的勸告，重用孫子帶兵，破楚、滅越、威齊，吳國霸於天下。

崇禎的度量，比之吳王闔閭是差得多了。見識也差得多了。

崇禎因袁崇煥殺毛文龍而殺袁，等於三國時蜀漢的劉禪因諸葛亮斬了馬謖，把諸葛亮殺了。

❶督師本來比總督略高，但在于謙的時候還沒有設督師，當時總督是地位最高的帶兵文官。見吳晗：〈明代的軍兵〉。

❷即今遼寧省丹東市之北的九連城，與朝鮮的義州隔鴨綠江相對。

❸皮島在朝鮮寫作椵島。這個「椵」字，漢文音「駕」，但朝鮮人讀作pi音，所以中國人就簡稱爲皮島。有一本相當流行的講清史的通俗著作說皮島即海洋島，地理弄錯了。海洋島在皮島和大連之間，離皮島約一百海里。皮島是朝鮮地方，海洋島是中國地方。皮島在黃海中，身彌島之西，大和島之北。面積不大。

❹據朝鮮派去皮島的使者記載：毛文龍每天吃五餐，其中三餐有菜肴五六十品，寵妾八九人，珠翠滿身，侍女甚多。

❺一般書籍（包括《明史》）上記載，都說袁毛的會晤地是在雙島。《荊駝逸史》中輯有〈袁督師計斬毛文龍始末記〉一文，採用的是日記體，從五月廿二日袁崇煥出發到六月十一日回寧遠，逐日記錄海程、所經島嶼、風勢、船隻、兵員、官員姓名等等，十分詳盡，作者顯然是袁崇煥隨行的幕僚或部屬。他寫作態度異常忠實，對於袁毛密談三日三夜，因他沒有參與或聽到密談，所以只記兩人「二更後方散」、「密語三更方散」，記錄兩人密談後的神色，卻不記密語內容，全無憑空推測的言辭，合於現代要求最嚴格的報導體。該書記載袁毛相會的地點是在島山，離旅順陸路十八里，水路四十里，距雙島有半日水程，中間隔了松木島、豬島、蛇島、蝦蟆島等許多島嶼。我比較各種資料，覺得島山的說法似較可信。

❻〈始末記〉記載當時情形說：「酒敘至終，（袁）方有傲狀，毛帥有不悅意態。」

❼後來大大有名的孔有德、耿精忠、尚可喜都是毛文龍的義孫，那時叫做毛有德、毛精忠、毛可喜。

❽袁崇煥奏本：「……臣於是悉其狼子野心終不可制，欲擒之還朝，待皇上處分。然一擒則其下必哄然，事將不測。惟有迅雷不及掩耳之法，誅之頃刻，則衆無得爲。文龍死，諸冀惡者念便斷矣……但文龍大帥，非臣所得擅誅。便宜專殺，臣不覺身蹈之。然苟利封疆，臣死不避，實萬不得已也。謹據實奏聞，席藁待誅，惟皇上斧鉞之，天

下是非之，臣臨奏，不勝戰懼惶悚之至。」

❾崇禎二年六月十八日，奉聖旨：「毛文龍懸踞海上，糜餉冒功，朝命頻違，節制不受。近復提兵進登，索餉要挾，跋扈叵測。且通夷有跡，犄角無資，掣肘兼礙。卿能周慮猝圖，聲罪正法，事關封疆安全，閫外原不中制，不必引罪。一切處置事宜，遵照敕諭行，仍聽相機行事。」（《明清史料》第八編）

❿梁啓超在《袁崇煥傳》中說：「吾以爲此亦存乎其人耳。毛文龍不死，安知其不執梃爲諸降王長？」意思說，毛文龍如果不死，說不定他反而是投降清朝的第一大降王呢。然而這也是揣測之辭了。

⓫陳玉樹《後樂堂集》〈袁崇煥殺毛文龍論〉：「崇煥以兵部尚書督師薊遼，兼登、萊、天津軍務，賜尚方劍，便宜從事。明制：督師賜尚方者，得斬總兵以下。是崇煥本有專殺之權者也。」

十二

這時候朝廷又欠餉不發了。袁崇煥再上奏章，深深憂慮又會發生兵變，更憂慮兵卒譁變後不再接受安撫，從此變爲「大盜」。他說一定要發生一次兵變，才發一次欠餉，而發了欠餉之後，又一定將負責官員捉去殺了一批，這樣下去，永遠是「欠餉——兵變——發餉——殺官——欠餉」的惡性循環。❶這道奏章，當然只有再度加深崇禎對他的憎恨。

崇禎二年春，袁崇煥上奏，說山海關一帶防務鞏固，已不足慮，但薊門單弱，須防敵人從西路進攻。這時薊遼總督是劉策，懦弱而不懂軍事。袁崇煥看到了防務弱點的所在，第一道奏章上去，朝廷沒有多加理會，他再上第二道、第三道。崇禎下旨交由部科商議辦理，但始終遷延不行。拖到十月，清兵果然大舉從西路入犯，正在袁崇煥料中。首當其衝的，正是剛剛發生過索餉兵變的遵化。

明朝初年爲了防備蒙古人，對北方邊防是全力注意的，好好修築了長城，設立遼東、薊州、宣府、大同、太原（統偏頭、寧武、雁門三關）、陝西、延綏、寧夏、甘肅九大邊防軍區，那便是所謂「九邊」。東起鴨綠江，西至酒泉，綿延數千里中，一堡一寨都分兵駐守。但後來注意力集中於遼東，其他八鎮的防務就廢弛了。

明太祖本來建都南京，成祖因爲在北京起家，將都城遷了過去。在中國整個地形上，北京偏於東北，和財賦來源的東南相距甚遠。最不利的是，北京離開國防第一線的長城只一百多里，敵軍一攻破長城，快馬奔馳半天，就兵臨北京城下。金元兩朝以北京爲首都，因爲它們是來自北方的遊牧民族，不敢深入中原，一旦有變，可以立刻轉身逃回本土。明朝的情況卻根本不同。成祖對蒙古採取攻勢，建都北京便於進攻，後來兵力衰弱，北京地勢上的弱點立刻暴露無遺。❷本來，兩個互相敵對的社會是不可能長期對峙的，僵持一段時期之後，終究是非進則退。❸明朝既堅決不肯和滿清議和，形勢上又無力進攻，再將京城暴露在敵人大兵團朝發夕至的極近距離之內，根本戰略完全錯誤。以漢人爲主的中華民族所以偉大，主要是在文治教化和農工商經濟，征戰本非所長，❹如果基本戰略一錯，局勢就難以收拾了。

滿清這次進軍皇太極親自帶兵，集兵十餘萬，知道袁崇煥守在東路，攻打不進，於是由蒙古兵作先導，繞道西路進攻。出發前對王公大臣說：「明朝倘若肯和，我們採參開礦，與他們交易，換來布疋，大家共享太平，豈不極好？但我幾次三番的求和，明朝總是不允，這次非狠狠打一仗不可。」十月初五，抵達喀喇沁的青城。這條路很遠，行軍不便，諸將見到了前途的艱難，不少人便主張退兵，其中以代善及莽古爾泰兩大貝勒主張最力，認爲：深入敵境，勞師襲遠，如果糧匱馬疲，又怎麼回得去？縱使攻進了長城，明人勢必聚集各路兵馬圍攻，我們便寡不敵衆，要是後路遭到堵截，恐無歸路。金人的根本是在遼寧、吉林一帶。從山海關進攻北京，那是安全的進軍路線，如果打不勝，退回去就是了。現在遠遠的繞道蒙古，當時運輸工具簡陋，糧草很容易接濟不上。那時代善四十九歲，是皇太極的二哥，莽古爾泰四十三歲，是皇太極的五哥，兩人都在四大貝勒之列，權勢頗大，比較老成持重。

少壯派大將岳託與濟爾哈朗等人則支持皇太極（當時三十八歲，排行第八）的進軍主張。岳託是代善的兒子，當時年齡不詳，相信最多三十歲，濟爾哈朗是皇太極的堂弟，三十四歲，都是勇氣十足。那日開軍事會議密商，直開到深夜，在皇太極的堅持下決定繼續進攻。但皇太極也知道此行極險，第二日早晨重申軍令，不准吃明人的熟食，以防中毒，不准酗酒，採取柴草時必須衆人同行，不可落單，充分顯露了戰戰兢兢的心情。皇太極愛讀《三國演義》，這次出師，很有鄧艾伐蜀、深入險地的意味。❺

自青城行了四天，到老河，兵分三路，皇太極命岳託、濟爾哈朗率右翼四旗和右翼諸部蒙古兵攻大安口；七哥阿巴泰、十二弟阿濟格率左翼四旗及左翼諸部蒙古兵攻龍井關；他自己親率中軍攻洪山口。三路先後攻克，進入長城，進迫遵化。

袁崇煥於十月廿八日得訊，立即兵分兩路，北路派鎮守山海關的趙率教帶騎兵四千西上堵截。他自己率同祖大壽、何可綱等大將從南路西去保衛北京。沿途所經撫寧、永平、遷安、豐潤、玉田諸地，都留兵佈防，準備截斷清兵的歸路。

崇禎正在惶急萬狀之際，聽得袁崇煥來援，自然是喜從天降，大大嘉獎，發內帑勞軍（這次是心甘情願了），發表袁崇煥作各路援軍總司令。❻

袁崇煥部十一月初趕到薊州，十一、十二、十三，三天中與清兵在馬昇橋等要隘接仗，每一仗都勝。清軍半夜裏退兵。

但北路援軍卻遭到了重大挫敗。趙率教急馳西援，到達三屯營時，總兵朱國彥竟緊閉城門，不讓他部隊進城。趙率教無奈，只得領兵向西迎敵，在遵化城外大戰，疲兵被清軍阿濟格所部的左路軍包圍殲滅，趙率教中箭陣亡。遵化陷落，巡撫王元雅自殺。

清軍越三河，略順義，至通州，渡河，進軍牧馬廠，兵勢如風，攻向北京。大同總兵滿桂、宣府總兵侯世祿中途堵截，都被擊潰。滿、侯兩部兵馬退保北京。

袁崇煥得到趙率教陣亡、遵化陷落的消息，既傷心愛將之死，又知局面嚴重，於是兩日兩夜急行軍三百餘里，比清軍早到了二天，駐軍於北京廣渠門外。

袁崇煥一到，崇禎立即召見，大加慰勞，要他奏明對付清兵的方略，賜御饌和貂裘。同時召見的還有滿桂。他解去衣服，將全身累累傷疤給皇帝看，崇禎大爲讚嘆。袁崇煥以士馬疲勞，要求入城休息。但崇禎心中頗有疑忌，不許他部隊入城。袁崇煥要求屯兵外城，崇禎也不准，一定要他們在城外野戰。對強大而唯一的援軍不加支持，反而處處疑忌爲難，不給部隊以休息機會，崇禎採取的是自殺政策。

清兵東攻，一路上勢如破竹，在高密店偵知袁軍已到，大驚失色，萬萬想不到袁崇煥會來得這樣快。

二十日，兩軍在廣渠門外大戰。袁崇煥這時候不能再輕袍緩帶、談笑用兵了，他穿了甲冑，親自上陣督戰。從上午八時打到下午四時，惡鬥八小時，勝負不決。

滿桂率兵五千守德勝門。當時北京軍民在城頭觀戰，但見清兵衝突而西，從城上望下來，如黑雲萬朵，挾迅風而馳，須臾已過。一場激戰，滿桂受傷，血染征袍，五千兵只賸下了三千人。清兵威猛如此，北京人自然看得心驚膽裂。北京城頭守軍放大砲支援滿桂，但砲術奇差，砲彈打入滿桂軍中，殺傷了不少士卒。

主戰場是在廣渠門。清兵是八旗兵中的精銳，領軍的是莽古爾泰、多爾袞、阿巴泰、多鐸、豪格，清軍最厲害的大將都在這一翼，除鑲藍旗、鑲白旗、正白旗三旗精兵外，還有二千蒙古兵。袁崇煥、祖大壽率部和清兵打到傍晚（幸好城頭守軍沒有放砲支援袁軍），清兵終於不支敗退，退了十餘里。袁軍直追殺到運河邊上。這場血戰，清軍勁旅

阿巴泰、阿濟格、思格爾三部都被擊潰。袁崇煥也中箭受傷。❼

這一役之後，清兵衆貝勒開會檢討。皇太極的七哥阿巴泰按軍律要削爵。皇太極說：「阿巴泰在戰陣和他兩個兒子相失，爲了救兒子，才沒有按照預定的計劃作戰，然而並不是膽怯。我怎麼可以定我親哥哥的罪？」便寬宥了他。❽可見這一仗清軍敗得很狼狽。

皇太極與諸貝勒都說：「十五年來，從未遇到過袁崇煥這樣的勁敵。」於是不敢再逼近北京，駐兵在海子、采囿之間。

袁崇煥來援北京時，因十萬火急，只帶了馬軍五千作先頭部隊，其後又到了騎兵四千，廣渠門這場大戰，是以九千兵當十餘萬大軍，其實是勝得十分僥倖的。當時一來袁軍一鼓作氣，奮勇抗敵，二來清軍突然遇到袁軍，心中先已怯了，鬥志不堅。

袁崇煥知道這一仗僥倖獲勝，在軍事上並不可取，尤其在京城外打仗，更不能貪圖僥倖。他對部屬說：「按照兵法，僥倖得勝，比打敗仗還要不好。」因爲碰運氣而打勝，也可因運氣不好而敗，一敗就不可收拾。但如謀定而後戰，事先籌劃好第二個步驟，即使敗了一仗，也無大患。可是崇禎見清兵沒有遠退，不斷的催促袁崇煥出戰。袁崇煥說，估計關寧步兵全軍於十二月初三、初四可到。一等大軍到達，就可和清兵決戰。

這時清軍中的大將見到袁崇煥兵少，主張立刻攻城。皇太極終是忌憚袁崇煥，不肯攻城，推託說是怕損失良將。

其實即使在袁崇煥步軍大隊開到之後，還是不應和清兵決戰。明軍的戰鬥力遠不如清兵，雙方人數如約略相等，明軍勝少敗多。在京城外決戰，在明方是太過冒險，萬一（其實不是萬一，而是極有可能）袁軍潰敗，甚至全軍覆沒，北京立刻失陷，崇禎就得提前十五年上吊了。決不能拿京師和皇帝來孤注一擲，作爲賭注。但多過得一天，明軍從四面八方趕來的勤王之師便多到一批。任何平庸的將才也看得到：應當大軍在城外堅守不戰，派遊軍去截斷清兵的糧道，焚燒清兵糧草，再派兵去佔領長城各處要隘，使清兵完全沒有退路，然後與清兵持久對抗。簡單說來，就是「堅壁清野」。

在任何地方打仗，都須設法立於不敗之地。在京城抗敵，更是絕對要立於不敗之地。除非先將皇帝與統帥部先行撤出京城。

時間一久，清軍身在險地，軍心必然動搖，困在北京郊外，進是進不得，退又退不了，變成了甕中之鼈。這時袁崇煥兵權統一，只待援軍雲集，就可對清軍四面重重圍困。兩軍交戰，勝敗之分全在乎一股氣勢。明軍戰鬥力雖然不行，但眼見必勝，兵將都想立功，自然不會一觸即潰。三個月、四個月的打下來，清軍非覆沒不可。

在這其間，明軍應當再派兵進攻遼陽、瀋陽。清兵傾巢而出，本部全然空虛。明軍要攻佔遼瀋決非難事。取得遼瀋後，將一些清軍的家屬送去清軍營中，淸兵那裏還有鬥志？

事實上當然不能這樣順利。皇太極和衆貝勒善於用兵，立刻就會全軍急退，衝出長城，如果退得早，退得快，明軍尙未合圍，相信袁崇煥攔他們不住。但西路沿途追擊，東路另出大軍去攻遼瀋而作牽制，淸兵大軍雖能退回本部，卻非輸得一敗塗地不可。

皇太極這次偷襲實在十分冒險。孫子兵法的重要原則是：設法引敵人進入於我有利的陣地；讓敵人辛辛苦苦的遠道來攻，我以逸待勞；敵人初來時兵勢鋒銳，應當持重不戰，待得敵人困頓怠懈而想退兵之時，便乘機進擊。❾這些求之不得的各種良機，突然之間全部出現了。袁崇煥熟讀孫子兵法，以他的大才，當然能善於利用，就算不能一舉而滅了滿淸，至少也可以令淸兵十餘年不敢再來進犯。

二次世界大戰時德軍猛攻斯大林格勒。蘇軍一面扼守堅城，一面另遣大軍抄德軍後路，終於聚殲德軍三十三萬人。經此役後，德軍就此一蹶不振。蘇軍元帥朱可夫的戰略，基本原則也不過是「守堅城，抄後路，聚殲之」九字而已。

然而崇禎是個十分急躁、毫無韌力的青年，那時還沒滿十九歲，一見袁崇煥按兵不動，登時便不耐煩起來，不住的催他出戰。袁崇煥一再說，要等步兵全軍到達才可進攻，現在只有九千騎兵，和敵兵十餘萬決戰，全無勝算。料想崇禎就懷疑起來了：「你不肯出戰，到底是甚麼居心？想篡位麼？想脅迫我答應議和麼？你從前不斷和皇太極書信往來，到底有甚麼密謀？你爲甚麼一早就料到金兵要從西路來攻北京？」他的性格本來就十分多疑，敵軍兵臨城下，又驚又怕之際，想像力定然十分豐富。

這時又有尤世威一路援兵到達，另有侯世祿部一軍，兩路部隊人數不多，戰鬥力也不強，如派去和清兵交鋒，一戰即潰，反而沮亂全軍軍心，影響京師城防。袁崇煥派尤世威部去守昌平，那是明成祖以來歷代皇帝的陵寢所在，如果給清兵攻佔，掘了皇帝祖宗的墳墓，此事非同小可。他派侯世祿部去守三河，以作薊州的後應，目的是牽制清軍，乘機可截斷清兵歸路。北京的衛戍部隊本來有所謂「京營」，在明太祖時是全國諸軍之冠，精銳之極，可是這時久未訓練，早已無用，❿所以袁崇煥派滿桂和自己所帶的九千騎兵守北京。

崇禎見他並不將所有援兵都調來守北京，更加憂慮重重。總之，他見清兵來攻，已嚇得魂飛魄散，只盼望所有援兵的一兵一卒，都在北京城外保衛他皇上萬歲一個人。他完全不明白打仗的道理。一支部隊如果派出去攻擊敵軍後路，所發生的作用，通常比守在北京城外要大得多。

清兵於十一月廿七日退到南海子，潰敗之後，心中不忿，便在北京郊外大舉燒殺出氣。北京城裏居民的心理和皇帝是一樣的，顧到的只是自己身家性命，大家聽信了謠言，說袁崇煥不肯出戰，別有用心。許多人說清兵是他引來的，目的在「脅和」，使皇帝不得不接受他一向所主張的和議。於是有人在城頭向城下的袁部騎兵拋擲石頭，罵他們是「漢奸兵」。石頭砸死了幾名兵士。

這種盲目的羣衆心理，實在是很可怕的，近代的羣衆心理學書籍中常有提到。第一次寧遠大戰，清兵猛攻，眼見城破在即，百姓就大罵袁崇煥害人，清兵退後，便即大哭拜謝。據動物學家的調查報告，合羣的動物（如老鼠）在遇到危難時，往往會撕殺同類，或許是出於同一心理。

就在這時候，清兵捉到了兩名明宮派在城外負責養馬的太監，一個叫楊春，一個叫王成德。皇太極心生一計，派了副將高鴻中、參將鮑承先、寧完我、巴克什、達海等人監守。俘虜了兩名小小太監，何必要派五名將領來監守？其中當然有計。高、鮑、寧三人是投降滿清的漢人。到得晚上，鮑承先與寧完我二人依照皇太極所授的密計，大聲「耳語」，互相說道：「這次撤兵，並不是我們打了敗仗，那是皇上的妙計。你不見到麼？皇上單獨騎了馬逼近敵人，敵人軍中有兩名軍官過來，參見皇上，商量了好久，那兩名軍官就回去了。皇上和袁督師已有密約，大事不久就可成功。」

這兩名太監睡在旁邊，將兩人的話都聽得清清楚楚。十一月三十日，皇太極命守者假意疏忽，讓楊春逃回北京。楊春將聽到的話一五一十的稟報了崇禎。⓫

第二天，十二月初一，崇禎召袁崇煥和祖大壽進宮，見面後不問軍情，卻責問袁崇煥爲何擅殺毛文龍，問不了幾句，就喝令將袁崇煥逮捕，囚入御牢。其實在六月十六日的聖旨中，崇禎早已說毛文龍罪大，殺他「殺得好！」「不必引罪。」此時卻忽然「秋後算帳」，眞是莫名其妙。

祖大壽眼見之下，嚇得手足無措，出北京城後等了三天，見袁崇煥始終沒有獲釋。崇禎派太監向城外袁部宣讀聖旨，說袁崇煥謀叛，只罪一人，與衆將士無涉。衆兵將在城下大哭。祖大壽與何可綱驚怒交集，立即帶了部隊回錦州去了。⓬正在兼程南下赴援的袁部主力部隊，在途中得悉主帥無罪被捕，北京城中皇帝和百姓都說他們是「漢奸兵」，當然也就掉頭而回。

中國歷史上甚麼千奇百怪的事都有，但敵軍兵臨城下而將城防總司令下獄，卻是第一次發生。

崇禎見祖大壽帶領精兵走了，不理北京的防務，這一下可急起來了，忙派了內閣全體大學士與九卿到獄中，要袁崇煥寫信招祖大壽回來。袁崇煥心中不服，不肯寫，說道：「皇上如有詔書，要我寫信，我當然奉旨。再說，我本來是督師，祖大壽聽我命令。現今我是監獄裏的犯人，就算寫了信，祖大壽也不會重視。」但崇禎不肯低頭，不肯正式下旨命他寫信，只是不斷派太監出來催促。後來兵部職方司郎中余大成勸袁崇煥說：「你的忠心和大功，天下皆知。君要臣死，不得不死，終須以國家爲重。」袁崇煥想到了「以國家爲重」五字，於是克制了自己的倔強脾氣，寫了一封極誠懇的信，要祖大壽回兵防守北京。

這時候祖大壽已衝出山海關北去，崇禎派人飛騎追去送信。追到軍前，祖大壽軍中喝令放箭，這時袁部將士怒不可遏，已把崇禎當敵人了。送信的人大叫：「我奉袁督師之命，送信來給祖總兵，不是朝廷的追兵。」祖大壽騎在馬上，等他過來。使者遞過信去。祖大壽讀了信後，下馬捧信大哭，一軍都大哭。祖大壽對母親很孝順，他母親又很勇敢，兒子行軍打仗，八十多歲的老太太常常跟著部隊。這時她勸兒子說：「本來以爲督師已經死了，咱們才反出關來，謝天謝地，原來督師並沒有死。你打幾個勝仗，再去求皇上赦免督師，皇上就會答允。現今這樣反了出去，只有加重督師的罪名。」

祖大壽覺得母親的話很對，當即回師入關，和清兵接戰，收復了永平、遵化一帶。也即是切斷了清兵的兩條重要退路。⓭

祖大壽的母親，這位八十多歲老太太很勇敢，有傳統的忠心，說得好，她是忠勇兼全，但失於「以君子之心度小人之腹」，說得不好，是老胡塗了，以婦人之見，誤了大事，只求兒子不失忠孝之名，卻未考慮到袁崇煥的安危和國家大事。在當時處境下，崇禎唯一害怕的是清兵攻入北京，唯一可以依賴的只有關遼部隊。祖大壽接到信後，對母親的話必須當作耳邊風，回奏皇帝：

「啓奏皇上：臣所統帶兵將得知督師袁崇煥入獄未釋，聽臣宣讀督師信函後，均言以督師此時處境，只須一獄吏以拷打、火烙等酷刑，即可迫使督師書寫此信，衆人不信此爲督師眞意，決不奉命。若督師親臨軍中指揮，則不僅臣所率數萬兵馬立即回師，而督師屬下未曾南下之數萬大軍，亦即星夜趕來京師，共報皇恩，出死力保社稷於萬全，爲皇上粉身碎骨。否則衆軍心寒，旦夕間一鬨而散，關遼錦寧京津宣遵，防守俱潰，臣祖大壽縱自刎軍前，以死報君，亦無濟於事矣，至袁崇煥罪行輕重，儘可於退敵之後再行查究，請聖意卓裁」云云。

以此要挾，或有可能迫使崇禎及衆大臣釋放袁崇煥，由他率兵抗敵。崇禎及朝中衆大臣是卑鄙而膽怯之小人，便須以對付小人之道對付之。等到敵兵既去，威脅解除，只有眞正君子才會感恩而釋放袁崇煥。但須知崇禎決非君子！

乘對方心有所懼、有求於我之時提出條件，對方迫於形勢才有可能接受。好比綁架了對方親人，對方怕撕票，就有可能付贖金；好比騎劫飛機，當局怕殺害人質、炸毀飛機，才有可能接受劫機者的要求。祖老太太的主張，等於是綁架者先放歸綁架之人，再請求對方看在我們善待你親人的份上，如數支付贖金；又如劫機者先盡釋機上人質，再離開飛機，然後要求當局看在劫機者並未殺害人質、並未炸毀飛機的份上，答允各種條件。祖老太太固然蠢，祖大壽也同樣蠢，無怪他後來不降又降，舉棋不定，優柔寡斷。

如果這時崇禎立刻悔悟，放袁崇煥出來重行帶兵，仍然大有擊破淸兵的機會。但崇禎只是一味急躁求戰，下旨分設文武兩經略。這又是事權不統一的大錯誤，大概他以爲文武分權，總不能兩個經略一起造反。文經略是兵部尚書梁廷棟，武經略是滿桂。

淸兵於十二月初一攻克良鄉，得到袁崇煥下獄的消息，皇太極大喜，立即自良鄉回軍，至蘆溝橋，擊破明副總兵申甫的車營，迫近北京永定門。

申甫的所謂「車營」，是崇禎在惶急中所做的許多可笑事情之一。申甫本來是個和尚，異想天開的「發明」了許多新式武器，包括獨輪火車、獸車、木製西式槍砲等等，自吹效力宏大。崇禎信以爲眞，立即升他爲副總兵，發錢給他在北京城裏招募了數千名市井流氓，成立新式武器的戰車部隊。大學士成基命去檢閱新軍，認爲決不可用，崇禎不聽。皇太極回師攻來時，這個戰車部隊出城交鋒，一觸即潰，木製大砲自行爆炸，和尚發明家陣亡。

滿桂身經百戰，深知應當持重，不可冒險求戰，但皇帝催得急迫之至，若不出戰，勢必與袁崇煥一樣，無可奈何之下，只得與總兵孫祖壽、麻登雲、黑雲龍等集騎兵、步兵四萬列陣。皇太極令部屬冒穿明兵服裝，拿了明軍旗幟，黎明時分突然攻近。明軍不分友敵，登時大亂，滿桂、孫祖壽都戰死，黑雲龍、麻登雲被擒。京師大震。

這時祖大壽、何可綱等得到袁崇煥獄中手書，又還兵來救。皇太極對袁部終是忌憚，感到後路所受到的威脅嚴重，於是並不進攻北京，寫了兩封議和的信，放在安定門和德勝門城門口，取道冷口而還遼東。

皇太極匆忙退兵時，給明朝另一名將孫承宗抄後路，克復了清軍退路上的永平、遷安、灤州、遵化四城，馬世龍、祖大壽等率兵攻來，淸四大貝勒之一的阿敏兵敗。皇太極既驚且怒，乘機追究阿敏的敗陣，革了他的貝勒頭銜，監禁至死，除了一個重要政敵。皇太極覺得崇禎既殺袁崇煥，又有了議和的機會，於是致書崇禎：

「邇者師旅頻興，互相誅戮，生民罹禍實甚。上天好生之德，我兩國當共體之。即我兩國之主，以戰爭之故，不遑暇逸，亦非所以自安也。言念及此，欲盟諸天地，共結和好，永息干戈，使一國子孫臣庶，奕世獲享太平。不然，戰爭何時止息？兩國何由得臻治安耶？故遣使致書議和，惟熟計而明示之。」

又致錦州的守軍統帥：

「……今我兩國之事，惟和與戰，別無他計。和則爾國速受其福，戰則爾國被禍，何時可已？爾錦州官員，其傳語衆官，共相商榷，啓迪爾主，急定和議可也。」

清軍攻至北京城下，無功而返，皇太極知道這次全軍而退，實在僥倖，久戰不利，又謀議和，崇禎仍是一貫的傲慢自大，置之不理。

當清兵圍城時，崇禎的張皇失措，不單表現在將袁崇煥下獄一事上，此外倒霉的大臣還有不少。他認爲兵部尚書王洽處置不善，下獄。王洽相貌堂堂，魁梧威猛，當時是很出名的。崇禎用他做兵部尚書，就是看中了他的相貌，說他像個「門神」，以爲門神負責守門，一定安全。當時北京人私下說，貼在大門上的門神一年一換，這個王門神的兵部尚書一定做不長久。果然不到過年，門神就除下來了。圍城時一切混亂，監獄中的囚犯乘機大舉越獄，於是刑部尚書和侍郎下獄。崇禎又「發覺」北京的城牆不大堅固，似乎擋不住清兵猛攻，其實，那時城牆就算堅固之極，他也會覺得還不夠堅固，於是將工部尚書和工部幾名郎中一起在朝廷上各打八十棍再下獄。三個郎中兩個年老、一個體弱，都在殿上當場活活打死了。至於那個薊遼總督劉策，他負責的長城防線爲清兵攻破，崇禎將他處死，更不在話下。

當時各地來北京勤王的部隊著實不少，本來由袁崇煥統一指揮，大可發揮威力。袁崇煥一下獄，各路兵馬軍心大亂，再加上欠餉和指揮混亂，山西和陝西的兩路援軍都潰散回鄉，成爲「流寇」的骨幹。「流寇」本來都是饑民，只會搶糧，沒受過打仗的訓練，這些潰軍官兵一加入，有了軍事上的領導，情形完全不同了。「流寇」眞正成爲明朝的威脅，就從那時開始。

❶《明清史料》甲編，崇禎二年五月，袁崇煥奏：「今各邊兵餉，歷過未給二百餘萬。凡請餉之疏，俱未蒙溫諭，而索餉兵譁，則重處任事之臣。一番兵譁，一番發給，一番逮治。譁則得餉，不譁則不得餉。去年之寧遠，今年之遵化，謂譁不由餉乎？近各鎮多以譁矣。譁不勝譁，誅不勝誅，外防虜訌，內防兵潰。如秦之大盜，譁兵爲倡，可鑒也。」

❷黃宗羲《明夷待訪錄．建都》：「北都之亡忽焉，其故何也？曰：亡之道不一，而建都失算，所以不可救也……有明都燕不過二百年，而英宗狩於土木，武宗困於陽和，景泰初京城受圍，嘉靖二十八年受圍，四十三年邊人闌入。崇禎間京城歲歲戒嚴，上下精神斃於寇至，日以失天下爲事，而禮樂政教猶足觀乎？」

C. P. Fitzgerald: *China, A Short Cultural History*（中國文化簡史）：「首都的地位，是明朝主要的弱點之一，是它覆亡的主要原因。」該書對明朝建都北京的不利有詳細分析，見pp. 463-464。

❸Arnold Toynbee: *A Study of History*（歷史研究）的引論中說：「一個比較文明的社會與一個比較落後的社會之間的疆界，如果不再推移，疆界不會就此平衡穩定，時間過去，發展會傾向於對比較落後的社會有利。」

❹ Bertrand Russell: *The Problem of China*（中國問題）：「中華帝國所以能夠一直持續到今日，並非由於任何軍事技術；相反的，以它的疆域和資源來說，在大多數時間中，它在戰爭中的表現都是衰弱無能的。」

❺ 皇太極在回軍的諭示中說，此行是「渡陳倉、陰平之道，（定）破釜沉舟之計。」

❻《崇禎長編》，十一月十五日兵部有疏云：「畿東州縣，風鶴相驚，人無固志。自督師提兵入援，分派駐防，遂屹然無恙。」得旨：「諭兵部：袁崇煥入關赴援，駐師豐潤，與薊軍東西犄角，朕甚嘉慰。即傳諭崇煥，多方籌劃，計出萬全，速建奇功，以膺懋賞。」又諭：「各路援兵，全聽督師袁崇煥調度。」崇禎這道上諭中，「計出萬全」與「速建奇功」兩件事根本是大大矛盾的。

❼ 朝鮮對明清戰事密切注意，所以朝鮮方面的記載也很有參考價值。據朝鮮《仁祖實錄》卷廿二：「（袁）軍門領諸將及一萬四千兵……由間路馳進北京，與賊對陣於皇城齊化門。賊直到沙窩門。袁軍門、祖總兵等，自午至酉，鏖戰十數合，至於中箭，幸而得捷，賊退兵三十里。賊之得不攻陷京城者，蓋因兩將力戰之功也。」

❽《清史稿．阿巴泰傳》。

❾《孫子》：「故善戰者，致人而不致於人。」「以近待遠，以佚待勞。」「故善用兵者，避其銳氣，擊其惰歸。」

⑩《崇禎長編》二年十一月十七日，兵科給事中陶崇道疏言：「昨工部尚書張鳳翔親至城頭，與臣同閱火器，見城樓所積者，有其具而不知其名，有其名而不知其用，詢之將領，皆各茫然，問之士卒，百無一識。有其器而不能用，與無器同；無其器以乘城，與無城同。臣等能不爲之心寒乎？」明軍守城，主要是靠火器，守城將士連火器都不會使用，由放大砲反而殺傷滿桂部隊可知。如果沒有袁崇煥來援，北京非給清兵攻陷不可。

⑪據王先謙《東華錄》天聰三年所載。又據《崇禎長編》二年十二月甲子：「大清兵駐南海子，提督大壩馬房太監楊春、王成德爲大清兵所獲，口稱：『我是萬歲爺養馬的官兒。』大清兵將春等帶至德勝門鮑姓等人看守。」關於設反間計一事，據《東華錄》載，此計出於皇太極，副將高鴻中、參將鮑承先、寧完我承皇太極的密計，與所俘太監假意密語，故意讓楊太監聽到。但據黃宗羲爲錢龍錫所寫的墓碑銘〈大學士機山錢公神道碑銘〉中，說此反間計是范文程所獻策，而爲皇太極所採。又，張宸《范文程傳》中有一句說：「章京范文程亦進密策，令縱反間去崇煥。」（《東莞縣志．袁崇煥傳》引用）據楊寶霖先生的考證：黃梨洲的學生萬斯同曾贊助王鴻緒修《明史》，所以萬斯同有機會見到清政府的機密檔案；《東莞縣志》的主修人陳伯陶在光緒年間曾爲史館總纂，所以能見到張宸所作的《范文程傳》。我在《碧血劍》中寫皇太極接見范文

程、鮑承先、寧完我，隱含此事。

⑫ 崇禎二年十二月甲戌，祖大壽疏言：「比因袁崇煥被拿，宣讀聖諭，三軍放聲大哭，臣用好言慰止，且令奮勇圖功以贖督師之罪，此捧旨內臣及城上人所共聞共見者，奈訛言日熾，兵心已傷。初三日，夜哨見海子外營火，發兵夜擊，本欲拚命一戰，期建奇功，以釋內外之疑，不料兵忽東奔……」祖大壽此疏當然有卸免自己責任的用意，但當時士卒憤慨萬分，自動東奔的情形也有極大可能。

⑬ 袁崇煥獄中寫信、祖大壽接信後回師等情狀見余大成《剖肝錄》。永平即今盧龍縣，當時爲府治。

十三

袁崇煥蒙冤下獄，朝中羣臣大都知他冤枉。內閣大學士周延儒和成基命、吏部尚書王來光都上疏解救。總兵祖大壽上書，願削職爲民，爲皇帝死戰盡力，以官階贈蔭請贖袁崇煥之「罪」。袁崇煥的部屬何之壁率同全家四十餘口，到宮外申請，願意全家入獄，代替袁崇煥出來。崇禎一概不准。

崇禎一定很清楚的知道，單憑楊太監從清軍那裏聽來的幾句話，就此判定袁崇煥有罪，那是不能令人信服的，何況這「羣英會蔣幹中計」的故事，人人皆知。皇帝而成了大白臉曹操，太也可羞。這時發生了一件奇怪的事：

御史曹永祚忽然捉到了奸細劉文瑞等七人，自稱奉袁崇煥之命通敵，送信去給清軍。這七名奸細交給錦衣衛押管。崇禎命諸大臣會審，不料到第二天辰刻，諸大臣會齊審訊，錦衣衛報稱：七名奸細都逃走了。衆大臣相顧愕然，心中自然雪亮，皇上決心要殺袁崇煥。錦衣衛是皇帝的御用警察，放走這七名「奸細」，自然是出於皇帝的密旨。猜想起來，那御史曹永祚本來想附和皇帝，安排了七名假奸細來誣陷袁崇煥，但不知如何，部署無法周密，預料衆大臣會審一定會露出馬腳。崇禎就吩咐錦衣衛將七名奸細放了，更可能是悄悄殺了滅口。

對於這件事，負責監察查核軍務的御史兵科給事中錢家修向皇帝指出了嚴重責疑。崇禎難以辯駁，只得敷衍他說，待將袁崇煥審問明白後，便即派去邊疆辦事立功，還準備升他的官。崇禎這個答覆，其實已等於承認袁崇煥無罪。❶

兵部職方司主管軍令、軍政，對軍務內情知道得最清楚。職方司郎中（司長）余大成極力爲袁崇煥辯白，與兵部尚書梁廷棟幾乎日日爲此事爭執。當時朝廷加在袁崇煥頭上的罪名有兩條，一是「叛逆」，二是「擅主和議」。所謂叛逆，惟一的證據是擅殺毛文龍，去敵所忌。袁崇煥擅殺毛文龍，手續上未必完全正確，可是毛死之後，崇禎明令公布毛文龍的罪狀，又公開嘉獎袁崇煥殺得對，殺得好，就算當眞殺錯，責任也是在皇帝了，已不能作爲袁崇煥的罪名。❷

嘉靖年間，曾有過一個類似的有名例子：在徐階的主持下，終於扳倒了大奸臣嚴嵩、嚴世蕃父子。他父子入獄後，嚴世蕃十分工於心計，在獄中設法放出空氣，說別的事情我都不怕，但如說我害死沈煉、楊繼盛，我父子就難逃一死。三法司聽到了，果然中計，便以此定爲他的主要罪名。徐階看了審案的定稿之後，說道：「這道奏章一上去，嚴公子就無罪釋放了。」三法司忙問原因。徐階解釋理由：殺沈楊二人，是嘉靖皇帝下的特旨，你們說沈楊二人殺錯了，那就是指責皇上的不是。皇上怎肯認錯？結果當然釋放嚴世蕃，以證明皇帝永遠正確。三法司這才恍然大悟，於是胡亂加了一個「私通倭寇」的罪名，就此殺了嚴世蕃。

但崇禎對於這樣性質相同的簡單推論，竟完全不顧。

至於「擅主和議」，也不過是進行和平試探而已，並非「擅締和約」。袁崇煥提出締和建議而給朝廷否決，崇禎如果認爲他「擅主和議」是過失，當時就應加以懲處，但反而加他太子太保的官銜，自二品官升爲從一品，又賜給他蟒袍、玉帶和銀幣。又升又賞，「擅主和議」這件事當然就不算罪行了。

這時關外的將吏士民不斷到總督孫承宗的衙門去號哭，爲袁崇煥呼冤，願以身代。孫承宗深信袁崇煥是無罪的，極力安撫祖大壽，勸他立功，同時上書崇禎，盼望以祖大壽之功來贖袁崇煥之「過」。崇禎不予理睬。

有一個沒有任何功名職位的布衣程本直，在這時候顯示了罕有的俠義精神。這樣的事，縱然在輕生重義的戰國時代，也足以轟傳天下。

程本直與袁崇煥素無淵源，曾三次求見都見不著，到後來終於見到了，他對袁欽佩已極，便投在袁部下辦事，拜袁爲老師。袁被捕後，程本直上書皇帝，列舉種種事實，爲袁崇煥辯白，請求釋放，讓他帶兵衛國。這道白冤疏寫得怨氣沖天，最後申請爲袁崇煥而死。❸崇禎大怒，將他下獄，後來終於將他殺了，完成他的志願。

大學士韓爌是袁崇煥考中進士的主考官，是袁名義上的老師，因此而被迫辭職。御史羅萬爵申辯袁崇煥並非叛逆，因而削職下獄。御史毛羽健曾和袁崇煥詳細討論過五年平遼的可能性，因此而罷官充軍。

當時朝臣之中，大約七成同情袁崇煥，其餘三成則附和皇帝的意思，其中主張殺袁崇煥最力的是首輔溫體仁和兵部尚書梁廷棟。

溫體仁是浙江烏程（湖州）人，在《明史》中列於「奸臣傳」。他和毛文龍是大同鄉，一心要爲毛報仇。梁廷棟和袁崇煥是同年，同是萬曆四十七年的進士，又曾在遼東共事。當時袁崇煥是他上司，得罪過他。他心中記恨，既想報仇，又妒忌同年袁崇煥升官太快，又要討好皇帝。

崇禎身邊掌權的太監，大都在北京城郊有莊園店鋪私產，淸兵攻到，焚燒劫掠，衆太監損失很大，大家都說袁崇煥引敵兵進來。毛文龍在皮島當東江鎭總兵之時，每年餉金數十萬，其中一大部份根本不運出北京，便在京城中分給了皇帝身邊的用事太監和當朝有權官員。毛文龍一死，衆太監與權臣這些大收入都斷絕了。

此外還有幾名御史高捷、袁弘勳、史䇲等人，也主張殺袁崇煥，他們卻另有私心。當袁崇煥下獄之時，首輔是錢龍錫，他雖曾批評袁崇煥相貌不佳，但一向對袁很支持。高捷等人在天啓朝附和魏忠賢。懲辦魏忠賢一夥奸黨的案子叫做「逆案」，高捷、史䇲等案中有名，只不過罪名不重，還是有官做。錢龍錫是辦理「逆案」的主要人物之一。高捷一夥想把袁崇煥這案子搞成一個「新逆案」，把錢龍錫攀進在內。因爲袁崇煥曾與錢龍錫商量過殺毛文龍的事，錢並不反對，只勸他愼重處理。「新逆案」一成，把許多大官誣攀在內，老逆案的臭氣就可沖淡了。結果新逆案沒有搞成，但錢龍錫也丟官下獄，定了死罪，後來減爲充軍。

滿桂部隊最初敗退到北京時，軍紀不佳，在城外擾民（因爲城頭開砲，不知是故意還是技術不佳，打死了不少滿桂的官兵），北京百姓不分青紅皀白，把罪名都加在袁崇煥頭上。

個人的私怨、妒忌、黨派衝突、謠言，織成了一張誣陷的羅網，最令人感到痛心的，是袁崇煥親信謝尙政的叛賣。謝尙政是廣東東莞人，武舉，袁崇煥第一次到山海關、第一次上奏章就保薦他，說是自己平生所結的「死士」，可見是袁崇煥年輕時就結交的好朋友。他在袁的提拔下升到參將。袁殺毛文龍，就是這個謝參將帶兵把毛部士卒隔在圍外。兵部尙書梁廷棟總覺要殺袁沒甚麼充分理由，便授意謝尙政誣告，答允他構成袁的罪名之後可以升他爲福建總兵。謝尙政利欲熏心，居然就出頭誣告這個平生待他恩義最深的主帥。

以袁崇煥知人之明，畢竟還是看錯了謝尙政。要了解一個人，那是多麼的困難！袁崇煥對崇禎的胡塗與奸臣的誣陷，或許並不痛恨，因爲崇禎與衆奸臣本來就是那樣的人，但對於謝尙政的忘恩負義，一定是耿耿於懷吧？或許，他也曾想到了，就算是岳飛，也曾給部下大將王貴所誣告，因而構成了風波亭之獄。只是王貴誣告，是由於秦檜、張俊的威迫，謝尙政卻是受了利誘，比較起來，謝尙政又卑鄙些。可是謝尙政枉作小人，他的總兵夢並沒有做成，不久梁廷棟以貪污罪垮台，查出謝尙政是賄賂者之一，送了紋銀二千兩，謝也因此革職。

袁崇煥的罪名終於確定了，是說不淸楚的所謂「謀叛」。崇禎始終沒有叫楊太監出來作證。擅殺毛文龍和擅主和議兩件事理由太不充分，崇禎無論如何難以自圓其說，終於也不提了。本來定的處刑是「夷三族」，要將袁崇煥全家、母親的全家、妻子的全家都滿門抄斬。余大成去威嚇主理這個案子的兵部尙書梁廷棟：「袁崇煥並非眞的有罪，只不過淸兵圍城，皇上震怒。我在兵部做郎中，已換了六位尙書，親眼見到沒一個尙書有好下場。你做兵部尙書，怎能保得定今後淸兵不再來犯？今日誅滅袁崇煥三族，造成了先例，淸兵下次再來，梁尙書，你顧一下自己的三族罷。」

梁廷棟給這番話嚇怕了，於是和溫體仁商議設法減輕處刑，改爲袁崇煥淩遲，七十幾歲的母親、弟弟、妻子，幾歲的小女兒充軍三千里。母家、妻家的人就不牽累了。正史上說袁崇煥無子孫，袁氏家譜記載說袁有三個兒子。「膚公雅奏圖」繪袁乘船北上，有婦女二人、兒童一人相送，或爲其妻妾及子。有說袁妻在袁死後投江自殺，袁鈺有弔袁督師詩十六首，其中云：「弱弟問天天已醉，寡妻赴水水無聲。」❹

「淩遲」規定要割一千刀，要到第一千刀上纔能將人殺死，否則劊子手有罪，那就是所謂「千刀萬剮」。所以罵人「殺千刀」是最惡毒的咒罵。

崇禎三年八月十六日，中秋剛過，袁崇煥被綁上刑場，劊子手還沒有動手，北京的衆百姓就撲上去搶著咬他的肉，直咬到了內臟。劊子手依照規定，一刀刀的將他身上肌肉割下來。衆百姓圍在旁邊，紛紛叫罵，出錢買他的肉，一錢銀子只能買到一片，買到

後咬一口，罵一聲：「漢奸！」❺

因爲北京城的百姓認定，去年清兵圍城是他故意引來的。很難說這樣的謠言從何而來，是痛恨袁崇煥的大臣與太監們散播出去的？還是一般羣衆天生的喜歡聽信謠言？又或許，受到了重大驚恐和損失的北京百姓需要一個發洩的對象？

從長遠來說，人民的眼睛確是雪亮的，然而當他們受到欺蒙之時，盲目而衝動的羣衆，可以和暴君一樣的胡塗，一樣的殘酷。但隔得遠了一些，自己的生命財產並不受到直接的影響時，人們就可以冷靜地思考了，所以除了北京城裏一批受了欺騙的百姓，天下都知道袁崇煥是冤枉的，連朝鮮的君臣百姓也知道他的冤枉，爲他的被害感到不平。❻

袁崇煥死後，骸骨棄在地下，無人敢去收葬。他有一個姓佘的僕人，廣東順德馬江人，半夜裏去偷了骸骨，收葬在廣渠門內的廣東義園。隔一道城牆，廣渠門外的一片廣場之上、城壕之中，便是九個半月之前袁崇煥率領將士大呼酣戰的地方。他拚了性命擊退來犯的十倍敵軍，保衛了皇帝和北京城中百姓的性命。皇帝和北京城的百姓則將他割成了碎塊。

那姓佘的義僕終身守墓不去，死後就葬在袁墓之旁。令人驚佩的是，佘君的子孫世世代代都在袁崇煥墓旁看守。直到民國五年，看守袁墓的仍是佘君的子孫，他們說是爲了遵守祖宗的遺訓。❼直到公元二〇〇一年，北京袁崇煥墓的看守者仍是佘君的子孫，不過已不是男丁，而是女性。

北京袁崇煥墓一直由佘姓後人看守，至今已歷十七代，共三百七十二年，經歷了明、清、北洋軍閥、民國、日本軍佔領、民國、新中國幾個不同政權，但佘家始終忠心耿耿，子子孫孫，守墓不去。袁墓現在是在崇文門區東花市斜街北京市第五十九中學之內。現在爲了迎接二〇〇八年奧運會，崇文區政府要刷新市容，決定「復建袁墓，拆遷袁祠」，通知居住在袁祠中守墓的佘家後人搬遷。佘家守墓人目前是六十三歲的佘幼芝女士以及他丈夫焦立江先生、兒子焦平。佘幼芝夫婦當去年香港「致群劇社」演出話劇「袁崇煥之死」時曾來香港，曾約我會晤。我很願相見，對他們長期堅持的忠義表示敬意，但我那時在杭州浙江大學教書，沒有見到，很感遺憾。「袁崇煥之死」的編劇是白耀燦先生，劇本編得很好，導演與各位演員都很盡職，聽說演出成功，座無虛席，觀衆感動而歡迎。今年三月重演，可惜我仍因不在香港，未得欣賞。

在現在委靡不振的時代中，居然還能見到十七代守墓三百七十二年的忠義人物，委實使人人心振奮，對佘家不由得大起敬仰之心。最近北京中央電視台舉行「感動中國」二〇〇二年度人物評選，我特別推選佘幼芝夫婦，表揚中國社會中重視是非與正義的人格力量，並在全國性的廣播中作了宣揚。據說看了這話劇的觀衆中，有人說這種行動是

「愚忠」。香港竟然有這樣心態之人，不能欣賞崇高的品格，反說是「愚忠」云云，這種人的心理狀態處於甚麼水準，也就可想而知。這種人一定說我這篇文字無聊，那很好，如果他們讚賞，我反而覺得難堪了。大概這種人會認爲謝尙政「識事務」，是「明智」。這種人決不欣賞武俠小說，因爲他們的性格「拒絕俠義」，只接納「對我有甚麼好處？」文革培養了大量這種人才，而這種人才之衆多也使文革成爲可能。這種人未必是文革培養出來的，那麼是殖民地教育造成的。

程本直、佘僕的行爲表現了人性中高貴的一面。謝尙政的行爲表現了人性中卑劣的一面。袁崇煥的死法，卻又顯示了羣衆在受到宣傳的愚弄、失卻了理性之後，會變得如何狂暴可怖。袁崇煥是一團火一樣的人，在他周圍，燃燒的是高貴的火燄、邪惡的火燄、狂暴的火燄。這些火燄就像他本人靈魂中的火燄那樣，都是猛烈地閃亮的。

袁崇煥死後，舊部祖大壽、何可綱率軍駐守錦州、寧遠、大凌河要塞，清軍始終不能越雷池一步。崇禎四年八月，皇太極以傾國之師，在大凌河將祖大壽緊緊包圍，十月間祖大壽不支投降。副將何可綱不降，被殺。祖大壽騙皇太極說可爲滿淸去取錦州，但一到錦州，立即就守城，此後皇太極派大將幾次進攻都打不下來。皇太極兩次御駕親征，攻錦州、攻寧遠，都無功而退。直到崇禎十四年三月，清兵大軍再圍錦州，整整圍攻一年，到第二年三月，先擊潰了洪承疇十四萬大軍，祖大壽糧盡援絕，又再投降。祖大壽到順治十三年才死，始終不曾為滿清打過一仗，大概是學了《三國演義》中「身在曹營心在漢」的宗旨，滿清也沒有封他甚麼官。比之滿桂、趙率教、何可綱、孫祖壽等人陣亡捐軀，祖大壽有所不如，但比之其餘的降清大將卻又遠勝了。

吳三桂是祖大壽的外甥。吳的父親吳襄曾做寧遠總兵，和祖大壽是關遼軍中同袍，都是袁崇煥的部屬。當明清之際，漢人的統兵大將十之七八是關遼一系的部隊。吳三桂、孔有德、耿仲明、尚可喜、左良玉、曹文詔、曹變蛟、黃得功、劉澤清等都是。這些人有的投降滿清，有的為明朝戰死，都是極有將才之人，麾下都是悍卒健士。袁崇煥若是不死而統率這一批精兵猛將，軍事局面當然完全不同了。吳三桂如是袁崇煥的部將，最多不過是「抱頭痛哭為紅顏」而已，根本沒有機會讓他「衝冠一怒」、為了陳圓圓而引清兵入關。

袁崇煥無罪被殺，對於明朝整個軍隊士氣打擊非常沉重。從那時開始，明朝才有整個部隊向滿清投降的事。更有人帶了西洋大砲過去，滿清開始自行鑄砲。遼東將士都說：「袁督師這樣忠勇，還不能免，我們在這裏又幹甚麼？」❽降清的將士寫信給明將，總是指責明朝昏君奸臣陷害忠良。❾

袁崇煥不是高瞻百世的哲人，不是精明能幹的政治家，甚至以嚴格的軍事觀點來看，他也不是韓信、岳飛、徐達那樣善於用兵的大軍事家。他行事操切，性格中有重大缺點，然而他憑著永不衰竭的熱誠，一往無前的豪情，激勵了所有的將士，將他的英雄氣概帶到了每一個部屬身上。他是一團熊熊烈火，把部屬身上的血都燒熱了，將一羣委靡不振的殘兵敗將，燒煉成了一支死戰不屈的精銳之師。他的知己程本直稱他是「痴心人」，是「潑膽漢」，全國惟一肯擔當責任的好漢。❿袁崇煥卻自稱是大明國裏的一個亡命徒。⓫亡命徒是沒有家庭幸福的，日日夜夜不得平安。官居一品，過的卻是亡命徒生涯，只因這十年之中，他生命之火在不斷的猛烈燃燒。

司馬遷在〈留侯世家〉中說，本來以爲張良的相貌一定魁梧奇偉，但見到他的圖形，容貌卻如美女一般。我們看到袁崇煥的遺像時，恐怕也會有這樣的感覺。圖像中的袁崇煥雖不怎樣俊美，但洵洵儒雅，很難想像這樣的一個人竟會如此剛強俠烈。

❶錢家修白冤疏：「嗟嗟！錦衣何地？奸細何人？竟袖手而七人竟走耶？抑七人俱有翼而能上飛耶？總欲殺一崇煥，故不惜互爲陷阱。」其中又說：「方天啓年間，諸陽失衛，山海孤寒。當此時誰能生死忘心，身家不顧？獨崇煥以八閩小吏，報效而東，履歷風霜，備嘗險阻，上無父母，下乏妻孥，夜靜胡笳，征人淚落。煥獨何心，亦堪此

哉？毋亦君父之難，有不得不然者耳。」崇禎批答：「批覽卿奏，具見忠愛。袁崇煥鞫問明白，即著前去邊塞立功，另議擢用。」

❷袁崇煥下獄後，毛文龍的朋友乘機要求爲毛翻案，請求賜謚撫卹。崇禎不准，說毛之死是「罪有應得」，不准以袁崇煥爲藉口而翻案。見程本直：〈漩聲〉。

❸程本直〈白冤疏〉中說：「總之，崇煥恃恩太過，任事太煩，而抱心太熱，平日任勞任怨，既所不辭，今日來謗來疑，宜其自取。獨念崇煥就執，將士驚惶，徹夜號啼，莫知所處，而城頭砲石，亂打多兵，罵詈之言，駭人聽聞，遂以萬餘精銳，一潰而散。」最後說：「臣於崇煥，門生也。生平意氣豪傑相許。崇煥冤死，義不獨生。伏乞皇上駢收臣於獄，俾與崇煥駢斬於市。崇煥爲封疆社稷臣，不失忠。臣爲義氣綱常士，不失義。臣與崇煥雖蒙冤地下，含笑有餘榮矣。」

❹朝廷抄袁崇煥的家，家裏窮得很，沒有絲毫多餘的財產。他在遼西的家屬充軍到浙江，後來改充軍到貴州，在廣東東莞的充軍到福建。《明史》說袁崇煥沒有子孫。近人葉恭綽則說：「袁後裔不知以何緣入黑龍江漢軍旗籍。」按民國《東莞縣志》卷九七：「袁督師無子，相傳下獄定罪後，其妾生一子，匿都城民間，大兵入關，爲滿洲某所得，隸籍於旗。」袁崇煥的冤獄，到清朝乾隆年間方才得以眞相大白。《明史》完成於乾隆四年七月，其中〈袁崇煥傳〉中，根據清方的檔案紀錄，直言皇太極如何

用反間計的經過。乾隆皇帝隔了幾十年，才讀到《明史》中關於袁崇煥的記載，對袁的遭遇很是同情，下旨查察袁崇煥有無子孫，結果查到只有旁系的遠房子孫，乾隆便封了他們一些小官，那已是乾隆四十八年的事了。到底有無袁承志其人，史無明文。或有其人而史籍隱之。《碧血劍》中故事，皆小說家言也。袁驥永家藏《袁氏家譜》：「……長伯崇煥，字元素，號自如……終於崇禎三年被奸臣朦斃，生三子……子思（私）走廣東東莞縣……」袁驥紹家藏《袁氏家譜》：「三世伯崇煥……榮拔於萬曆甲戌科，賜進士出身。後官至三邊總督，遼東等督師，太子太保……終於崇禎三年被奸臣斃命，生三子，被奸臣奏准，將袁氏抄家，三子思（私）走廣東東莞。」這家譜是崇煥二弟崇燦一系子孫所傳下來的。

❺見《明季北略》。

❻清人所修的《明史．袁崇煥傳》說：「遂磔崇煥於市……天下冤之。」朝鮮《仁祖實錄》八年二月丁丑載：朝鮮的使者朴蘭英到瀋陽，滿清的王公當著他面互相「耳語」，說袁經略果然和我們同心，只可惜事情敗露而被逮捕。這樣的國家機密，怎會當著外國使臣的面而互相耳語，故意讓他聽到？朴蘭英明白他們的用意，只不過想藉他而傳言到明朝去，以便儘快殺了袁崇煥，所以他在給朝鮮國王的奏章中說：「此必行間之言也。」直到一百年之後，朝鮮的君臣們在討論明朝覆亡的原因時，還說主要

原因是殺袁崇煥（見朝鮮《英宗實錄》六年十一月辛未，即雍正八年，公元一七三〇年。）

❼民國五年，東莞人張伯楨的兒子死了，張佩服袁崇煥，將兒子葬在袁墓的旁邊。當時看守袁墓的仍是佘氏子孫，叫做佘淇。張伯楨爲袁崇煥的義僕也立了碑。

❽楊士聰《五堂薈記》卷二：「袁既被執，遼東兵潰數多，皆言：『以督師之忠，尚不能自免，我輩在此何爲？』……封疆之事，自此不可問矣。」《明史·袁崇煥傳》：「自崇煥死，邊事益無人，明亡徵決矣。」

❾《明清史料》丙編，遼將自稱「在此立功何用」，故「北去胡」而投降滿清，其中有人致書旅順明將：「南朝主昏臣奸，陷害忠良。」

❿程本直〈漩聲〉：「掀翻兩直隸，踏徧一十三省，求其渾身擔荷、徹裏承當如袁公者，正恐不可再得也。此所以袁公值得程本直一死也。」

⓫程本直〈漩聲〉中引袁崇煥的話說：「予何人哉？十年以來，父母不得以爲子，妻孥不得以爲夫，手足不得以爲兄弟，交遊不得以爲朋友，予何人哉？直謂之曰：『大明國裏一亡命之徒也』可也。」

十四

袁崇煥死後，他的冤枉漸漸爲世人所知，趙翼《廿二史札記》認爲，當時傳布通敵謠言的，主要是崇禎身邊有權有勢的太監。直至清朝修《明史》，根據《太宗實錄》中的記載，才在〈袁崇煥傳〉中照實記載皇太極設計使間。此後悼念和憑弔袁督師的詩文甚多，尤其是廣東人，如康有爲、梁啓超等等。一九五二年，葉恭綽（廣東番禺人）和柳亞子、李濟深、章士釗等四人聯名致書毛澤東主席，要求保全並修葺北京城內的袁崇煥墓。毛氏於一九五二年五月二十五日覆書葉恭綽，其中說：「……近日又接先生等四人來信，說明末愛國領袖人物袁崇煥先生祠廟事，已告彭眞市長，如無大礙，應予保存。此事嗣後請與彭眞市長接洽爲荷。」（《毛澤東書信選集》第四三三—四三四頁）可見新時代的中國當局對他仍有正面評價。參加重修袁墓袁祠的，除上述四人外，還有蔣光鼐、蔡廷鍇等廣東籍的著名軍人。

袁崇煥的內心世界，只能從他的詩作中約略可以見到。他妻子姓黃，袁的遺詩中有

〈寄內〉一首，是寫來寄給妻子的：「離多會少爲功名，患難思量悔恨生。室有荼妻呼負負，家無擔石累卿卿。當時自矢風雲志，今日方深兒女情。作婦更加供子職，死難塞責莫輕生。」他自己在外抗敵作戰，奉養老母的責任只好請妻子負起了。何壽謙《鄉先正袁崇煥督師事略》記，袁被磔死後，「妻黃氏投江死，屍流至赤水峽，鄉人哀而葬之。《鐔津考古錄》爲立烈婦傳。」兄弟妻子充軍三千里，恰好充軍到袁崇煥做過知縣的福建省邵武縣，袁爲官清廉，邑人紀念他的功績，善待他的遺屬，袁鈺有一首詩說這件事：「家徒四壁久蕭然，骨肉流離舊治遷。身後尚收廉吏報，邑中共說大夫賢。曾爲上將惟知死，本是文官不愛錢。白髮高堂年八十，留居破屋割三椽。」袁崇煥曾有〈憶母〉詩一首：「夢繞高堂最可哀，牽衣曾囑早歸來。母年已老家何有，國法難容子不才。負米當時原可樂，讀書今日反爲災。思親想及黃泉見，淚血紛紛洒不開。」

袁崇煥中進士的主考官韓爌，是東林黨的有名人物，袁崇煥在天啓年間被魏忠賢逼迫而落職，韓爌很傷心，因而流淚。袁崇煥大爲感動，賦詩一首，〈聞韓夫子因煥落職泣賦〉：「整頓朝端志未灰，門牆累及寸心摧。科名到手同危事，師弟傳衣作禍胎。得附青雲能不朽，翻令白眼漫想猜。此身早晚知爲醢，莫覆中庭哭過哀。」「醢」是斬爲肉醬，漢高祖殺大功臣，往往將其醢爲肉醬，賜給其他功臣以威嚇。袁崇煥自料個性鯁直，遲早會給皇帝醢了，勸老師韓爌將來不要把我的肉醬倒在中庭而傷心。不料此詩竟然成讖。他也常常想到「功成身死」的問題，認爲只要存心淸白，不必學張良那樣明哲保身，功成身退，從赤松子遊。袁崇煥認爲韓信不聽蒯通的勸告，不起兵造反是對的，雖給呂雉（高祖后呂后）用計殺了，但一死成名，是正確的下場。遺詩〈韓淮陰侯廟〉：「一飯君知報，高風振俗耳。如何解報恩，禍爲受恩始。丈夫亦何爲？功成身可死。陵谷有變易，逌向赤松子。所貴淸白心，背面早熟揣。若聽蒯通言，身名已爲累。一死成君名，不必怨呂雉。」

古時，一位了不起的大人物逝世，往往有神話傳說附在他的身上。《東莞縣志》記載了一則傳說：東莞水南修三界廟，袁崇煥曾爲撰碑文，縣志中說：「相傳袁崇煥爲三界神托生，兒時患背瘡久不愈，會修廟，神像背爲漏痕滴破，葺補之，瘡遂痊。及死柴市時，其夜司祝聞神言，謂：『辛苦數十年，乃今得休息矣！』怪之，後得崇煥死信，衆咸驚異，當時祀於三界廟後。」

袁崇煥枉死，天下冤之，千百首悼詩，我以爲都不及那位三界神所說「辛苦數十年，乃今得休息矣！」一語感人之深。想像袁崇煥數十年中邊關拚命，拋妻別母，生死以之，自期「功成身可死」，直到眞的給皇帝殺了，才得休息，眞不禁熱淚盈眶矣。

十五

崇禎所以殺袁崇煥，並不只是中了皇太極的反間計那麼簡單。如果是出於一時誤信，可說他只是愚蠢。《三國演義》寫曹操誤中周瑜反間計，聽信蔣幹的密報，立刻就殺了水軍都督蔡瑁、張允，等到兩人的首級獻到帳下，曹操登時就省悟了，自言自語：「我中計了！」那只是片刻之間的事。然而崇禎於十二月初一將袁崇煥下獄，到明年八月十六才處死，中間有八個半月時間深思熟慮。他曾幾次想放了袁崇煥，要他再去守遼，因此有「守遼非蠻子不可」的話，從宮中傳到外朝來。❶既然有這樣的話，當然已充分明白皇太極的反間計。他稱袁崇煥爲「蠻子」，那是既討厭他的倔強，卻又不禁佩服他的幹勁和才能。

然而爲甚麼終於殺了他？顯然，崇禎不肯認錯，不肯承認當時誤中反間計的愚蠢。殺袁崇煥，並不是心中眞的懷疑他叛逆，只不過要隱瞞自己的愚蠢。以永遠的卑鄙來掩飾一時的愚蠢！

爲甚麼隔了這麼久才殺他？因爲淸兵一直佔領著冀東永平等要地，威脅北京，直到六月間才全部退出長城，在此以前，崇禎不敢得罪關遼部隊。要等到京師的安全絕對沒有了問題才動手。在此以前，他不是不忍殺，而是不敢殺。他對袁崇煥又佩服、又害怕，內心有極強的自卑感。殺袁崇煥，是自卑感作祟。

當滿淸大軍兵臨北京城下，辮子兵燒殺擄掠的消息不斷傳入耳中，崇禎心中充滿了驚恐，就像嚇壞了的困鼠撕殺同類一樣，只聽到一個毫不足信的謠言，便下令將袁崇煥投入獄中。他怕這個人的英悍之氣，怕他的蠻勁和戰鬥精神，怕他在手握兵權之際搶了自己的皇位，南宋時高宗趙構殺岳飛，這種心理也有作用；他的祖宗朱元璋殺大將李文忠、馮勝、傅友德、朱亮祖、藍玉，是怕自己死後這些大將搶兒孫的皇位。只不過比之朱元璋與趙構，崇禎更加年輕，更加缺乏才能、智慧、經驗、知識，更加暴躁多疑。他如果放了袁崇煥出獄，命他帶兵抗淸守城，只證明自己的愚蠢和懦怯。越是愚蠢懦怯的人，越是不肯承認。認錯改過，需要智慧，需要勇氣，他所沒有的，正是這些品德。

崇禎在位十七年，換了五十個大學士（相當於宰相或副宰相），十四個兵部尚書（那是指正式的兵部尚書，像袁崇煥這樣加兵部尚書銜的不算）。他殺死或逼得自殺的督師或總督，除袁崇煥外還有十人，殺死巡撫十一人、逼死一人。十四個兵部尚書中，王洽下獄死，張鳳翼、梁廷棟服毒死，楊嗣昌自縊死，陳新甲斬首，傅宗龍、張國維革職下獄，王在晉、熊明遇革職查辦。可見處死大臣，在他原不當是一件大事。這些兵部尙書中，有些昏憒胡塗，有些卻也忠耿幹練，例如傅宗龍，只因爲向崇禎奏稟天下民窮財盡的慘狀，崇禎就大爲生氣，責備他道：「你是兵部尙書，只須管軍事好了，這些陳腔濫調，說它幹甚麼？」後來便將他關入獄中，關了兩年。

崇禎傳下來的筆跡，我只見到一個用在敕書上的花押，以及「九思」兩個大字。「九思」出於《論語》。孔子說：君子有九種考慮：看的時候，考慮看明白了沒有；聽的時候，考慮看淸楚了沒有；考慮自己的表情溫和麼？態度莊重麼？說話誠懇老實麼？工作嚴肅認眞麼？遇到疑難，考慮怎樣去向人家請教；要發怒了，考慮有沒有後患；在可以得到利益的時候，考慮是不是該得。這就是所謂「九思」。❷此人大書「九思」，但自己顯然一思也不思。倒是在死後，得了個「思宗」的謚法，總算有了一思。

崇禎既大書「九思」，《論語》、《孟子》這種儒家典籍當然是熟悉的。袁崇煥考中進士，四書五經非熟讀不可。當袁崇煥從錦寧前線率師回援北京之時，我眞希望他的幕僚或朋友能抄一段孟子的話給他看。《孟子‧離婁》：「孟子告齊宣王曰：君之視臣如手足，則臣視君如腹心；君之視臣如犬馬，則臣視君如國人；君之視臣如土芥，則臣視君如寇讎。」袁崇煥援軍抵達北京城下，崇禎不體恤兵將遠來勞苦，反而對之疑忌，不准進城休息，早已「視臣如土芥」了，袁部即使不視他爲寇讎，也大可不必再爲保衛他而拚命血戰。

我九歲那一年的舊曆五月二十，在故鄉海寧看龍王戲。看到一個戲子悲愴淒涼的演出，他披頭散髮的上吊而死，臨死時把靴子甩脫了，直甩到了戲台竹棚的頂上。我從木牌子上寫的戲名中，知道這齣戲叫作「明末遺恨」。哥哥對我說，他是明朝的末代皇帝崇禎。當時我只覺得這皇帝有些可憐。

一九五〇年春天，我到北京，香港《大公報》的前輩同事李純青先生曾帶我去崇禎吊死的煤山觀光懷舊，望到皇宮金黃色的琉璃瓦，在北京春日的艷陽下映出璀璨光彩，想到崇禎在吊死之前的一剎那曾站在這個地方，一定也向皇宮的屋頂凝視過了，儘管這人卑鄙狠毒，卻也不免對他有一些悲憫之情。

他孤獨得很，身邊沒有一個人可以商量，因爲他任何人都不相信。崇禎十七年三月十七日，北京在李自成猛攻下眼見守不住了，他召集文武百官商議，君臣相對而泣，束手無策。他用手指在案上寫了「文臣個個可殺」六個字，給身邊的近侍太監看了，當即抹去。他在自殺之前，用血寫了一道詔書，留在宮中，對李自成說，這一切都是羣臣誤我的，你可以碎裂我的屍體，可以將我的文武百官盡數殺死。❸可見他始終以爲一切過失都是在文武百官，痛恨所有爲他辦事的人。

他哥哥天啓從做木工中得到極大樂趣，依戀乳娘，相信魏忠賢一切都是對的，精神上倒很平安。崇禎卻只是煩躁、憂慮、疑惑、徬徨，做十七年皇帝，過了十七年痛苦的日子。拚命想辦好國家大事，卻完全不知道怎麼辦才是。

皇帝是不能辭職的！

他沒有一個眞正親信的人，他連魏忠賢都沒有。他沒有精神上的信仰，一度聽了徐光啓的勸告而信奉天主教，但他的愛子悼靈王生病，天主沒有救活孩子的性命，他便對天主失卻了信心。他沒有眞正的愛好。他不好女色，連陳圓圓這樣的美女送進宮去，他都不感興趣而遣出宮來。

在中國幾千年歷史中，君主被敵人俘虜或殺死的很多，在政變中被殺的更多，但臨危自殺的卻只有崇禎一人。由於他的自殺，後人對他的評價便比他實際應得的好得多。只因他不好酒色，勤於政事，後人就以爲他本身是個好皇帝。甚至李自成的檄文中也說他並不眞的十分胡塗，只不過受到欺蒙，一切壞事都是羣臣幹的。❹只因他遺詔中要求李自成不要殺死一個百姓，後人便以爲他眞的愛百姓（難道他十七年中所殺的百姓還少了？）。只因他說過「朕非亡國之君，諸臣皆亡國之臣」，後人便以爲明朝所以亡，責任是在羣臣身上。其實他說這樣的話，就表明他是合理的亡國之君。他擁有絕對的權力，卻將中興之臣、治國平天下之臣殺的殺、罷的罷，將一批亡國之臣走馬燈般換來換去，那便構成了亡國之君的條件。

明朝是中國歷史上最專制、最腐敗、統治者最殘暴的朝代，到明末更成爲中國數千年中最黑暗的時期之一。明朝當然應該亡，對於中國人民，淸朝比明朝好得多。

然而袁崇煥抗拒滿淸入侵，卻不能說是錯了。當時滿淸對中國而言是異族，是外國，淸兵將漢人數十萬、數十萬的俘虜去，都是作爲奴隸或農奴。淸兵佔領了中國的土地城市，總是燒殺刼掠、極殘酷的虐待漢人。不能由於後代滿淸統治勝過了明朝，現在滿族又成爲中華民族中一個不可分離的部份，就抹煞了袁崇煥當時抗禦外族入侵的重大意義。正如將來世界大同之後，也不能否定目前各國保持獨立和領土主權完整的主張。淸朝比明朝好，只不過中國人運氣好，碰到了幾個中國歷史上最好的皇帝。然而袁崇煥當時是不會知道的。

只要專制獨裁的制度存在一天，大家就只好碰運氣。袁崇煥和億萬中國人民運氣不好，遇上了崇禎。崇禎運氣不好，做上了皇帝。他倉皇出宮那一晚，提起劍來向女兒長平公主斬落時，凄然說道：「你爲甚麼生在我家？」正是說出了自己的心意。他的性格、才能、年齡，都不配做掌握全國軍政大權的皇帝。歸根結底，是專制獨裁制度害了他，也害了千千萬萬中國人民。

在合理的政治制度與社會制度下，萬曆可以成爲一個精明的商人，最後被送入戒毒所。天啓是一個精巧的木匠。崇禎做甚麼好呢？他殘忍嗜殺，暴躁多疑，智力不夠，自卑感極強，性格中有強烈的犯罪傾向，在現代社會中極可能成爲一個犯罪的不良青年，但如加以適當的教育與訓練，可以在屠宰場中做屠夫（我當然並不是說屠夫有犯罪傾向），那也是對社會有貢獻的。他不能做獵人，因爲完全缺乏耐心。

後世的評論者大都認爲，袁崇煥如果不死，滿淸不能征服中國。❺我以爲這種說法是不對的。只要崇禎是皇帝，袁崇煥便有天大的本事也改變不了基本局面，除非他趕走崇禎而自己來做皇帝，這當然不符合他的性格。在君主專制獨裁的制度之下，權力是在皇帝手裏。

袁崇煥死後二百三十六年，那時淸朝也已腐爛得不可收拾了，在離開袁崇煥家鄉不遠的地方，誕生了孫中山先生。他向中國人指明：必須由見識高明、才能卓越、品格高尙的人來管理國家大事。一旦有才幹的人因身居高位而受了權力的腐化，變成專橫獨斷、欺壓人民時，人民立刻就須撤換他。

袁崇煥和崇禎的悲劇，明末中國億萬人民的悲劇，不會發生於一個具有眞正民主制度的國家中。把決定千千萬萬人民生死禍福的大權交在一個人手裏，是中國數千年歷史中一切災難的基本根源。過去我們不知道如何避免這種災難，只盼望上天生下一位聖主賢君，這願望經常落空。那是歷史條件的限制，是中國人的不幸。孫中山先生不但說明了這個道理，更畢生爲了剷除這個災禍根源而努力。

在袁崇煥的時代，高貴勇敢的人去抗敵入侵，保衛人民；在孫中山先生的時代，高貴勇敢的人去反抗專制，爲人民爭取民主自由。在每一個時代中，我們總見到一些高貴的勇敢的人，爲了人羣而獻出自己的一生，他們的功業有大有小，孫中山先生的功業極大，袁崇煥當然小得多，然而他們都是奮不顧身，盡力而爲。時代不斷在變遷，道德觀念、歷史觀點、功過的評價也不斷改變，然而從高貴的人性中閃耀出來的瑰麗光采，那些大大小小的火花，即使在最黑暗的時期之中，也照亮了人類歷史的道路。

魯迅先生曾寫道：「我們自古以來，就有埋頭苦幹的人，有拚命硬幹的人，有爲民請命的人，有捨身求法的人……雖是等於爲帝王將相作家譜的所謂『正史』，也往往掩不住他們的光耀，這就是中國的脊梁。」（《中國人失掉自信力了嗎？》）袁崇煥，正是魯迅先生所稱的「中國的脊梁」，使我們不會失掉自信力。

歷史上有許多人爲人羣立了大功業，令我們感謝；有許多人建立了大帝國和長久的皇朝，令我們驚嘆。然而袁崇煥「亡命徒」式的努力和苦心，他極度悲慘的遭遇，這個生死以之的「痴心人」，這個無法無天的「潑膽漢」，卻更加強烈的激盪了我們的心。

崇禎和袁崇煥兩人的性格，使得這悲劇不可能有別的結局。兩人第一次平台相見，袁崇煥提出「五年平遼」的諾言，殺機就已經伏下了。以後他請內帑、主和議、殺毛文龍，悲劇一步步的展開，殺機一層層的加深，到清軍兵臨北京城下而到達高潮。在這悲劇的高潮中，崇禎不許袁部入城是第一個波浪；袁部苦戰得勝，崇禎催逼他去追擊十倍兵力的清軍，是第二個波浪；北京城裏毀謗袁崇煥的謠諑紛傳是第三個波浪；終於，皇太極使反間計而崇禎中計。至於後來的凌遲，已是戲劇結構上的盪漾餘波❻了。

即使沒有皇太極的反間計，崇禎終於還是會因別的事件、用別的藉口來殺了他的。

我們想像崇禎二年臘月中國北方的情形：

在永平、灤州、遷安、遵化一帶的城內和郊外，清兵的長刀正在砍向每一個漢人身上，滿城都是鮮血，滿地都是屍首❼……

在通向長城關口的大道上，數十萬漢人男女哭哭啼啼的行走，騎在馬上的清兵揮舞鞭子在驅趕。清兵不斷的歡呼大叫，這些漢人是他們俘虜來的奴隸，男的押去遼東爲他們做苦工，女的分給兵將淫樂❽……

在陝西，災荒正在大流行。樹皮草根都吃完了，饑餓的父母養不活兒女，只好將他們拋在城角的空場上，這些孩子有的在哭號，呼叫：「爸爸，媽媽！」有的拾起了糞便在吃。到第二天，這些孩子都死了。但又有父母抱了孩子來拋棄。做母親的看著滿地死兒，捨得把手裏的孩子拋下來嗎？但如帶回家去，難道眼看他活活的餓死❾……

流離在道路上的饑民不知道怪誰才好，只有怪天。他們向來對老天爺又敬又怕，這時反正要死了，就算在地獄中上刀山、下油鍋也不管了，他們破口大罵老天爺，有氣無力的咒罵，終於倒在地下，再也不起來了⓾……

在北京城的深宮裏，十八歲的少年皇帝在拍著桌子發脾氣。他又是焦急，又是害怕，不斷的問太監：「袁蠻子寫了信沒有？怎麼還不寫好？這傢伙跟我過不去，非將他千刀萬剮不可。你們再去催，叫他快寫信給祖大壽！」他憔悴蒼白的臉上泛起了潮紅，眼中佈滿了紅絲，不斷的說：「殺了他！殺了他！」……

在陰森寒冷的御牢裏，袁崇煥提筆在寫信給祖大壽，硯台裏會結冰吧？他的手會凍得僵硬嗎？會因憤怒而顫抖嗎？他的信裏寫的是些甚麼句子？淚水一定滴上了信箋罷？

皇帝的信使快馬馳出山海關外，將這封信交在祖大壽的手裏。祖大壽讀信之後，伏地大哭。訊息傳了開去：「督師有信來！」

遼河大平原上白茫茫的一片冰雪。數萬名間關百戰、滿身累累槍傷箭疤的關東大漢，伏在地下向著北京號啕痛哭，因爲他們的督師快要被皇帝殺死了。戰馬悲嘶，朔風呼嘯，綿延數里的雪地裏盡是伏著憤怒傷心的豪士，白雪不斷的落在他們的鐵盔上、鐵甲上……

❶見余大成《剖肝錄》。

❷《論語．季氏》：「孔子曰：『君子有九思：視思明，聽思聰，色思溫，貌思恭，言思忠，事思敬，疑思問，忿思難，見得思義。』」

崇禎死後，因爲沒有確定的接班人，也就沒有確定的謚法，有毅宗、莊烈帝、懷帝、愍帝、思宗等謚。思宗的「思」字，不是美謚，《逸周書》的謚法解中說：「道德純一曰思，大省（即「眚」，意爲災害）兆民曰思（意思是「對億萬百姓造成重大災禍」），追悔前過曰思，外內思索曰思。」漢朝的王逸作過一篇楚辭，叫作〈九思〉，是哀悼屈原的，共有九章：逢尤、怨上、疾世、憫上、遭厄、悼亂、傷時、哀歲、守志。所說的悼亂傷時，疾世哀歲，逢尤遭厄，和袁崇煥的心境和遭遇倒也差不多。但崇禎寫這「九思」二字時，所想到的當然不會是王逸的「九思」。

❸崇禎遺詔：「朕自登極十七年，上邀天罪，致虜陷地三次，逆賊直逼京師，皆諸臣誤朕也。任爾分裂朕屍，可將文武盡皆殺死，勿壞陵寢，勿傷我百姓一人。」這道遺詔，和相傳留在他身上的遺書文字稍有不同。

❹「君非甚闇，孤立而煬蔽恆多；臣盡行私，比黨而公忠絕少。」

❺梁啓超在《袁崇煥傳》的題目上，加了「明季第一重要人物」的形容詞，傳中說：廣東崎嶇嶺表，數千年來與中原的關係很淺薄，歷史上影響到全中國的人物極少，只有唐朝六祖慧能光大了禪宗，明朝陳白沙在哲學上昌明唯心論，成爲王陽明的先驅，而

「以一身之言動、進退、生死，關係國家之安危、民族之隆替者」，只有袁崇煥一人。（其實，他即使不提到康有爲與孫中山先生，也應當提洪秀全。）又說：「故袁督師一日不去，則滿洲萬不能得志於中國。」康有爲在《袁督師遺集·序》中說：「若吾粵袁督師之喪于讒間也，天下震動，鬼神號泣，明社遂屋，餘禍烈烈，波蕩至今。嗚呼，天下才臣名將多矣，讒死亦至夥，而惻惻於人心，震惕於敵國，非止以一身之生死繫一姓之存亡，實以一身之生命關中國之全局，則豈惟杜郵、鐘室、涼風、金牌之悽感也。……假若間不行而能盡其才，明或不亡。」他認爲白起、韓信、斛律光、岳飛四人被讒而死，雖令人感嘆，但不及袁崇煥事件影響深遠。

李濟深〈重修明督師袁崇煥祠墓碑〉：「論明清間事者，僉以爲督師不死，滿清不能入主中原。」葉恭綽謁袁崇煥墓詩：「史筆祇今重論定，好申正氣息羣紛。」注云：「近日史學家鉤稽事實，證明袁如不死，滿洲不能坐大，即未必克入主中原，故袁死所關之重，有同岳飛於宋。文天祥輩尚非其比也。」

❻戲劇結構上高潮過後的餘波（anti-climax），通常譯作「反高潮」，似不甚貼切。

❼《清史列傳》卷三：「岳託（滿清大將，代善之子，皇太極的侄兒）曰：遼東以久不降，故誅之。殺永平人，乃貝勒阿敏所爲……六年正月，（岳託）奏言：前克遼東、廣寧，漢人拒命者誅之，復屠永平、灤州漢人。」

❽滿清每次出兵，都俘虜大量漢人去做生產工具。這次進攻北京之役俘虜的實數無記錄，但知阿巴泰攻掠山東之役（《碧血劍》中提到的那一次）「俘獲人民三十六萬九千名口。」相信崇禎二年一役中俘虜漢人也必達數十萬，《太宗實錄》卷六：「上因問達海（奉命監守明宮太監而使反間計的五將之一）等：『是役俘獲視前二次如何？』對曰：『此行俘獲人口，較前甚多！』上曰：『金銀幣帛，雖多得不足喜，惟多得人口爲可喜耳！』」

❾《陝西通志》，崇禎二年馬懋才〈備陳災變疏〉：「殆年終而樹皮盡矣，則又掘山中石塊而食……安塞城西，有糞場一處，每晨必棄二三嬰兒於其中，有涕泣者，有叫號者，有呼其父母者，有食其糞者。」

❿蕭一山《清代通史》卷上：「崇禎間有民謠曰：『老天爺，你年紀大，耳又聾來眼又花。爲非作歹的享盡榮華，持齋行善的活活餓煞。老天爺，你年紀大。你不會作天，你塌了罷！』此種時日曷喪之心理，非人民痛若至極者，寧忍出此？」

後記

《碧血劍》是我的第二部小說，作於一九五六年。書末所附的〈袁崇煥評傳〉，寫作時間稍遲。

《碧血劍》以前曾作過兩次頗大修改，增加了四分之一左右的篇幅，這一次修訂，改動及增刪的地方仍很多。修訂的心力，在這部書上付出最多。初版與目前的三版，簡直是面目全非。

小說中寫李自成於大勝後殺曹操羅汝才、李岩，排擠張獻忠、「左革五營」、及其他同伴，正史中有載，亦有參考野史、雜書者。王春瑜先生關於李自成的作風，有文多作指教，我的看法雖頗不同，對他的評論仍表感謝。對復旦章培恆教授及北大嚴家炎教授兩位的指教與鼓勵，特別心有銘感。

第三次改寫，除了設法改動原來小說中若干過分不自然的處所（如五毒教、玉真子的部分）外，還加重了袁承志對阿九的矛盾心理，這是人生中一個永恆的常見主題：「愛情可能因其中一方變心而受到損害。」中國的傳統小說一般多寫愛情的堅貞，除唐人傳奇（如崔鶯鶯、霍小玉）、明人小說（如杜十娘、珍珠衫）外，少寫「愛情中的變心」。這次試寫了「倫理道德」與「無可奈何的變心」之間的矛盾這個人生題目，企圖在《碧血劍》全書強烈的政治氣氛中加入一些平常人的生命與感情。

內地有一篇評論《碧血劍》的文章十分強調的說，《碧血劍》受了英國女小說家杜・瑪麗安（Du Maurier）小說《蝴蝶夢》（*Rebecca*）的重大影響。文學作品受到過去中外文學名著的影響，那是不可避免的。但《蝴蝶夢》這部小說並沒有太大價值，我並不覺得很好，只因希治閣據此拍過一部好看的奇情電影，因電影在中國流行而爲許多中國觀衆所知（單以杜・瑪麗安的小說而論，我更喜歡她的另一部小說 *My Cousin Rachel*，但此書未拍電影，無中文譯本，故較少人知）。文學評論如不以改編後的流行電影爲依據（正如根據電影「羅生門」而評《雪山飛狐》一樣），而根據原作，則格調較高。杜・瑪麗安作爲一位作家，《蝴蝶夢》作爲一部小說，在英國文學中都沒有甚麼極重要地位。如想談論英國女小說家在作品中以次要人物述說一個露面極少的人物作爲報仇主角而展開驚心動魄的故事，不如引述愛米萊・勃朗黛（Emily Bronte）的《咆哮山莊》（*Wuthering Heights*），這才是英國女小說家中的第一流人物，小說也是第一流的優秀作品，只有談論這部小說，研究英國文學者方人人皆知，不必去引述只流行一時的驚險電影。（雖然，《咆哮山莊》也拍成了一部很好的電影，但在中國較少爲人知。）

〈袁崇煥評傳〉是我一個新的嘗試，目標是在正文中不直接引述別人的話而寫歷史，文字風格比較統一，希望較易閱讀，同時自己並不完全站在冷眼旁觀的地位。這篇〈評傳〉的主要創見，是認為崇禎所以殺袁崇煥，根本原因並不是由於中了反間計，而是在於這兩個人性格的衝突，以及崇禎的不正常心理。這一點前人從未指出過（對人物的性格和心理，是小說作者通常的重視點，歷史家則更重視時代背景、物質因素、制度、文化等等。）另一原因，是專制獨裁制度的禍害。

這篇文字並無多大學術上的價值，所參考的書籍都是我手頭所有的，客居香港，數量十分有限。出自《太宗實錄》、《崇禎長編》等書的若干資料都是間接引述，未能核對原來的出處，或許會有謬誤。這篇文字如果有甚麼意義，或許是在於它的「可讀性」。我以相當重大的努力，避免了一般歷史文字中的艱深晦澀。現在的面目，比之在《明報》上所發表的初稿〈廣東英雄袁蠻子〉，文字上要順暢了些。此文可說是我正式修習歷史的起點與習作。

〈袁崇煥評傳〉一文發表後，得史家指教甚多，甚感，大史家向達先生曾來函賜以教言，頗引以為榮，已據以改正。現第三版再作修訂，以往錯誤處多加校正，其中參考楊寶霖先生〈袁崇煥雜考〉一文及《袁崇煥資料集錄》（閻崇年、俞三東兩先生編，廣西民族出版社出版）一書甚多，頗得教益，謹誌以表謝意。作者歷史素養不足，文中謬誤仍恐難免，盼大雅正之。

二〇〇二・七

碧血劍. 4,興亡長恨 / 金庸作.　-- 二版.　-- 臺北市：
遠流， 2019.04
面； 公分. --(大字版金庸作品集；8)
大字版
ISBN 978-957-32-8515-1 (平裝)

857.9　　108003461